漫時光

長風渡

中卷

【第一部】長風起

高寶書版集團

目錄
CONTENTS

第十四章　餓莩

當天晚上他們睡在城池外面，沒多久就聽見了哭聲，柳玉茹猛地驚醒，顧九思一把攬住她，捂住她的嘴，沒有說話。是原野上一個女子抱著一個孩子嚎啕大哭，而一個男人和另一個女人廝打著。

周邊的人木然地望著，有些人則是蠢蠢欲動。

柳玉茹的身子微微顫抖，似乎知道了什麼，她聽著那個男人怒吼著喊：「給我！把米袋給我！」

而那個女人卻是死死抓住袋子，無論如何都不肯放手。

「就一晚了！」那女子大吼道：「一晚，城門就會開了，進了城官府就會放糧，你一晚都等不得了嗎！」

「城門不會開了！」那男子大吼道：「我們從涼城趕過來，他們就是這樣，一直沒有開城門，現在青城也不會開！這麼多流民百姓，他們怎麼敢開！」

「那怎麼辦……」有人問：「我們趕過來的啊，他們不開城，我們怎麼辦！」

周邊亂哄哄鬧起來，柳玉茹抓住顧九思的袖子，兩人提了包袱，不著痕跡往後退去。

一聲聲的詢問很快就有了答案，當那個男子不顧一切搶奪女子的袋子，當女人倒在地上再也不動時，所有的秩序、所有的道德、所有的善良都化作虛無。所有人瘋狂朝著他們看到柔弱的人衝過去，尖叫聲和咒罵聲混成一片，顧九思抓住柳玉茹，往遠處衝去。

可周邊密密麻麻都是人，野蠻和暴力彷彿會傳染一般，如風如浪，迅速席捲了所有人。

顧九思不忍心傷人，於是只是推開身邊的人，護著柳玉茹，艱難前行。

然而不知道是誰，突然大吼了一句：「他們有糧食！」

所有人朝著顧九思和柳玉茹看了過來，那人大吼道：「我剛才看見他們吃餅了，他們有糧食！」

相比起那些已經餓到骨頭都凸出來的流民，顧九思和柳玉茹的確好上太多了。他們雖然看著憔悴，但精神還算飽滿，明顯不是長期飢餓的樣子。

柳玉茹看著那一雙雙狼一樣的眼睛，整個人都在抖，顧九思把她護在身後，手裡握緊刀，故作冷靜開口：「你們想怎麼樣？」

然而所有人看著他們，沒有一個人往前，雙方僵持著。顧九思知道，此刻他絕不能退，絕不能有任何示弱，否則一旦有一個人上前，他們就會像當初那個富商少年一樣，落到最絕望的境地。

他不允許有任何人，開這個頭。

可他其實也害怕。

不是怕這麼多人。

王榮帶著那黑壓壓的士兵過來的時候，他不怕，可現在他怕。不僅僅是因為這黑壓壓看不清的人數，更怕的是因為……

他們不是軍隊。

他們是百姓，是被命運逼到絕路的百姓。

他們錯了嗎？

他們只是想活著，只是用盡全力，要抓住活下來的機會。他手裡有刀，他只要拔刀，也許最後會因為車輪戰力竭倒下，可在此之前，是單方面的屠殺。這將是他一生都洗不清的罪孽，是他一輩子都無法忘卻的噩夢。

對弱者拔刀，這違背了他過去所有的認知和信仰。

如果今日只有他一個人，那也就罷了，可如今他身後站著柳玉茹，他的妻子。

於是他握緊了刀，和他們僵持。

而這時候，一個男人突然衝了出來，他個子不算高大，撲到顧九思面前，哭著瘋狂磕頭道：「公子，公子您可憐可憐我吧，我娘子剩最後一口氣了，她不行了，她馬上就不行了，您給她一條生路吧。」

顧九思愣了愣。

就在這時，男人猛地撲了過來！

他有刀！

哪怕那把刀很短小，可是在這個時候，任何一把刀都是扭轉局勢的利器。他不顧一切朝著顧九思衝來，顧九思一腳將他踹開，這時所有人湧了上來，柳玉茹躲在顧九思身後，旁人拖拽她，去搶奪她的包袱，顧九思不敢動手殺人，他努力將人踹開。

可人太多了，太多了。

他們密密麻麻，他們不顧一切，柳玉茹被人一腳踹在肚子上，她抱在懷裡的包袱被人一把抓走，早已僵硬的大餅滾落出來。周邊的人驚叫，「是餅！還有麵！」

許多人衝過去，搶到就往嘴裡塞，沒有半點遲疑。

這在流民中，那是何等珍貴的東西！

「他們還有！」剩下沒搶到的人紅了眼，他們沒了顧忌，拚了命撲上來，顧九思看著那男子再次拿著利刃朝著柳玉茹捅過來，終於忍無可忍，拔了刀。

鮮血飛濺而出，周邊驚叫成一片。

顧九思連斬三人，他一手護著柳玉茹，一手拿著刀，看著所有人，怒喝道：「滾開！」

終於沒有人敢上前，顧九思抓著柳玉茹，一步一步朝著遠處走去，他死死盯著所有人，染血的臉宛若修羅。

柳玉茹眼裡噙著眼淚，她整個人都在顫抖，唯一的支撐，唯一抵抗著這一切的力量，全來源於那隻抓著她的手。

所有人注視著他們，看著他們走出去。

有人想撲過來，然而顧九思的身手十分乾淨俐落，回頭就將人砍倒在地，這樣敏捷的身手，終於讓所有人知道誰是不可招惹的人物，於是再也沒人敢偷襲他們，他們慢慢走去，消失在夜裡，然後新一輪的哄搶開始。

等看不見人，顧九思抓著柳玉茹瘋狂奔跑起來，兩人在官道上，一路跑，他們根本不敢停歇，感覺身後似乎追著洪水猛獸。

他們看見人就害怕，跑到跑不動了，便用走的。兩人一句話都沒說，內心的惶恐、震驚，在無形中傳染著。

等太陽升起來，他們走的路上已經沒有了人影。之前的人都是從滄州北方往南方走，而他們卻是逆流往北方走，人自然越來越少。

他們很疲憊，可不敢停下腳步，比起那些流民，支撐著他們的，還有一個無比堅定的信念。

他們要去幽州。

在幽州，還有自己的親人在等待著他們。

柳玉茹拉著顧九思的手，兩人走在荒無人煙的道路上。他們一直走、一直走。

人越來越少，吃的也越來越少，他們從一日兩頓，變成了一日一頓。他們睏了就靠著大樹睡下，隨著他們北上，已經幾乎看不到人。

沒了柳玉茹的包袱，他們的糧食從勉強管夠，變成了澈底不夠，於是一路上，他們看見樹，看見草，但凡看見能吃的，都努力吃下去。

如果遇到水源，他們一定要努力喝水，然後把顧九思的酒囊裝滿。

可隨著日頭越發毒辣，遇到水源的間隔時間越長。

他們頭一次見到一眼望過去沒有邊際的荒蕪，沒有草、沒有樹，房屋空蕩蕩的，土地彷若龜殼一般大塊大塊乾裂過去。

先倒下的是柳玉茹，她體質弱，有一天睡下後，顧九思發現醒不過來。嚇得趕緊給她灌水，然後打開包袱，想要餵吃的給她。

然而在打開包袱的時候，顧九思驚訝地發現，包袱裡剩下的糧食，遠比他以為的要多。

他愣了愣，而後才反應過來。

這些留下來的餅，應當是柳玉茹故意少吃剩下的。他覺得眼裡有些酸澀，說不出是什麼感覺，但是情況不容他多想，趕忙拿了餅，喝了點水，嚼爛了之後，嘴對嘴餵了下去。

那時候也顧不上什麼禮儀不禮儀，他滿腦子只想著，她得活下去，無論如何，都得活下去。

他餵完吃的，就揹起她繼續走。地面上的溫度很高，他的鞋早已經爛了，能清楚感覺到腳上皮膚磨破的疼痛，可他不敢停下。

一直往前走著，等到下午，天氣轉涼，柳玉茹趴在他背上，慢慢睜開了眼睛。她感覺到他的溫度，看著周邊的場景，沙啞道：「九思？」

顧九思愣了愣，隨後高興道：「妳醒了！」

「我怎麼了？」

柳玉茹沒什麼力氣，她感覺全身都是軟的，顧九思揹著她，怕嚇著她，溫和道：「剛才妳暈過去了。」

「抱歉……」

「說什麼抱歉，」顧九思笑著，聲音裡有些暗啞，「該抱歉的是我才對。」

柳玉茹沒說話，顧九思揹著她，努力想要讓語氣輕快一點，卻還是克制不住內心的痛苦與絕望，愧疚與難堪。

「我該早點發現妳沒怎麼吃東西的。」他的語調很輕鬆，可柳玉茹卻還是聽出了哭腔，「我該早點知道的……」

「沒事的。」柳玉茹趴在他背上，聲音有些無力，「我願意的。」

「妳願意什麼啊……」顧九思的聲音有些顫抖。

柳玉茹感覺累，她太累了。

「糧食不夠的。」她開口，慢慢道，「咱們一起吃，到不了幽州。我少吃點，你就能多吃點。我算過了，我還能再撐幾日，等到時候還有一半的路，糧食沒了，你要是沒找到水，就放我的血來喝……」

「妳胡說八道什麼！」

顧九思怒喝，他其實猜到了柳玉茹的想法，可當柳玉茹真的說出口時，他還是忍不住暴怒：「妳別想！」顧九思顫抖著聲，「我就算死了，也不會做這樣的事。柳玉茹我告訴妳，要活一起活，要死一起死。妳要是死了，幽州我也不去了，我什麼地方都不去了，就陪著妳死在這裡。」

顧九思說著，眼淚落了下來。

他以為自己不會落淚了，以為自己成長了，可他卻發現，上天永遠比想像的殘忍。

他失去父親，失去朋友，如今又要讓他失去柳玉茹。

而且這份失去，猶如凌遲一般，讓他眼睜睜看著，瞧著，甚至為了自己活下去，親手送她去地獄。

可他絕不會讓老天爺得逞。

他絕對不會，做出上天以為他會做的選擇。

「我知道，妳還想著妳娘，」顧九思哭著，「妳娘還在幽州等著妳，妳是她唯一的女兒，妳沒了，她怎麼辦？我不會幫妳照顧她的，妳死了，我絕不會管她。我是一個狼心狗肺的人，我不會愧疚，會陪妳一起死在這裡，絕不會讓妳如願！」

「妳死得沒有價值。」顧九思低喃，「柳玉茹，妳得活著，一定要活著，知道嗎？」

妳不能死。

妳死了……妳若是死了……

顧九思抬起頭，環顧四野。

她要是死了……他怎麼辦？

他想不出來。

她如今的命，就是他活著的念頭，所以她不能死，絕對不能。

然而柳玉茹回應不動他了。

她有意識，可是已經沒有張口的能力。

她趴在他的背上，感受著這個男人，他固執地揹著她，一步一步往前走。

她不知道是什麼樣的毅力和決心，讓他沒有停下。

他們吃光了所有糧食，剩下半袋水囊，這時候已經沒什麼好吃的了，於是顧九思就和她一起餓著，每一天喝一點水，勉強維持生存。

臨近幽州只剩下一百餘里時，顧九思終於支撐不住，整個人摔了下去。

等他醒過來時，已是夜裡了，柳玉茹靜靜躺著，他慌忙去探柳玉茹的鼻息，柳玉茹的鼻息很微弱，顧九思鬆了口氣。

他伸出手將柳玉茹抱進懷裡，收緊手臂，很用力、很用力地，抱緊了她。

「玉茹，」他沙啞出聲，「妳一定要陪著我……」

他將臉貼在她的臉上，顫抖著聲道：「妳是我的命，妳得活著，知不知道？」

柳玉茹不出聲。

其實他很想流淚，很想有點眼淚落下來，至少柳玉茹能喝一點。

然而他已經沒有眼淚了。

水分的缺乏，讓他整個人也到了極限。

他抬頭看著火辣辣的太陽，他知道，再這樣熬下去，他和柳玉茹都會死。

他咬了咬牙，從腰間拿出刀，割破自己的手掌。

鮮紅的血落下來，他捏住柳玉茹的下顎，全數倒在她的嘴裡。

有些落在她的臉頰和唇上，顧九思見傷口快要凝住，趕忙吮在傷口上，喝了最後一點血。然後他看著柳玉茹臉上的血珠，低下頭輕輕舔舐在她的臉上、唇上。

本是沒有半點旖旎的一個吻，然而當柔軟從舌尖一路傳來時，他仍舊感到內心那種令人發悸的顫抖。

他慌忙退開，看著柳玉茹臉上不知道是血留下來的顏色，還是他的錯覺，亦或是真的有了幾分血色。

他重新揹起她，繼續往前行。其實他也已經沒了力氣，可是背上那個人卻成了他所有信念。

他不怕死，可一想到如果他死了，柳玉茹就要死，便怕得要死。

於是他只能一直撐著，行在無人的荒野大地上，一直走，一直走。

走過了日與夜，他終於見到一點綠色，見到了人。

他揹著柳玉茹再往前，便看見了界碑。

界碑上是已經不甚清晰的兩個字，幽州。

顧九思看著那兩個字，唇微微顫抖。

「到了……」他沙啞出聲，「玉茹……我們到了。」

到了。

柳玉茹恍惚間聽到顧九思的聲音。她有些茫然，到哪裡了？陰曹地府，還是……

柳玉茹艱難地睜開眼睛，看見「幽州」二字。

她在做夢嗎？

她竟然……竟然活著到了幽州！

「九思……」她勉強出聲，顧九思聽見她的聲音，趕忙道，「玉茹，我在！」

「到了……」

「到了！」顧九思激動到變了聲：「我們到了！」

「真好。」柳玉茹閉上眼睛，聲音微弱：「我們可以見到娘了……」

顧九思說不出內心是什麼滋味，只覺百感交集，他的人生從未有過如此複雜的感覺，狂喜與辛酸夾雜，痛苦與希望並飛，他揹著柳玉茹，一步一步往幽州第一個城池鹿城走去，其實這裡距離鹿城還有五里路，可顧九思卻生出了無限希望。

走得完，他一定走得完。

他已經走過了那麼多里路，已經踏過了那麼殘忍的地獄，如今幽州就在眼前，他怎麼會走不完！

然而飢餓與乏力卻提醒著他，他雙腿顫抖著，咬牙往前走著，走了沒有幾步，就聽見馬蹄聲急促而來，而後來人將馬猛地勒停，驚喜喊出：「九思！」

顧九思猛地抬頭，看見馬上的周燁，他恍惚了片刻，隨後狂喜道：「周兄！」

「當真是你。」周燁趕緊翻身下馬，一把扶住搖搖欲墜的顧九思，「你娘到了望都，立刻來尋我，我已聽聞你家中之事，派人多番打聽，便猜測著你會橫跨青滄二州過來，最近算著日子，已在鹿城門口徘徊了半月有餘了。」

聽到這話，顧九思內心大為感動，他想開口說些什麼，然而如今見了周燁，彷彿終於跋涉到了彼岸，支撐著他的意志潰散，他勉強一笑，便直接暈了過去。

等顧九思再次醒來時，已經睡在溫軟的床上，他趕忙起身，焦急道：「玉茹！」

「你別急，」周燁的聲音從外面傳來，他端著粥，坐到顧九思身邊，「弟妹在另一個房間，她身子太虛，我已經讓大夫替她抓了藥，現在還睡著。」

聽著這話，顧九思舒了口氣，他站起身忙道：「我去瞧瞧她。」

「瞧什麼啊，」周燁攬住他，「好好瞧瞧你自個兒吧，你身上的傷可比她重多了。」

「我沒事，」顧九思擺擺手，只是道：「她沒事吧？」

「沒什麼大事，不過這一次她元氣受損，大夫說，若想要孩子，可能要休養好幾年了。」

顧九思愣住了，周燁說著，有些擔心地看了顧九思一眼，他斟酌片刻，還是道：「九思，雖然咱們見面不多，但是也算是交淺言深，我心裡是將你當兄弟的。」

「周兄有話不妨直說。」顧九思明白周燁有什麼話不好啟齒，便道，「在九思心中，周兄便如兄長，沒什麼不好說的。」

周燁猶豫片刻，輕嘆了一聲，「玉茹是個好姑娘，你也還年輕，她這樣不計生死陪著你走過來，孩子的事不著急，你好好待她……」

顧九思聽到一半，終於明白周燁的意思，竟是怕他因為柳玉茹一時半會兒無法懷孕，產生休妻的念頭。

三年無後便可休妻。

顧九思有些哭笑不得，無奈道：「周兄將我想成什麼人了，她與我生死與共，不過是孩子這點小事，又有什麼打緊的？最重要的是她願不願意同我在一起。我這輩子無論如何，都是不會辜負她的。」

「你們情深義重，」周燁有些豔羨，「為兄就放心了。」

顧九思聽著周燁的話，發現周燁每一句話說出來，都足以讓他愣一愣。

他聽著這句「情深義重」，有了幾分茫然。

也不知道自己在茫然什麼，這話是沒錯的，可他總覺得，有那麼點東西，變了味道。

周燁瞧著他喝了粥，下人端了藥上來，又逼著他喝了藥，顧九思有力氣許多，便趕著去看柳玉茹。

如今周燁將他們帶到了鹿城，也給顧家報了信，打算等他們養好些再重新趕路回望都。

顧九思急不可耐想回望都，可他想著柳玉茹的身體，便將這種衝動生生壓了下去。

他急急衝到柳玉茹的房間，柳玉茹已經起了，正在小口小口喝粥。其實她餓急了，但是理智和教養在這一刻攔住她大口喝粥的衝動。

顧九思站在門口，呆呆瞧著她，她穿著素色的內衫，長髮散披在周身，小口小口喝著粥，動作溫婉又平靜，構成一幅靜謐美好的圖畫，是美好的、平靜的、溫柔的世界的另一種表達。

顧九思不敢驚擾她，呆呆站在一旁，瞧著她。等柳玉茹喝完粥，才發現顧九思，她抬起頭，看著站在門口的青年。

他一身素衣，頭髮隨意挽在身後，她笑了笑，柔聲道：「你醒了。」

就這麼一句話，顧九思覺得有些眼酸，他走上前半蹲在她身前，將頭靠在她腿邊。

柳玉茹抬手梳理他的頭髮，柔聲道：「你這是做什麼？」

「咱們倆都活著回來了。」他沙啞道：「妳還在，妳好好的，我太高興了。」

柳玉茹沒有說話，她梳理著他的頭髮，目光落在他露出的手臂上，他手上傷痕累累，都是為了餵她鮮血割出來的傷口。

她的目光凝在那傷口上，僵住了。

有些片段閃在她腦海裡，本以為是做夢，現在卻明白了。

顧九思見柳玉茹久久不說話，順著柳玉茹視線看過去，立刻知道柳玉茹在看什麼，他下意識將手縮了縮，卻被柳玉茹拉住，柳玉茹掀起他的袖子，看見上面密密麻麻的傷口。

顧九思覺得有些難堪，轉過頭去，不好意思道：「沒事……」

柳玉茹的指尖落在他的傷口上，她的指尖帶著涼意和少女獨有的柔嫩光滑，劃在傷口上，讓他忍不住顫了顫。一種說不出的酥麻從傷口一路延伸，驟然竄到腦中，他僵在原地，六神無法做主，聽柳玉茹輕聲道：「疼嗎？」

顧九思整個人是懵的，方才的感覺太怪異了，這種陌生的體驗讓他驚得差點把手抽回來，但他又不敢，聽著柳玉茹的詢問，話從腦子裡過了，卻沒留下任何痕跡，完全不知道如何應答，滿腦子只想著……

這是怎麼了。

柳玉茹的指尖到底帶著什麼東西，讓他這麼……這麼……

說不出來到底是怎樣一種奇妙的感覺，不是討厭，甚至帶了那麼點小小的喜歡，卻又讓他害怕，還有些難堪，完全不敢讓人知道。

柳玉茹見他不答話，抬眼瞧他，認真道：「還疼嗎？」

這次顧九思回神了，他慌忙收回手，低頭道：「不……不了。」

柳玉茹以為他是覺得傷口被自己發現，有些難堪，她也不知道該說什麼。

過了許久後，她輕笑起來：「之前問你會不會把最後一口水留給我，你說你要把你的血肉餵給我，如今你當真是做到了。」

顧九思聽著這話，抬眼看她，輕鬆了許多，笑著道：「那妳問我這句話時，是不是因為妳已經做好了把最後一口糧留給我的準備？」

柳玉茹抿唇，沒有答話，轉過頭去，卻只是道：「還好，咱們都挺過來了。」

顧九思沒接話，他打量著柳玉茹。

這一路行來，她瘦了許多，不知道是不是因為消瘦的關係，整個人彷彿突然抽條長大，稜角分明了起來，呈現出一種清麗婉約之美，雖然此刻皮膚還有些泛黃，但五官卻已是出類拔萃，尤其是那股經歷世事後風雨不催的堅韌感和她一低眉、一垂眼之間的溫婉混雜在一起，更是多了種說不出的韻味。

她突然之間就完成了從少女到女子的轉變，從過往單純的清秀可愛，變得美麗起來。

甚至這種美麗是在她還帶著缺陷的情況下的，顧九思幾乎可以想像到，當這個人再成長些，將是怎樣動人的光華。

他這麼呆呆看著柳玉茹，柳玉茹也察覺了，她轉過頭看著顧九思，不由得笑了：「你這人是餓傻了嗎？以往說一句你要頂十句，怎麼今日成了悶葫蘆，什麼都不說了？」

顧九思笑起來，有些不好意思回了神，他怕柳玉茹察覺到自己異樣的心境，扭過頭笑著道：「因著也不知道該說什麼。」

「怎的呢？」

「妳是覺得還好挺過來了，」顧九思笑容裡帶了苦，「可我卻只想著，這一路太難了。」

柳玉茹靜靜瞧著他，顧九思將目光轉回她臉上，嘆了口氣道：「妳不知道妳昏著的那些日子，我有多難熬。」

「顧九思，」柳玉茹聽著他的話，神色微動，過了好久後，終於道，「其實你本可丟下我的。」

顧九思皺起眉頭，柳玉茹垂下眼眸：「我與你，其實不過是一紙婚約強行湊在一起的關係，若是因著責任感也就罷了，可是我去了，你其實不必太過傷心，過些時日，再找個漂亮的便好了。」

顧九思聽著，不知道怎麼的，就覺得心裡悶得慌。柳玉茹瞧著床，也不知道自己是在問什麼，只是道：「其實不必如此的。」

「那妳呢？」顧九思忍不住開口，帶了幾分氣性道，「我死了，妳再找個人嫁了就行了。到時候找個比我好看，比我對妳好，比我有前途的，妳又回來做什麼！」

「你這是說什麼胡話？」柳玉茹抬起頭瞧著他，一臉認真道：「若是找個比你有前途的倒還可能，找個長得比你還好的，你讓我去哪裡找？」

準備好的一席話全堵在了嘴裡，顧九思看著柳玉茹，有些懵。有種學了絕世武功，卻發現對方人不在了的無力感。

柳玉茹笑了，瞧著他道：「你是我丈夫，嫁雞隨雞嫁狗隨狗，我自然是要跟著你的。」

顧九思聽著這話，往日就跟她鬧著玩了。可是不知道為什麼，他今日聽著，卻有了幾分說不出的憋悶。

他自己也想不明白為什麼，乾脆不說這個話題，起身幫柳玉茹拉了被子，僵著聲詢問：「藥吃了嗎？」

「方才喝了。」

「那妳多睡一會兒。」說著，他扶著她躺下，將被子拉上蓋好，而後便道：「我去睡了。」

「顧九思，」柳玉茹拉住他，顧九思停頓在她上空，看著姑娘笑著的眼道，「想聽你說句好話，怎的就這麼難？」

顧九思僵著身子沒動，柳玉茹柔聲道：「你說，我昏著的時候，你慌什麼？」

「我怕妳死了！」

「為什麼怕我死了？」柳玉茹繼續追著問。

顧九思瞪了她一眼，終於道：「妳死了，我上哪再找個柳玉茹？」

得了這句話，柳玉茹終於笑了，她放開他，柔聲道：「去睡吧。」

顧九思總有種自己無形中吃了悶虧的感覺，他也想不明白，起身轉頭走了出去，出去沒幾步，突然又折了回來，有些莫名其妙道：「妳我是夫妻，把我們分房睡是幾個意思！」

柳玉茹愣了愣，隨後就看顧九思折了回來，往床上擠，不高興道：「妳往裡面去點。」

柳玉茹也不知道他火氣怎麼這麼大，笑咪咪往裡面睡了一點，顧九思躺下來，閉上眼睛，同柳玉茹道：「行了，睡了。」

柳玉茹靜靜躺著，其實她知道，顧九思是放心不下她，所以又折回來了，她笑著閉上眼。她覺得很幸福。

經歷了災禍，能這樣安安穩穩睡著覺，身邊有個要陪自己一生的人，就已經足夠幸福。

兩人睡了一夜，第二日醒來，顧九思一開門，就看見周燁一臉擔憂地站在門口。

顧九思有些奇怪道：「周兄？」

「九思……」周燁嘆了口氣，隨後道，「雖然我知道，少年人總是火氣旺些，可是你和玉茹才剛緩過來，元氣受損，還是休養一段時間為好。」

顧九思是懵的，迷茫道：「我們休養挺好的啊。該吃的都吃了，睡得也很好，大夫開的藥，我都瞧著玉茹喝下去了。」

「我不是說這個，」周燁領著顧九思，面上有些難以啟齒，「有些話，為兄也不好說得太明白，意會就可以了。」

顧九思表示自己意會不了。

他沉默片刻，覺得周燁似乎極其在乎這事，終於道：「周兄，九思揚州人士，和你可能因生長水土不同，有些東西不直說說不明白，您就直接說吧，您覺得我做錯了什麼。」

周燁沒想到顧九思一個南方人比自己還直接，他還未婚，大多都是聽著軍營裡的人胡說八道，憋了半天，才道：「你……剛回來，就同房，是不是急了些？」

顧九思微微一愣，隨後猛地反應過來。

雖然他沒吃過豬，但也見過豬跑啊！

他的臉頓時通紅，生平頭一遭感覺如此尷尬，恨不得趕緊找個地縫鑽進去。

他不知道該怎麼和周燁解釋，總不能說他至今沒有圓房。

憋了半天，終於道：「周兄不必擔憂，我只是擔心內子，並未……並未……」

「可是，」周燁有些奇怪，「這麼同床共枕，你自個兒憋著，也傷啊？」

「不……不勞費心……不……」顧九思話都說不清楚了。

他也不知道自己是怎麼的，周燁一說這話，他滿腦子想的都是柳玉茹晚上躺在身邊的樣子。

他覺得不能再和周燁聊下去，越聊越奇怪，他乾脆道：「周兄，我有事，先走了。」

說完，他逃一般離開，周兄看著顧九思的背影呆了半天後，終於道：「成了婚的人了，臉皮怎的這樣薄？」

周煒想了想，把這歸咎於南方人就是臉皮薄。

顧九思回了房裡，拿著冷水往臉上潑。

等多潑了幾次之後就清醒了。

這是成婚以來，頭一次有人同他說他與柳玉茹之間的事——不是名義上的，而是實實在在夫妻上的事。這讓他清晰的認知到，柳玉茹是自己的妻子。

她未來會同他生孩子，同他過一輩子。

過往從不去思考這些問題，是因為他一直堅信，有一日他和柳玉茹是要分道揚鑣的。等到那一日，他給了柳玉茹誥命夫人的位子，柳玉茹得到了自己想得到的一切，他們這段婚事，也就走向了終結，這是他早就同她說好的。

然而他清楚知道，這個約定背後更深沉的含義，其實是他們兩人對未來都沒有什麼期許，他沒想過要和柳玉茹過一輩子，也認知到，柳玉茹要同他過一輩子，是不幸福的。

他從一開始，不過就是想替這個人找一條幸福的路去走。他清楚明白，柳玉茹嫁給他，有想和他過一輩子的想法，不是因為喜歡，而是因為她骨子裡覺得，嫁一個人，就得跟著那個人一輩子，就是她說的嫁雞隨雞嫁狗隨狗。哪怕那個人不是他顧九思，只要她嫁了，她都不會想著離開。

然而這樣的婚姻能給柳玉茹幸福嗎？不能。

他心底希望柳玉茹的一生，能嫁給一個自己真正喜歡的人，能得到自己喜歡的東西。所以從一開始他就在勸說她，不僅僅是為了自己，也是為了她。

如今情況有了變化，他現在覺得，哪怕是和柳玉茹過一生，也不是不可以。

至少對於他而言，他無法想像失去柳玉茹的世界的模樣。

如果是一輩子，他就必須去想這些事，想未來，想孩子。

顧九思深吸一口氣，讓自己不要再把這些事想下去。如今他父親新喪，不是想這些的時候，畢竟，還有很長很長的時間，去和柳玉茹思量這個問題。

於是他讓自己站在水盆前，等澈底冷靜後，抬手抹了把臉，轉過身回了內屋。

柳玉茹坐在床上，幫他折著衣服，一面折一面道：「咱們現在也好上許多了，我想同周公子說趕緊啟程回望都，也不知我娘和婆婆如今如何了。」

「嗯。」顧九思應了聲，他垂下眼眸道，「我去同周兄說，明日便啟程吧。」

夜裡顧九思和周爗說了這事，周爗也諒解，他點了點頭，同顧九思道：「我還有些事要留在鹿城，便讓我的侍衛護著你們先回去吧。」

「多謝周兄了。」

如此約定好後，等到第二日，周爗便派了人送顧九思和柳玉茹回望都。

這一路行了兩日，這兩日比之前兩個月的路程好走太多。

有人保護，有馬車坐，有吃的，有喝的。於是兩人的心情好了許多。

柳玉茹對幽州好奇，一直坐在馬車裡四處張望。而顧九思同周燁借了書，路上一本一本研讀著。

周燁早早讓人先與顧家通信，顧九思和柳玉茹回城當日，江柔和蘇婉一起候在城門口，柳玉茹坐在馬車裡，捲著車簾探頭往外看。

幽州和揚州不同，揚州氣候溫熱，處處都是垂柳小溪，帶著一種說不出的精緻匠氣。而幽州則是大開大合的鬼斧神工，周邊樹木一排排生得筆直朝天，樹葉卻是極其稀少，沒有揚州那種熱鬧的綠意。

幽州的男兒豪爽，說話聲音極大，一路上柳玉茹瞧見青年駕馬從他們馬車旁過去，歡歌笑語，與那千里荒蕪的滄州截然不同。

兩人來到城門前，江柔和蘇婉候著，柳玉茹老遠瞧見了她們，激動道：「是我娘和婆婆！」

顧九思從書裡抬頭，用書抬起車簾，看見站在遠處的江柔和蘇婉，笑了笑：「妳的眼神倒是好。」

馬車停下來，柳玉茹激動地下了馬車，高興地衝到蘇婉面前，大聲道：「娘！」

蘇婉眼裡帶著眼淚，看著女兒跑到自己身前，一把抱住自己。

柳玉茹小時極其活潑，但打從張月兒進府後，便一直收斂著性子，哪裡有這樣情緒外露的時候？可見是高興極了。

蘇婉輕拍著柳玉茹的背，吸著鼻子道：「回來就好，回來就好。」

江柔瞧著柳玉茹，眼裡含著笑，她慢慢轉過頭，看見顧九思從馬車上走了下來。

他穿著一身藍衣，頭上綁了布冠。消瘦了許多，身高似乎又往上抽了幾分。更難得的是，他收了原來那張揚的性子，靜靜站在江柔面前，氣質內斂又溫和，像極了讀書人。

江柔不知道為什麼，看著這樣的顧九思，便有些眼酸，可卻還要強撐著自己，笑著看著顧九思恭恭敬敬行禮，沉穩道：「見過母親。」

江柔勉強笑著，吸了吸鼻子道：「就兩個月不見，怎麼學會這些虛禮了？」

「以前爹總說我沒個正形，」顧九思笑著道，「如今想著，我也該長大成人了。我也不知道長大成人該怎麼做，就想著先從這些虛禮學起好了。」

「也是好事。」江柔沒有問顧朗華，接了顧九思的話頭道：「你能變好，我也很高興。好了，不多說了，」江柔側了身道，「入城吧，家裡已經準備好飯菜，就等著你們回來。」

說著，大傢伙招呼著柳玉茹和顧九思往望都進去。

顧家買下的宅子在望都最好的地段，到了門口，柳玉茹就知是顧家的風格。這宅子原本就是個江南人士建起來，保留了江南園林的特色，於望都這種水源不算充沛的地方，在院落中修建了水榭。

柳玉茹和顧九思站在門口，跨過火盆，接受江柔用艾蒿沾水輕輕拍打在頭上、肩上。這個儀式讓柳玉茹有了一種莫名的放鬆感，彷彿昭示著一場災禍的結束，一段嶄新人生的開始。

兩人一起進了屋裡，屋內歡歌笑語，柳玉茹和顧九思瞧見一張張熟悉的面孔，他們生動地同顧九思柳玉茹打著招呼，叫著一聲聲「少夫人」「大公子」，一瞬之間，兩人都有一種彷彿還在揚州的錯覺。

顧九思不由自主拉住柳玉茹的手，柳玉茹抬頭瞧他，顧九思輕輕笑了笑，卻是道：「這時候妳在身邊，覺得真是太好了。」

因著兩人回來，飯桌上多了不少菜。和過去的生活自然是不能比較，但是對於剛經過災荒的兩個人來說，這簡直是大餐。

一家人在飯桌上笑著說話，沒有任何一個人提起顧朗華。他的名字彷彿是一個禁忌，誰都不敢多說什麼。

飯吃完的時候，還剩下許多，看著飯菜端出去，顧九思皺了皺眉頭，柳玉茹瞧著，心裡也有些難受。

或許是明白了食物多珍貴，看見食物被這麼糟蹋，難免生出幾分心疼。

於是柳玉茹嘆了口氣，攔住下人道：「吃的東西也別倒掉，看看外面有沒有需要的人，需要就分出去吧。」

下人們對視一眼，隨後應了聲是。

等下人都走了，江柔喝了口茶，猶豫片刻，終於還是道：「你們這兩月過得如何？」

顧九思和柳玉茹對看一眼，顧九思無奈笑笑：「尚可吧。」

「都遇見些什麼，說來聽聽吧。」

江柔是想知道他們發生了什麼，放在往日，顧九思自然是明白的，他會一五一十說出來，然而如今，他也不知道自己是怎麼了，張了張口，卻是什麼都說不出，許久後，簡短道：「我回去救爹，玉茹救了我，然後爹沒救出來，一把火……去了。」

江柔聽著，她面上很鎮定，似乎並不意外，然而開口時所有人都聽出她音色間的沙啞：「後來呢？」

「水路行不通，我們就走陸路，滄州旱災，加上戰亂，路就走得長了些。」

顧九思輕描淡寫說了他們經過什麼，江柔知道從顧九思這裡應當是問不出什麼了，於是不多說，隨意地和顧九思聊了幾句，就讓他先下去了。

等他走之後，江柔的目光落在柳玉茹身上。

「究竟如何，」江柔平和道，「妳說吧。」

柳玉茹沒有隱瞞，她一五一十，將自己所見所聞都說出來。

從一開始，江柔的眼淚就停不住，聽見顧九思和她吃樹皮草根的時候，終於忍耐不住，抓住柳玉茹的時候，抽泣著道：「受苦了……你們受苦了。」

「沒事的，」柳玉茹嘆了口氣，「能活著回來，已是不錯了。」

江柔點著頭，得了她要的答案，不再多留，和柳玉茹寒暄幾句後便讓柳玉茹回房。

她回到自己的房間，顧九思正在看書，聽到柳玉茹進屋的聲音，他一面看書，一面同柳玉茹道：「可是我娘問我爹的事情了？」

「問了。」柳玉茹坐在梳妝檯前，拆卸著首飾，安慰道，「婆婆看上去很鎮定，你也不用太擔心。」

「不鎮定又能如何呢？」顧九思苦笑：「我娘不過是知道如何收斂情緒罷了。」

柳玉茹扶著簪子的手頓了頓，片刻後，她垂下眼眸，有些無奈道：「睡吧。」

等到第二日早，柳玉茹去找江柔熟悉情況，顧九思也去了。

江柔來這邊已經有了些時日，大概清楚了情況：「來了之後，我先找了周公子，讓他幫忙多照顧些。周公子是個好人，聽到我們的情況，便一直幫襯著。只是周公子畢竟能力有限，我也就沒多麻煩他。」

聽了這話，柳玉茹有些詫異：「周公子是周將軍的兒子，在幽州……」

柳玉茹和顧九思對視一眼，話沒說出口來，但大家都是心知肚明。

周高朗是幽州二把手，他的兒子在幽州地界，竟是這樣說不上話的嗎？

江柔明白他們的疑惑，耐心解答道：「幽州凡事都走流程規矩，節度使范大人是個講規矩的人，各司其職，就算是周高朗本人，許多事也是辦不了的。」

柳玉茹和顧九思點點頭，江柔繼續道：「當然，這不是最重要的。最核心的原因，其實是周公子的地位有些尷尬。」

「如何說？」

「他並非周高朗的親生兒子。」

這話把柳玉茹和顧九思說愣了，江柔看出他們詫異，接著解釋道：「周夫人原是有一個丈夫的，據說是位教書先生，同周夫人一起搬家，路上遇到劫匪。周大人路過救下這對母子，當時周大人還沒娶妻，兩人日久生情，就成了親。所以周公子雖然姓周，是周府長子，卻並非親生子嗣，在幽州並沒有官職，一直在外做生意。只是偶爾軍隊需要做生意，便由他來包辦。」

比起周燁不是周朗華的兒子，周夫人竟然是個死了丈夫的女人，還能帶著孩子嫁給周高朗，這也算手段非常了。

這件事對於柳玉茹來說，簡直是顛覆了她過去所有認知。

「如今其實大多數事都辦妥了，唯一的問題就是咱們的酒樓，還沒拿到文書允許開業。據說如今來幽州做生意的人太多，咱們的文書還在排著隊。明日我打算去衙門再問問，看看什麼情況。」

「那我陪您去吧。」柳玉茹趕忙開口。

她回頭看向顧九思，顧九思卻是道：「我便不去了，在家等消息吧。」

柳玉茹沒想到顧九思會這麼說，她本以為顧九思會跟著她們去。

但她收斂了詫異，應聲下來。

等第二日，柳玉茹同江柔早早出去，顧九思休息了一會兒，帶了些碎銀，走出顧府。

街上人來人往，顧九思一眼就看到了周邊的流民。

他朝著流民中的一個小孩招了招手，小孩愣了愣，顧九思乾脆自己走到他面前，半蹲下身，手搭在膝蓋上，看著小乞丐道：「小兄弟，在下有個小忙需要你幫忙，不知可否？」

說著，顧九思便取出碎銀。小乞兒一看銀子，忙道：「公子吩咐！」

「你去幫我找幾個人，」顧九思思索著道：「十三州每個地界至少一個，我有話想問問他們。」

第十五章　花容

顧九思等著小乞兒去找人時，柳玉茹跟著江柔到了府衙。

府衙門口烏壓壓的全是人，許多口音混雜著，別說是南方口音，甚至連北梁都有。人裡不拘男女，女子說起話來，聲音也是又大又嘹亮，沒有半分扭捏羞澀，看上去是走慣了江湖的。

柳玉茹排著隊，覺得有些拘束，江柔倒是氣定神閒。旁邊一個穿著藍裙的女子站在她們前面，轉過頭同江柔搭話道：「妳們也是來同官府拿證的？」

「是啊。」江柔笑著，同藍裙女子打聽道：「您是打哪兒來的？」

「我從河陽過來，我夫家姓沈，但您叫我三娘就好。」

「三娘，」江柔倒也不推辭，順著女人的話親熱地喊起來，隨後介紹自己，「妾身揚州人士，夫家姓顧，我看上去虛長三娘幾歲，若不介意，可叫我一聲柔姐。這是我兒媳玉茹，妳直接喚她的名字便好。」

沈三娘點了點頭，打量婆媳兩人一眼，疑惑道：「有一句話，三娘不知當問不當問，若是有不妥當，您不答也好。」

「三娘但說無妨。」

「河陽距離東都太近，又靠近滄州，梁王叛亂，河陽亂起來，加上滄州流民太多，我與我家郎君恐怕有變，便早早規劃來了幽州。但揚州不同，揚州向來富庶，又距離戰區甚遠，妳們來幽州，為的是？」

聽到這話，江柔和柳玉茹苦笑著看了對方一眼，雙方嘆了口氣，同沈三娘將揚州的情況大致說了下，江柔剛說完，旁邊的人便感慨道：「可不是嗎？何止揚州如此，我們並州也是如此，相差無幾的。」

一人說，大夥兒便紛紛說起來。

柳玉茹聽著大家說起這些，慢慢皺起眉頭，心裡不免有些不安。

如今幽州新增人口太多，望都尤甚，都是從各地來此安居經商的商人，因為幽州行商環境比其他地方好上許多。於是望都官府規定，每日發放經商名額不能超過十個。先交文書，若沒有問題，就開始排隊。江柔的文書交了好幾次，都以各種理由反了回來，如今已是她第五次交了。

柳玉茹和江柔排到下午，才排到他們，將文書恭恭敬敬遞上之後，江柔同那官員道：「大人，我們酒樓應當辦的都已經辦下了，如今也拖了快兩個月，不是什麼大買賣，若還不能開門，酒樓裡的夥計就真的沒事可做了。如今有個生計不容易，煩您體諒吧。」

「行了行了。」對面的人有些不耐煩，擺手道，「誰都不容易，該是你們就是你們，等著吧。」

江柔連連道謝，隨後領著柳玉茹走出去，柳玉茹跟在江柔後面，步子放慢了些，就聽那官員同旁人抱怨道：「天天來這麼多人，個個都是張嘴吃飯的，生了長嘴皮子，低買高賣就能過活，你讓老百姓怎麼辦？」

柳玉茹腳步微微一頓，沉默片刻，卻還是假作什麼都沒聽到，走了出去。

出了外面，江柔嘆息著，同她道：「來望都的商人越來越多，外面怕是越來越亂了。」

兩人上了馬車，江柔見柳玉茹久不回應，有些奇怪道：「玉茹，妳可聽到我說話了？」

柳玉茹回了神，忙應了一聲，江柔好奇道：「妳這是想什麼，想得這樣出神？」

柳玉茹嘆了口氣，實話實說道：「我就是想著，婆婆，您說這天下兵馬都在籌備著打仗，打起仗來，上戰場的人要吃飯，不上戰場的人要吃飯，個個張口吃飯，飯從哪兒來？」

「自然是從種地的人手中來。」江柔有些奇怪。

柳玉茹接著道：「那您說，是種地的人來錢快，還是我們來錢快呢？」

「自然是我們……」江柔說著，便覺得有些不對勁。

柳玉茹擔心道：「那便是了，這麼多年來，朝廷處心積慮想法設法重農而抑商，為的不就是這個嗎？您想，在那些官家眼裡，咱們沒什麼用處，太平年歲尚且如此，如今呢？現今我們千里迢迢趕過來避難，於官家眼中，就是多了口吃飯的嘴，卻沒有多了個產糧的人，幽州每日放出十個經商名額，那是如今幽州還未籌備打仗，若幽州開始籌備呢？」

野心勃勃的王善泉第一件事先逼著揚州富商交錢，其他各地大多如此。

若幽州也開始準備打仗了呢？

江柔聽聞這話，頓時冷汗涔涔。

但她不能在小輩面前示弱，她故作鎮定，點頭道：「妳說得有理，容我再想想看……」

柳玉茹輕嘆一聲，沒有說話。

她轉頭看著馬車外，覺得內心沉甸甸的。離開了揚州，走過了青州滄州，卻始終沒能來一處全然的太平人間。

柳玉茹和江柔在官府做這事時，顧九思坐在路邊，他拿了饅頭，又弄了個水袋子，周邊坐了一圈人，他就聽這些來自天南海北的人說著自己的消息。這小乞兒不僅找了十三個州的流民，聽到這裡有吃的，還有許多日常蹲守在街頭的乞丐也過來，說出有用資訊的，顧九思就發饅頭。這些人雖然身分卑微，但正因為卑微，所以講話也並不避諱，說著一路上遇到的聽到的事。

例如幽州軍系複雜，周高朗和地方鄉紳關係不好，缺錢少糧，范軒為此一個頭比兩個大；又或者范軒如今正在鄉下收糧，招募新軍；再或者……

於是短短一個下午，顧九思就把望都的情況摸了個透，他聽完之後，將最後一個饅頭放下，和所有人告別。小乞兒跟著他道：「大哥，以後有這種事，記得還找我。」

顧九思笑了笑：「你叫什麼？」

「我叫虎子。」乞兒立刻道，「在望都土生土長，大哥您不是望都本地人吧？總該要有雙眼睛有雙手幫忙做事的。」

顧九思聽著這十幾歲少年這麼熟悉的討價還價，挑了挑眉，上下打量虎子一眼，隨後道：「行，日後若我有事，哪裡找你。」

「城東土地廟，」虎子立刻道，「你留個信兒給我就行了。」

「明白了。」顧九思點點頭，給了他一個銅板，「賞你的。」

虎子連連感謝，顧九思回了顧府。到了家裡，柳玉茹和江柔已經回來了，兩人的臉色都不太好，顧九思見了她們，笑著道：「可是被官府為難了？」

「倒不是為難，」江柔嘆了口氣，「今日我和玉茹聊了聊，如今我們已不是擔心官府文書的問題了，而是擔心范軒也同王善泉一樣……」

江柔話沒說完，顧九思便笑了，他抬眼看向柳玉茹，眼裡帶了幾分揶揄：「玉茹聰明啊。」

那眼神裡帶了嘲笑，柳玉茹愣了愣便反應過來，今日他不跟著她們去，怕就是想到了這一遭。

她頓時有些惱了，但在江柔面前，只能按耐著性子，聽顧九思道：「其實玉茹說得是，今日兒子也去街上打聽消息了，如今各州自立，其他地方都做了備戰準備，幽州難保不會如此。為商之道，還是要同官府密切些，不然空有財無權，也守不住。」

「你說得是，」江柔嘆了口氣，「也不知道你舅舅如何了。」

聽到這話，大家一起沉默下去。過了許久，柳玉茹看了看兩人臉色，斟酌著道：「不僅舅舅，還有公公他……」

柳玉茹說著，不知道為什麼，聲音漸漸小下去，竟有些說不下去，然而她知道，若她不說，在場兩個人誰都說不出口。她終於還是道：「人回不來，衣冠塚……也該有一個的。」

所有人沉默著，顧九思開了口，正想說話，就聽江柔道：「他還沒回來。」

顧九思愣了愣，看見江柔冷漠鎮定的面容道：「一日不見他的屍體，我便不信他去了。」

「娘……」顧九思聲音裡帶了幾分暗啞。

被火葬的人，哪裡還能有什麼屍骨？

江柔說這樣的話，無非是因為她不能信他去了。

顧九思低著頭，小聲道：「我爹他……」

「這事不用提。」江柔打斷顧九思，「只要還有一絲希望，我都會等著他。你同我說他去了，你見著他去了，還是你見著他的屍體了？若都沒有，你怎麼肯定他就去了？若等到我去了，他還沒有回來，」江柔看著顧九思，顫抖著唇，沙啞著聲道，「那你再將他的衣冠同我放在一起，一同葬了。」

「娘……」

「九思，」柳玉茹聽出江柔語調裡的決絕，抬手拉住顧九思，嘆息道，「就這樣吧。我們說說接下來怎麼辦吧。」

顧九思沉默著，江柔巴不得換一個話題，她抬眼看向柳玉茹：「玉茹覺得怎麼做？」

「我想，」柳玉茹抿了抿唇，「就在這時候，將家中財產，全捐給官府吧？」

聽到這話，江柔豁然抬頭，震驚地看著柳玉茹。

顧九思不為所動，江柔看向顧九思，又看看柳玉茹，兩個年輕人，似是對於全捐家產毫不在意，江柔憋了半天，才道：「玉茹，妳可知妳在說什麼？」

「婆婆，」柳玉茹輕嘆，「這世上最值錢的，永遠都是未來。」

用萬貫家財，換幽州立足，換一個未來。

江柔沒說話。

顧家財產，是她與顧朗華一分一厘掙了大半輩子掙回來了，她沒有柳玉茹這樣當斷就斷的決絕。

錢不僅僅只是錢，它代表著物資，代表著選擇權。

顧九思知道江柔的想法，他輕嘆一聲，坐到江柔面前，勸說著道：「娘，其實這些錢，咱們留不住的。咱們顧家不比那些普通商戶，我們太惹眼了，在幽州又沒有什麼根基，這些錢攥在我們手裡，別人眼紅啊。」

「那也不必都……」

「只捐一部分，他們沒錢，就總想著你有。而且他們總覺得你只捐了一點，不會有什麼大恩大德的想法。咱們乾脆一次性捐出去，不僅要捐，還要找一個人，透過一個人捐。捐完之後我們什麼都不能要，要捐得高風亮節，這樣才會讓人覺得，我們是義士。」

江柔沉默著沒有說話，顧九思接著道：「而且，有了靠山，以後我的仕途之路，才會好走一些。」

江柔微微一顫，柳玉茹抬頭看了過來，顧九思平靜道：「我想做官。」

「我想當大官，當一個有權有勢，有能力影響這天下人的大官。所以，娘，」顧九思看著她，認真道，「只捐一點錢，是可以。可之後的風險我們不一定能夠承受。而且，我不僅是想在幽州立足，我還想往上爬。」

「那你打算如何做？」柳玉茹出聲，她瞧著他：「是直接找到官府，將錢都給他們嗎？」

「不，」顧九思出聲，平靜道，「我想讓周燁替我引薦周高朗，將錢私下全數給他。」

柳玉茹愣了愣，和江柔對視一眼。

「這是為何？」江柔有些疑惑：「你與其給周高朗，為何不直接找范軒？」

畢竟如今的節度使是范軒，周高朗只是一個將軍，如果要討好自然是范軒更好。

顧九思笑了笑：「如今要討好范軒的，肯定不只一個人，我們過去，出了十分的力，怕范大人只能記得七八分的好。可周將軍不一樣，一來我們本就和周燁關係好一些，目的性顯得沒那麼強。二來我聽說他的軍隊正缺錢少糧，我將錢全給他，他必然十分感激。雪中送炭總比錦上添花強。」

江柔沒說話，沉吟許久後終於道：「此事茲事體大，你容我想想。」

「母親認真考慮。」顧九思認真道，「我與玉茹畢竟年輕，許多事思慮不周，您多想想，再做決議。」

說完這些，江柔也有些累了，顧九思就領著柳玉茹回房去，兩人走在走廊上，柳玉茹伸手去擰他的腰，怒道：「心裡都想清楚了，還讓我和娘去跑一趟，你看我笑話呢？」

「哎喲哎喲，」顧九思故作痛苦不堪的樣子道，「夫人輕些，疼疼疼！」

柳玉茹見他的模樣，也分不清真假，勉強收了手，顧九思趕忙賠笑：「我哪有這麼神機妙算，就是心裡有個想法，反正妳也要出門的，這不是分散出去到處走走看看，打聽打聽消息嗎？」

說著，顧九思抬起袖子，替她搧著風，討好道：「別氣別氣，消消火。」

柳玉茹板著臉，本想偽裝一下，但瞧著他討好的樣子，忍不住「噗嗤」笑出聲。

顧九思見她笑了，便道：「唉，哄夫人一笑著實太不容易了。」

「還不容易吶？」柳玉茹笑著瞧他，「我都沒同你要什麼，你花言巧語說幾句話，我便笑了，這怕是沒有比我更好哄的女人了。」

「那妳要什麼？」顧九思突然說。

柳玉茹愣了愣，顧九思瞧著她，並非玩笑，溫和道：「我似乎沒送過妳什麼東西，做丈夫哪有這麼吝嗇的？」

柳玉茹聽到這話，也不知道為什麼，覺得耳垂有些發燙，她轉過頭去，輕搖著手中團扇，有些不自在道：「我要有的都有了，也沒什麼想要的，你想送什麼就送，哪裡還有問我的道理？」

顧九思聽著，看見前方女子有些不自在扶了扶頭上的髮簪，他忍不住在後面笑出聲，柳玉茹有些羞惱，回頭道：「你笑什麼！」

「沒，沒什麼，」顧九思道，「娘子冰雪聰慧，就連提要求都展現得如此與眾不同，在下佩服。」

「顧九思！」柳玉茹怒了，「你自個兒過一輩子吧！」

說完，她氣呼呼走了，顧九思愣了愣，隨後趕忙追上去：「欸欸欸，我錯了，我買簪子給妳。」

「買什麼簪子！誰要簪子！」

「好好好，我送妳，我想送妳。」顧九思拉扯著她的袖子，柳玉茹不斷推著甩開，顧九思忍不住了，見她抗拒著，便一把將人抓在懷裡，用手困住她，兩人面對面，柳玉茹愣了，顧九思卻是完全不覺，只是抱著她，笑著道：「好啦，我錯了，我不該笑妳，等我找份差事，自個兒賺到第一筆錢，就買簪子給妳，好不好？」

柳玉茹沒說話，她感覺這人的手環在她的腰上，帶著不屬於女子的灼熱，她紅了臉，扭過頭小聲道：「隨你。」

顧九思見她鬆了口，放下心來。然而這時候，他才察覺這個姿勢有多麼曖昧。

他頓時僵了，覺得突然鬆開顯得有些尷尬，可這麼抱下去更尷尬。

柳玉茹察覺到他的僵持，用團扇輕輕敲了敲他的手，紅著臉低聲道：「還不放開。」

顧九思忙放了手，柳玉茹轉過身，小聲說了句：「猛浪。」

過去她常這樣說，他也不覺得有什麼，甚至還能嘻嘻哈哈以此為榮。

然而這一次他站在原地，感覺姑娘柔軟的腰肢觸感似乎還停留在掌間。他扭過頭，覺得空氣裡多了幾分燥熱。那軟綿綿的話語彷彿帶了勾子，柔軟又纏綿的劃在他心上，勾得心裡酥酥癢癢。

他頭一次覺得，自己做的事，當真猛浪。

第二日兩人醒來，便被江柔叫到了屋中，江柔想了一夜，嘆了口氣，同顧九思道：「我想了一夜，你說得對。咱們生意人，都是賭徒，你既然想押周高朗，那咱們就押周高朗。我這就讓人去找周公子，咱們今日開始清點家中財務，等周公子回來。」

「好。」顧九思點點頭。江柔繼續道：「我想過了，你私下去找周高朗，周高朗不可能瞞著范軒，但他會明白你的心意。到時候他會找范軒上報，然後自己想辦法把咱們家財產弄到自己的軍中。你記得什麼都別要，但依照著周高朗的性子，他不可能什麼都不留給咱們，他給什麼，你就往最少的要。」

「我明白。」顧九思應聲。

「咱們家的宅子是一套都不能留的，你要全數交給他。他若要賜給你宅子，你絕不能要我們自家的。」

「為何？」顧九思有些茫然，江柔嘆了口氣，「傻孩子，你要給他全部，就得讓他放心。你把宅子交給他，他全部搜過了，才能確信你沒有偷藏大量現銀。銀票他們可以控制來處，所以只要保證你沒有大量現銀，就能確定你是真的把該給的都差不多給了。」

「他們不會真的把所有的東西要得乾乾淨淨，但也絕不可能留太多給咱們。咱們家是揚州的首富，能給出多少來，他們心裡都有數。但是再走這麼一道過場，他們更放心一些。」

「其實婆婆也不用太過憂心。」柳玉茹在旁邊開口：「對於范軒而言，最重要並不是咱們有沒有藏私，最重要的是要有個人做表率。只要咱們姿態做足了，范軒那也就夠了。只是為了九思以後的仕途，咱們要做乾淨些，私下藏著點，也沒什麼。」

所有人聽明白柳玉茹的意思。幽州銀票管控嚴格，而大筆銀子又難私藏，如果要冒險藏錢，後續勢必要涉及如何洗錢等操作。而顧九思如果是以傾盡家財捐款博得名聲，若被人查出半點蛛絲馬跡，都是顧九思未來的把柄。

於是江柔點點頭，應聲道：「的確如此。」

三人定下來，柳玉茹陪著江柔清帳，顧九思就坐在家裡看書。

過了幾日，周燁回來，他半路得了消息，一回到望都就趕到了顧九思家中。他急急忙忙進了顧九思家裡，進去的時候顧九思正在看書，庭院裡青竹婆娑，顧九思一身白衣，頭髮用布帶半挽，同周邊青竹融在一起，呈現出閒雲流水式的從容優雅。

周燁愣了愣，驟然發現面前這位公子和當初揚州那個人相比，似乎有了一種說不出的變化。

不能說這樣的變化不好，可是當顧九思挽袖舉杯，抬頭看過來時，周燁還是帶了說不出的悵然。

顧九思瞧見他，有些驚訝道：「周兄？」

周燁笑著走進來，顧九思點了點自己對面，放下書倒酒給周燁，笑著開口：「周兄何時回來，怎不讓人提前說一聲？」

「我剛回來就趕過來了，我聽人同我帶話說你打算將家產全捐給我父親？」

「嗯。」顧九思面色不動，舉了杯，隨口道，「喝一杯？」

「你可知這是做什麼？」周燁有些著急，「你家乃揚州首富，這麼多錢……」

「又如何？」顧九思抬眼輕笑：「萬貫家財，護不住又如何？」

周燁愣了愣，顧九思抿了口酒，平淡道：「周兄，我本就是一擲千金的人，如今歷經生死，對錢財一事看得透徹。這些錢我拿著也是護不住，倒不如求個人護著。」

「你若是怕揚州之事再演，大可不必擔心，」周燁急急出聲，「我在幽州，保你無虞。」

顧九思動作頓了頓，他說不出話，一時有些感動。

他深感周燁之正直，抬頭看向周燁，明白此時此刻周燁說這話，的確是真心實意。然而他對人心之把握，不敢想得太好。

周燁是如此想，可周高朗呢？范軒呢？

位於那樣高位之人，若到了關口，誰又是善類？

只是說范軒比起王善泉，自然溫和許多，只要交出錢財，便沒什麼大事。只是早交晚交，那就是大大不一樣了。

顧九思笑了笑，隨後道：「周兄，其實也不用如此。」

「我知道幽州缺錢，」顧九思平淡開口，「顧家安頓在幽州，自然要為幽州做點什麼。而如今梁王謀反，各州自立，我希望這亂世能早些結束。我知道令尊與范大人心有抱負，所以將這些捐贈出去，無論是用於軍隊求天下太平，還是給百姓，都覺得很好。換位來想，若周兄有我這樣的家底，看見亂世百姓，周兄又會如何？」

周燁微微一愣，這話說服了他，他沉默了許久，終於道：「我明白了，九思，等會兒我就帶你去見我父親。」

周燁在顧家待了一會兒，便讓顧九思換上衣服，同他一起去了周府。

他提前讓人通知了周高朗，到了周家後，周燁帶著他去書房，周燁讓他先等在院子裡，自己進了屋中。顧九思身著印著銀白色捲雲紋路的藍色外袍，白色單衫，頭頂玉冠，配著俊雅的五官，往庭院裡一站，十分矚目。

他在門口等了片刻，周燁便讓他進去。顧九思進了房中，一直低著頭，恭恭敬敬向周高朗跪下行禮後，才聽周高朗說了句：「起來吧。」

顧九思起身，抬眼正視周高朗。

周高朗看上去四十多歲，正值壯年，他並不算威猛，氣質內斂溫和，不像武將，倒像個文臣。

他上下打量顧九思一會兒，隨後笑起來道：「燁兒同我說了你的事，我還以為應當至少是個比燁兒更大些的小兄弟，不想你竟這樣年輕。」

說著，周高朗站起身領顧九思坐下，他親自替顧九思斟茶，笑著道：「小小年紀有這樣的氣魄，倒令我有些意外。」

「不過都是應該做的，」顧九思恭敬道，「倒也談不上什麼氣魄不氣魄。」

「你求的，我都明白。」周高朗沒有繞彎，直接道，「我的確缺這筆錢，你今日所作所為，我都會記在心裡。你們顧家是生意人，我不會讓你虧本。」

周高朗說得這樣明白，幾句話之間，顧九思便大約知道了周高朗的為人，他也不再繞彎子，坦然道：「那九思先在此謝過周大人。」

「你捐這筆錢，我會同老范說，到時候會公開嘉獎。你們既然是表率，那剩下的東西就不能太多，到時候我會給你們一個院子，然後留一樁生意給你們家過日子，要做什麼你定下來，什麼能做什麼不能你心裡有數。」

「我明白。」顧九思應聲。

他聽懂周高朗的話，他得領頭過清貧日子，讓其他商人看著。但也不能苦得毫無出路，這樣其他商人瞧著也害怕。

周高朗見他上道，滿意地點點頭，隨後道：「這事我交給燁兒辦，你有事就找他，等風頭過吧。」

他話沒說完，顧九思卻已經明白周高朗的意思，周高朗站起身拍拍顧九思的肩，便回了自己的位子上。

顧九思喝完最後一口茶，同周高朗拜別，隨後跟著周燁走了出去。

周燁很高興，出了小院，便同顧九思道：「九思，父親很欣賞你，我今個兒剛把你的話和我父親說，我父親便同我說，你這樣的人讓我好好結識。」

「放心吧，」周燁抬手拍了拍顧九思的肩膀，「只要你有才華，幽州一定是最合適你的地方。」

「那我借你吉言了。」

顧九思雙手攏在袖間，笑著同周燁走出去。兩家距離不遠，乾脆棄了馬車，一面說一面走回去。

「現在城內要做生意，必須要有官府發的許可令。大家都希望所有人能多去種地，多種地，明年收成才夠。幽州本便不是什麼產糧之地，若是再不多準備些，明年怕就難過了。」

「的確如此。」顧九思點著頭。

「所以現在能少一個人做生意，就最好少一個人，」周燁笑笑，「再過兩日，這許可令就要澈底禁了。九思你想好要做什麼沒？」

「做什麼？」顧九思想了想，隨後笑著道：「看我夫人和母親吧。她們想做什麼，便做什麼。」

周燁愣了愣，片刻，他笑起來：「想不到顧兄是這樣的人。」

「她們倆也沒什麼喜歡的事，就喜歡做生意了。」

顧九思說著，突然想起什麼，他抬眼看向不遠處的首飾店，想了想，突然道：「哦，玉茹還想要根簪子。」

「嗯？」

周燁有些茫然，還沒反應過來，就看見顧九思大步往首飾店去了。周燁趕忙跟上去，看見顧九思站在前檯，翻看著簪子。

太過奢華的如今是不敢買的，到時候怕給柳玉茹招禍，可太過樸素的，他又覺得總差了點。

他站在一旁挑挑揀揀，周燁瞧了一會兒，小心翼翼道：「買給媳婦的啊？」

「嗯。」顧九思揚了揚下巴：「幫忙挑挑？」

於是兩個大男人一起挑簪子，挑了半天，顧九思最終還是受不了，咬牙買了鳳尾步搖。那步搖雕刻得極為細膩，墜著珍珠，顧九思讓人用盒子裝上，走出門後，他瞧見路邊賣花的孩子，想了想，買了一朵玉蘭。

他將玉蘭用細繩綁在首飾盒上，原本有些壓抑的首飾盒頓時變得漂亮了許多。周燁一路看著顧九思這麼費心思，憋了好半天終於道：「九思，你若能將這心思花一半在讀書上，早就金榜題名了。」

顧九思聽這話，回頭笑笑。

「周兄說笑了，」他將玉蘭的位置扶正，溫和道，「金榜題名，哪比得上美人一笑？」

周燁愣了愣，顧九思大笑起來，自己提著首飾盒往前走去。

好半天，周燁才反應過來。

為什麼他現在還沒有成親？

這大概就是原因了。

顧九思回到家裡，帶著首飾盒找到柳玉茹。柳玉茹正和江柔聊著天，顧九思瞧見江柔，下意識將首飾盒收起來。他將周高朗的話大概說了一遍，隨後道：「妳們覺得，咱們做什麼生意合適？」

「賣米？」江柔思索著：「如今最重要的不過糧食了。」

顧九思笑了笑，卻是道：「周大人說了，什麼能做，什麼不能做，咱們心裡要有數。」

誰都知道戰時糧米貴，這樣好的生意給他們做了，他們捐那些錢便不是捐錢，而是花錢買利了。

他們是表率，自然不能做這樣的事。

柳玉茹想了想道：「那就賣胭脂吧。」

這讓所有人出乎意料，戰亂時就算不買米糧，總不至於去賣這些東西的。

然而顧九思並沒有否決，只是道：「妳喜歡胭脂？」

「倒不是，」柳玉茹想了想道，「我只是想著，幽州大概是打不起來的，只有幽州打別人的份，那對於望都百姓來說，和過去的日子相比，就是手裡的錢更少些的差別。可錢少，卻總是有的，咱們做生意，事關人命的物資不能碰，那剩下的，就是可有可無的，而在大家錢少的時候，可有可無的東西，會買什麼呢？」

「我想了想，男子大多要忙起來，無暇買東西，剩下的就是在家中的女子，若是我，就想買一盒唇脂，或者胭脂，又或者其他。」

「為什麼？」顧九思有些茫然，江柔卻是聽明白了，她和柳玉茹對看一眼，江柔笑著道，「因為便宜。」

柳玉茹見顧九思還是聽不懂，便細細解釋：「打起仗來，心裡自然時時憂心，日子總是要過的，便需要做點讓自己開心的事。女人愛美，能讓自己變美的東西，便能給自己慰藉。可手中錢不多，花多了心疼，只有胭脂水粉這些東西，又便宜，又讓人覺得，自個兒還是在好好過日子的。」

顧九思懂了，這就是花錢給自己買個安慰。

女人過日子，不花錢不高興，花多了不高興。

便是一點錢，買些美好卻無用的東西，最高興了。

顧九思點點頭，算是同意了。等兩人回去時，顧九思雙手背在後面，同柳玉茹道：「這麼偏門的生意，妳是怎麼想到的？」

「因為以往我沒錢啊。」柳玉茹笑了笑，「哪像你，想要什麼就有什麼。我手裡沒什麼錢，可我每個月都會努力買盒胭脂給自己，每次我拿著那盒胭脂，都會覺得很高興，感覺像是獎勵自己很努力的生活著。」

顧九思聽著，忍不住側目瞧她，聽著她說過去，不知道為什麼，心裡突然有些發酸。

他忍不住道：「出來這麼久了，就沒想過妳家嗎？」

「我娘在，」柳玉茹的聲音輕飄飄的，「我也就沒什麼好掛念的了，剩下的都是命。」

兩人說著，進了屋裡。等進了門，他們各自洗漱，柳玉茹回到梳妝檯前，發現上面放著個首飾盒。

她愣了愣，回頭看了躺在床上的顧九思一眼。

她沒說話，小心翼翼開了盒子，看見那根鳳尾步搖。

如今是戴不了這樣張揚的東西了，可她卻還是覺得很高興，那種高興，比過去買到自己喜歡的胭脂，還要來得讓人圓滿。

她抿唇笑起來，將步搖簪上頭髮，認認真真瞧了半天，才放回去。

顧九思一直半躺在床上看書，彷彿什麼都不知道，過了一會兒後，柳玉茹上床來，躺在他身側，一直瞧著他笑。

顧九思被她笑得有些發毛，回頭瞧她：「妳傻笑個什麼勁兒？」

柳玉茹低下頭，主動伸手抱住他的腰，笑道：「顧九思，你真好。」

顧九思僵了僵，目光不著痕跡看向其他方向，紅著臉道：「說好就說好，動手動腳做什麼？」

說著，他將書放在一旁，縮進被窩，僵著身子道：「睡了睡了。」

柳玉茹一直沒放開他，她抱著他，笑著睡過去。

而顧九思睡不著了，他在夜裡睜著眼，感覺自己的心跳，噗通、噗通。

他覺得他病了，得了一種心跳慢不下來的病，得了一種，柳玉茹靠近他，他就覺得稀奇古怪的病。

做好了一切準備，沒幾天，范軒的表彰就放了下來，隨後顧家散了所有家丁，只留下芸芸和印紅。

她們全家搬到了官府發放的小院子，比起以前的宅子，這個院子可以說是簡陋，但大家也覺得很安心。

搬進去第一日，全家人一起忙活著打掃了院子，然後領了周高朗派人送過來的棉被等東西。

當天晚上，柳玉茹同蘇婉聊天，嘆了口氣道：「娘，妳先將就著，過陣子，我會賺錢，咱們的日子會越來越好過的。」

蘇婉聽得好笑：「我哪會覺得委屈，如今能有這樣的日子，已經是很好了。」

說著，蘇婉抬手給柳玉茹挽了頭髮，溫和道：「如今雖然苦些，但有吃有穿，便已經很好。最重要的是大家齊心合力，如今九思對妳好，我心裡放心。」

「是啊，」柳玉茹笑起來，「他一向對我好的。」

蘇婉似笑非笑，過了一會兒後，她卻是道：「除了對妳好，有沒有些其他呢？」

柳玉茹愣了愣，沒聽懂。蘇婉見她不明白，便笑著道：「玉茹，以往妳嫌棄他，如今可有幾分喜歡了？」

這下柳玉茹懂了，她笑了笑，低頭看著手上轉動著的團扇道：「母親，其實我也不明白什麼叫喜歡，什麼叫不喜歡。我只知道，我願意同他過一輩子，他願意對我好，那就夠了。」

「女人一輩子不就是這麼過的嗎？」柳玉茹抬眼看向窗外，神色溫柔，「我看得出來，九思不是一般人。日後如果他出人頭地，身邊的人就多了，我喜歡他，也不是什麼好事。」

喜歡就要嫉妒，嫉妒就會失控。

柳玉茹看了一輩子的蘇婉，看了一輩子葉家府邸裡的爭鬥，她心裡再清楚不過，對於一個女人來說，失控意味著什麼。

顧九思對她好，她卻不能因此沉溺。

女之耽兮，不可脫也。

柳玉茹同蘇婉說了些話，第二日便出了門，同江柔一起去找原來顧家胭脂鋪的夥計。

顧家之前搬了許多產業到幽州來，胭脂鋪便是其中一家。兩人同夥計聊了一個下午，那些夥計終於答應離開之前的鋪子，到柳玉茹的新店。

柳玉茹的新店酬勞不能像以前一樣給，畢竟他們如今沒什麼本金，本金都是在官府要求的範圍內，不能像以前一樣闊綽，為了激勵這些夥計，柳玉茹便乾脆將店鋪分出股份來，讓這兩個會做胭脂等用品的夥計占了兩分。

這樣一來，他們也是這個店的老闆，大家相當於一起做生意。

找到夥計，柳玉茹又開始跑原料的事，好在這些生意都是以前顧家經營著的，江柔帶著她在市場跑了幾天，便將進貨全搞定了。

而後周燁便找上門，領著他們去看了鋪子。

他們的鋪子在東三巷，位置不算當街，要從大道上拐個彎進去，甚至可以說有些偏僻。

周燁有些不好意思，同柳玉茹道：「弟妹，給你們的鋪子都是我們官府從百姓手裡收的，金額有限，好的位置的鋪面太貴，我們也不能強徵。這個鋪面已經是最好的了，我知道……」

「無妨無妨。」柳玉茹見周燁面上越發羞愧，趕緊安慰道，「周大哥已經上心了，而且這位置也不錯，不必自責。」

「是啊。」顧九思站一旁，笑著道，「周兄就是凡事太為別人著想了些，這個位置我瞧著風水挺好的，應當是個聚財之地。」

周燁勉強笑笑，隨後道：「哦，還有，九思不是個愛做生意的，我找了個職位，九思先進去幹著，幹一陣子，有點積累之後，再尋個理由往上升。」

「那再好不過了，」顧九思笑著看了柳玉茹一眼，「我若再在家閒著，她怕是要欺負死我，說我吃軟飯了。」

「胡說八道。」柳玉茹有些不好意思，小聲反駁。周燁笑起來，將裝著地契鑰匙等東西的盒子交到柳玉茹手裡，同柳玉茹道：「我這裡先預祝柳老闆財源廣進。」

柳玉茹和周燁告別，回去的路上，她有些犯愁了。

說是說得好聽，可這樣偏僻的位置，對生意肯定是有影響的。她總得找點辦法才是。

她左思右想，夜裡輾轉反側，顧九思察覺到，慢慢睜開眼，瞧著她的背影道：「妳也別愁了，總有辦法的。」

「等想到辦法，也不知道要折多少錢進去。」

現在材料買了，貨也在做了，下個月就要交貨源尾款和夥計的薪資，如今卻一分錢未進，要她如何不焦慮呢？

顧九思想了想，安慰柳玉茹道：「其實位置偏僻，也不一定是壞事。妳想，當年姜太公釣魚無餌，諸葛亮也是三顧茅廬才顯得他才高。做生意也是如此，姿態要足，才顯得妳的東西好，底氣足。當街自然好，大家都能瞧見，熱鬧，但也顯得對客戶討好了些。妳的位置偏些，說不定人家還覺得是因為妳酒香不怕巷子深，貨好呢？」

柳玉茹聽著，顧九思胡亂說著，柳玉茹卻是越聽越有道理。她心裡算著當街鋪面的租金和如今位置的租金，又將鋪面周邊的環境思索了一遍。

東三街街道乾淨，每個店面都大，因為離那些富商官家的住所不算遠，因此太過喧鬧的、晦氣的店鋪都不能開。因為位置不算當街，所以不做那種很多人的生意，大多都是在賣些古玩筆墨之類的小眾生意，倒顯得格調高了許多。柳玉茹越想越覺得顧九思說得在理，畢竟東三街不是真的偏僻到出了城，它只是不夠當街，拐個彎進了巷子就能找到，所以重點就在於，她得讓自己的胭脂鋪值得買。

柳玉茹一個晚上沒睡，她反覆琢磨著自己想要賣的那批人的想法，等第二日早上醒過來，她就往店鋪趕了過去。

賣胭脂的事是柳玉茹提的，江柔也有讓柳玉茹學著當家的想法，於是很少干涉柳玉茹的決定，只是瞧著走太偏的時候會提醒一兩句，大多還是不管的。

柳玉茹到了店裡，如今店鋪裡就是兩個夥計、她、印紅、芸芸五個人，外加上時不時來看看的江柔和蘇婉。今日剛好大家都在，柳玉茹就將她想了一個晚上的想法說了一下。

「我昨個兒想了，咱們在這裡開店，就不能開普通的胭脂鋪。戰亂時候姑娘要買咱們的東西，其實不是真的要用完，而是咱們這個胭脂，要給她們一種自己在獎賞自己、自己在好好生活的感覺，甚至於要讓她們有一種攀比感，沒有咱們的胭脂，就不像個姑娘。」

「所以咱們的胭脂要做得精緻，這種精緻，咱們要從價格、從外面的盒子、從咱們店鋪的裝飾、從店名開始，都好好斟酌。」

「咱們做好了貨，就要開始讓別人知道我們的東西，咱們這胭脂價格不能太低，這樣不會讓人覺得有格調，也就失去了獎賞的意義。也不能太高，要恰到好處讓人覺得心疼。要把貨弄出些由頭，越花哨越好，讓人覺得用咱們的胭脂就像過節一樣，恨不得用之前先焚香沐浴就更好了。」

柳玉茹心裡大概有個規劃，她領著所有人一起想。嘰嘰呱呱一群女人商討了一天，等到半夜，大家一起回去，路上十分興奮，說說笑笑。

暢想未來總是令人高興。重複的工作令人心生厭倦，然而開創性的東西，或許賺不著銀子，但想的時候，所有人都會覺得熱血沸騰，像是在孕育著一個孩子。

她們定下了自己的店名：花容

雲想衣裳花想容，春風拂檻露華濃。

然後又定了價。

她們將胭脂分成三個檔次，分別是：「四季」，以春分、夏令、秋收、冬藏命名，是四個特別好看的顏色，最貴也最好。一盒是一個普通姑娘一月花銷的十分之一。

「八花」，每個季節裡挑出兩種花作為名字，也是花的顏色，價格中等。

「十二時」，按照十二個時辰命名，幾乎覆蓋了所有不同膚色的姑娘適合的胭脂顏色，在包裝用料上削減成本，但極其實用。

而後她們還商量了物品的擺放等等，每一處細節都商量好。

柳玉茹回來時，整個人興奮得睡不著，她拖著顧九思說她的想法，顧九思就笑著聽著。

最初只是隨便聽聽，聽著聽著他就愣了，這麼多的想法，都是自己沒想到的，他注視著面前的姑娘，不知道怎麼，感覺面前這個人總是有超出他預料的能力。

他看著柳玉茹眼裡流淌著光，什麼都沒說，最後柳玉茹抬眼瞧他：「你覺得我想得怎麼樣？」

「柳老闆，」顧九思笑著道，「妳放心，」他開口出聲，認真告訴她，「妳超厲害。」

柳玉茹聽得出來，顧九思是真心實意誇她，她頓時有了信心。

後續時日，她親自監工，保證第一批貨沒有任何瑕疵。同時她拜託了周燁，到時候請他將第一批貨送給他母親試用。

而柳玉茹忙著時，顧九思就等著周燁給他的任職令，同時每日待在家裡，關在屋中看書。他從早看到晚，看書的速度越來越快。瘋狂汲取著過去落下的一切，每日鞭策自己，快一點，更快一點。

他每日唯一出門的時候，就是柳玉茹晚上回來得晚時，他會提一盞燈，去店裡接她。

他怕打擾柳玉茹思緒，就會帶一本書，蹲在店門口，藉著燈光，看著書，等著她。於是柳玉茹經常一出來，就看見公子坐在門外臺階上，手邊放著一盞燈，手裡拿著書，然後聽見她的聲響，抬起頭瞧她：「柳老闆忙完了？我來接妳回家。」

那時候她會覺得內心很安定，也很滿足。

所有的貨出完，店鋪的牌匾正式掛上後，顧九思也接到了自己的任職令。

他到縣衙裡當個小兵，負責每日巡邏。他第一天任職，穿上那身紅藍相間的官服，柳玉茹笑個不停，顧九思瞪了她一眼，這才去報到。

這是最底層的職務，每個月一兩銀子，這點錢，也就是顧九思以前打賞小二的銀子。但顧九思沒自己掙過錢，能有一兩銀子，他也知足。

如今他們家沒了馬車，幾乎都是步行，於是大清早顧九思就爬起來，天沒亮就到了府衙。進府衙之後，他拿著調任令找到周燁說會接待他的人，對方上下打量他，隨後道：「行了，走吧。顧九思是吧？」

「是。」

「文縐縐的，」對方不高興道，「我叫黃龍，是你們的頭，以後你就跟著我混了。」

「勞煩黃大哥照顧了。」

對方應了聲，打量他一下，似乎在等著什麼，顧九思愣了愣，片刻後，他反應過來，在袖子裡抓了抓，終於抓出一個荷包。荷包裡放著五十文錢，這是柳玉茹放著給他備用的，顧九思有些窘迫，卻還是趕緊交了上去道：「黃大哥，九思初來乍到，不懂事，今日先帶個見面禮，等我回去好好備一份禮物，再送過來。」

黃龍抓了荷包，掂了掂，哼一聲道：「還算懂事，走吧。」

說著，黃龍帶著他往縣衙後面走去，然後帶他見了其他人。

隨後黃龍吩咐他們兩個人為一組開始巡街。

帶著顧九思巡街的是個快三十歲的男人，叫王聰。一直沒有娶妻，他的個子比顧九思矮上一個頭，看著顧九思，似是不大喜歡。

他說著一口地道的幽州話，和顧九思說話時，堅持不肯使用官話，而顧九思也不介意，就一直跟在他後面，聽他教導。

「你們這些外地人，打仗就喜歡往幽州跑，平時太平盛世了，就躲著享受。」

王聰說著，打量顧九思一眼：「你看上去細皮嫩肉的，以前是富家子弟吧？現在還不是和我們這些人一樣，嘖，風水輪流轉啊。」

顧九思沒說話，靜靜聽著。王聰見他不回聲，多說幾句覺得無趣，便懶得理了。

等到了晚上，顧九思去店鋪接柳玉茹。

柳玉茹忙到很晚，她看見顧九思，溫和道：「怎麼樣，今日還好嗎？」

「挺好的。」換做以往，顧九思可能會抱怨，可如今他學會了遮掩，溫和道，「放心吧，大家都對我特別好。」

於是兩人一面說，一面回去。

柳玉茹新店開張，她先讓周燁送了他娘，他娘第二日就帶著人來了柳玉茹店裡。幽州高官太太來店裡逛了這麼一圈，柳玉茹店鋪的名聲便出來了。

而後柳玉茹又同幽州城其他首飾鋪合作，買他們的首飾，就免費送胭脂。再買了最新的戲班子，在新戲裡加了一齣送胭脂定情的橋段。

「筆掃眉黛手塗脂，唯有花容寄相思。」

這個招牌打出去，柳玉茹胭脂鋪的客人越來越多。高官貴族有收集癖好，常常一買就是一個系列，而男子們也經常過來，買一盒胭脂作為禮物。

討好家裡的夫人，沒有什麼比買下一套四季系列的胭脂更讓夫人覺得歡喜。

女人之間說話，手中胭脂盒一出來，便分出了高低。

愛一個女人，連一盒花容都不買，談什麼寄相思。

於是一時間，連柳玉茹都沒想到，生意會這樣火爆。甚至許多款開始斷貨，眼見著快斷貨的，柳玉茹大手一揮，在盒子上刻上字，轉手就成了「珍藏版」，加了價格再賣。

柳玉茹每日都忙到很晚，顧九思幹完活去接她，柳玉茹日日清帳，當著顧九思的面點銀子，點完之後，柳玉茹有些得意，高興道：「顧公子啊，你說說，你什麼時候才來小店買盒胭脂送夫人啊？」

顧九思看她小人得志，頗為無奈，只能嘆息道：「依照貴店的價格，怕是要等一陣子了。畢竟我夫人那樣子的，至少要買一套四季，您說是吧？」

柳玉茹哈哈大笑，高興道：「還好啊，你夫人能自個兒買下四季八花十二時，要靠你養，你夫人可怎麼辦啊？」

「是啊，」顧九思感慨道，「還好我長得好，我夫人沒吃虧。這碗軟飯，在下吃得穩穩當當。」

「顧九思，」柳玉茹哭笑不得：「你能不能有點出息？」

「有不起有不起，」顧九思趕忙道，「有出息了要買四季，我還是吃軟飯吧。」

柳玉茹被他逗笑，兩個人走在路上，一起笑著回去。衣袖擦著衣袖，似是親密無間。

顧九思認認真真幹活，等到第一個月俸祿發下來，拿著那一小錠銀子，他笑了笑，然後趁著柳玉茹不在，進了她的店裡，拿了一錠銀子，買下一套四季。

當天晚上，柳玉茹瞧著桌面上那一套四季，愣了愣，隨後大聲道：「顧九思，你瘋啦！」

顧九思站在門邊不敢進來：「大家不都買嗎？」

柳玉茹哭笑不得，「人家買，是為了討好夫人。你買這個做什麼？」

顧九思躊躇了片刻，小聲道：「我以為……妳想要啊。」

筆掃眉黛手塗脂，唯有花容寄相思。

柳玉茹愣了愣，片刻後，她有些不好意思，轉過頭去。

全城女子，哪個不想要丈夫送這個？可是顧九思，你可真的知道，那些妻子要這盒胭脂，真正想的是什麼？

想要的不是它塗抹在臉上的美麗顏色，想要的是丈夫送她時，那份相思情誼。

柳玉茹想，顧九思大概是不懂的，她緩了片刻，抿了抿唇，隨後道：「罷了，你把月銀都花了，看你這個月怎麼辦。」

顧九思不好意思道：「那個、那個……飯總還是要管的吧？」

柳玉茹「噗嗤」笑出聲，有些無奈：「你說說你，買這麼貴的東西回家做什麼？」

「我想要妳高興。」顧九思小聲開口，「瞧著妳高興，我便高興了。」

第十六章　柳老闆

柳玉茹的店鋪生意越來越好，她開始擴大產業請人，一方面琢磨著再多生產些產品，不要侷限於胭脂，另一方面是增加產量，不僅僅在望賣，還要一路往其他州賣過去。能從其他州賺錢回來，到幽州花費，這才是官府喜歡的商人。

柳玉茹忙著自己的生意，顧九思就每天老老實實在府衙裡帶著。

他的同事都不大喜歡他，一來他不是本地人，二來大家都知道他以前是個富商，所謂落魄的鳳凰不如雞，誰都想欺負一下，來增加些快感。

他們喜歡在顧九思吃飯時評論他不像個男人，在顧九思佩劍巡街時嘲諷他走路像個娘們。但是不管他們怎麼詆毀顧九思，都攔不住其他姑娘的喜歡，顧九思每次巡街，走在路上，都會有許多姑娘跟在後面悄悄觀望，這更讓他們怒火中燒。

顧九思在府衙裡受著排擠，他也沒說什麼，周燁來瞧他，詢問他的生活，顧九思道：「都挺好的。」

周燁笑了笑：「上次我爹問起你來，我說我給你安排了活兒，他還罵了我。」

「罵你做什麼？」顧九思有些疑惑，周燁似是不好意思，「你這活兒是我私下安排的，沒同我爹說，我爹知道把我罵了一頓，說我耽誤你的前程。」

周燁朝著四周瞧了一眼，接著道：「我爹說，范叔叔想讓你當表率，不是要讓你當一個和官府做生意的表率，如果你捐錢，我們就給你好處，那便成你拿錢來買好處了，其他商人瞧見了，不個個有樣學樣來談條件嗎？范叔叔想讓你當的是高潔善商，是為了官府散盡家財的商人，所以之前我爹說，你們不能過太好，日子苦一點，大家瞧著心裡才有數。等以後戰事穩下來了，大家到論功行賞的時候，那才是你的開始。到時候你頂著仁義之名，我爹直接推舉你入仕，起點高。我現在給你弄個小兵當，上不上下不下的，浪費你的時間，還不如多看看書。」

顧九思笑著不說話，周燁嘆了口氣道：「是我耽誤了你。」

「周兄怎能這樣說？」顧九思搖了搖頭：「你也瞧得出來，我差的哪是看書？我最差的，是人情世故，和人打交道的本事。你將我放到底層來，打磨一下性情，這才是對的。按著你爹的說法，我若一入仕就是高位，沒在底層爬過，不懂怎麼和這些人打交道，日後是要吃大虧的。」

「畢竟這世上，多的還是百姓普通人。你這樣安排，我很是高興。只是擔心，如今內子經營產業，對范大人的計畫可有影響？」

「這個沒事，」周燁擺擺手，「大夥兒都知道弟媳是憑著自己本事立足的，和我沒多大關係。如今個個都在誇她的東西好用呢。我娘天天逼著我，讓我預訂最新的貨，你回去可得幫我同她說幾句。」

「這你放心。」顧九思笑著道，「我會同她說的。」

顧九思說著，眼裡帶了些暖意。周燁在一旁瞧著，忍不住道：「我覺得你最近和弟媳感情似乎更好了些？」

「嗯？」顧九思愣了愣，隨後輕咳了一聲，有些不自在道：「或許吧。這些時日我瞧著她忙，越瞧越覺得她和我想像中不太一樣。實話說來，周兄，」顧九思抿唇笑笑，似是不好意思，「以前我對她，多是愧疚，總感覺得自己害了她，要對她好些。但這些時日，我瞧著她高興，自個兒心裡就高興。於是總想做點能讓她快活的事，我也不知道這是不是感情好，但是比起以往，我的確覺得，似是與她更近了幾分。」

「你這樣講，我聽著，心裡頗難受。」周燁嘆了口氣。

顧九思有些奇怪，周燁面上有些難受：「我如今已經二十有二，常年奔波在外，也沒遇上個貼心的人，聽你說這些，我就想找個人成親。可成親總得是與喜歡的人，我也不知道何時才能像九思你這樣，遇到一個兩情相悅的人了。」

聽到這話，顧九思愣了愣。

兩情相悅這個詞對他來說有些陌生，他忙道：「不不不，我和玉茹……也不是……也不是……」

周燁被他這麼否認搞得有些懵，顧九思想了想，將前因後果同周燁說了，隨後嘆了口氣道：「所以我和玉茹之間，真不是你想這樣。說句實話，其實我一直喜歡的，就不是玉茹這個款，她太溫柔、太文靜了些，我還是喜歡那種敢愛敢恨，張揚放肆一些的姑娘。」

「玉茹是個好姑娘，」顧九思搖著頭，解釋道，「但卻不是我喜歡的那種。」

「你說得是，」周燁認真想想，點頭道，「相比你的脾氣，弟媳是太過溫柔了，瞧著也不是你會喜歡的，但你們心裡揣著對方，比那些形同陌路的夫妻好上許多了。」

兩人正說著，一個小乞兒突然趕了過來，同顧九思著急道：「大哥，不，不好了。杜大娘、杜大娘帶人去店裡找嫂子麻煩了！」

一聽這話，顧九思急得拔腿就跑，一路朝著柳玉茹的店狂奔過去。周燁跟在後面，顧九思著急道：「她脾氣軟，那個杜大娘是個潑婦，她這次肯定要吃虧！」

杜大娘是杏花樓的老鴇。

她出身在青樓，打小在魚龍混雜的地方長大，年輕時就是和人當街對罵能把一個男人罵哭的人物。在望都這地界，她毫無根基，卻能開起青樓，也算是一方人物。

她同另外一家楊氏胭脂鋪的老闆楊絮是好友，如今柳玉茹的胭脂在城中異軍突起，眼見影響了楊絮的生意，於是楊絮將杜大娘請了出來，特地來找柳玉茹的麻煩。

杜大娘知道柳玉茹，她打聽過，一個剛剛嫁人沒多久，從揚州過來避難的小婦人，這樣出身大家、年紀又輕、凡事都要講道理格調的小姑娘，臉皮再薄不過。杜大娘的手下剛好有個「女兒」正吃了河蝦過敏，臉上長了許多疙瘩，乾脆帶著樓裡的姑娘，直接去花容店門口一坐，開始叫屈了。

柳玉茹在家裡聽到杜大娘鬧事，趕緊趕了過去，到了店門口，看見一群鶯鶯燕燕圍在花容店門口，杜大娘站在前方，抓著印紅不讓她進去，朝著她吼道：「我們姑娘就是用了妳們的胭脂，現在臉都成這樣了，妳們不該負責賠錢？」

「您稍等著，」印紅被這麼多人圍著，有些慌亂，「這事得等我們東家來處理。」

「等等等，妳們東家都不敢見人，怕是心裡有鬼，讓妳來搪塞我。我家姑娘靠著這張臉吃飯，年紀輕輕的遭了這罪，這怎麼過日子啊？」

「不是，」印紅著急道，「我東家就在來的路上……」

「花容的胭脂毀容啦，店大欺客啦！」杜大娘完全不給印紅說話的機會，扯著嗓子就喊，「出了事也沒人管，活生生讓我這姑娘爛臉，大家走過路過評評理啊。」

印紅說話聲音小，又總是被杜大娘打斷，周邊的人聽不見印紅的話，只聽見杜大娘的大喊，又看見一個滿臉紅疙瘩的年輕姑娘站一旁滿臉痛苦，大家心裡便有了偏向，朝著印紅指指點點。

柳玉茹下馬車時，見著的便是這樣的景象，她急急忙忙走上前，同杜大娘道：「這位大娘，我是花容的東家，鄙姓柳……」

「什麼柳啊花的，我不管，今日妳就是要賠錢！我家姑娘的臉爛了，這輩子就這樣了！

今日要賠多少，自個兒琢磨！」

印紅有些怕了，她朝著柳玉茹小聲道：「夫人，這女人太難纏，賠了錢就算了……」

柳玉茹沒說話，她沉默著。

賠錢倒是簡單，可是一旦賠錢，就證明她的貨出了問題。而且她一直走的都是名氣，讓大家覺得花容是家有格調的店。今日這批女子，言容粗鄙，身分也頗為……

這事不處理好，到時候所有人對花容的印象，便是這樣的女子也在用。這樣大家還會不會把花容當成一個好好生活的標誌，那就不一定了。

「說話啊！」杜大娘見柳玉茹不說話，步步緊逼道，「怎麼，想賴帳啊？」

「杜大娘，」柳玉茹思索片刻，回過神來，終於出聲道：「若這是我家店鋪的責任，那自然是該賠償的，但是賠償之前，我得弄清楚……」

「妳就是不想賠對吧！」杜大娘提高了聲音，大聲怒罵：「妳這小賤貨嘴巴一套一套的，大家聽聽，她說什麼？她說這不是她的責任！用了妳的東西爛了臉，不是妳的責任還是我姑娘的不成？妳個不入流的小蹄子……」

杜大娘一大串難聽至極的話流出來，柳玉茹聽得臉紅一陣白一陣。

她這一輩子聽過的髒話，都沒有這一刻鐘聽得多。

杜大娘罵起人，聲音又尖又利，她起初還講幾分道理，後來乾脆只剩下市井那些葷話了。

路人聽著杜大娘罵，看著柳玉茹脹紅了臉，氣得整個人都在發抖，都不由自主笑起來。

杜大娘罵人帶著一種說不出的節奏感，旁邊聽的人哈哈大笑，柳玉茹氣得說不出話來。

若杜大娘是個講道理的，她還能說上一二，可杜大娘如此耍潑，她……她……她要怎麼辦？

圍觀的人越來越多，柳玉茹覺得氣都快喘不上來了。

印紅趕緊道：「夫人，算了算了，咱們給錢算了。這種人惹不起的。」

柳玉茹抿著唇不說話，她死死盯著那杜大娘，杜大娘盤腿坐在門口，嘴皮子一掀，就開始編排起柳玉茹的「情史」來，言談間說柳玉茹這胭脂鋪做起來，背後簡直是一雙玉臂千人枕，一點朱唇萬人嚐。

印紅憤怒地要和杜大娘對罵，卻被杜大娘幾句話羞了回來。

印紅氣得哭出了聲，柳玉茹站在門口，捏起拳頭，閉上眼睛，深深呼吸。

她不能慌。

對待這種無賴，她更不能慌。

她撒潑，她就要比她更潑。

她罵人，她就得比她更能罵。

不就是嗓子大，不就是說話髒嗎？她就不在意這些髒話，她的嗓子比她還大。

柳玉茹捏著拳頭，下定決心。

她猛地睜開眼，衝進店裡，從店裡抓了一把掃帚，就衝了出去，朝著杜大娘打了過去！

杜大娘一看柳玉茹提著掃帚衝出來，趕忙翻身起來，大喊道：「打人了！殺人了！」

「我打的就是妳這血口噴人的賊婆娘！」

柳玉茹大吼出聲，她這一聲吼，音量是這輩子說過話的聲音裡最大的。

杜大娘伸手去抓柳玉茹的掃帚，柳玉茹的動作十分靈巧，她一腳踹過去，和杜大娘對打起來。

旁邊的姑娘看著柳玉茹這拚了命的架勢，紛紛散開。

杜大娘被她在店門口追著打，杜大娘一面被追一面喊：「我這麼大年紀的人，妳也下得了手，妳這賤婦當真蛇蠍心腸！」

「那也比妳這狗嘴好！」柳玉茹立刻回擊，怒道：「妳除了罵人還會什麼？帶了個妓子就敢上我門上鬧事，真當我軟柿子好捏？」

「妳若是有理，那就讓她跟我去驗！妳們同我們買貨了？用的是哪一款胭脂，怎麼用的，為什麼長疙瘩。我們的貨也不是隨隨便便誰都能買，妳說妳買了，倒是拿出證明來啊！妳不敢拿，不敢驗，就在我門口這麼撒潑，不就是楊絮讓妳演戲找我麻煩嗎？」

「一大把年紀了，錢賺不到，就知道要這些小心眼，活該這把年紀還要在這滿地打滾，妳和楊絮這種人，就是要窮一輩子！又窮又老又惡毒，看著妳們這嘴臉我就覺得噁心！」

「小賤人嘴真會說，老身都快信了。」

「老賊婦休要再胡言亂語了，亂葬崗的土地我已備好薄錢為妳選了塊風水寶地，趕緊躺下去黃土一埋，冬日快來了，沒土蓋著怕妳骨頭冷！」

雙方一面追打一面罵，印紅上去幫忙，兩邊姑娘亂起來，在門口頓時打成了一片。

柳玉茹帶著頭，在人群之中一把掃帚虎虎生風，揮出大將風範。

罵人這事，只要開了頭，後續便是順理成章。她一面被罵一面學習，等顧九思趕過來時，就看見柳玉茹帶著人，拿著掃帚，追著杜大娘，口中一串罵不帶喘的怒道：「妳這天殺短命的老賊婦給我站住，我今日不讓妳哭著回去我就不姓柳！」

顧九思聽到這句話，看著面前亂糟糟一片，只覺得彷若晴天霹靂，整個人木在了原地。而跟著趕過來的周燁也呆了，兩個男人震驚地看著這一切，過了片刻，周燁咽了咽口水：「九思，弟妹真是驍勇善戰，實屬一員悍將啊！」

「什麼悍將！」顧九思衝到人群裡，拉開從後面拉扯著柳玉茹的女人，怒喝了一聲，「都給我住手！」

顧九思一個大男人，在一群女人中顯得特別惹眼，他這麼一聲大吼，大夥兒終於停手了。

柳玉茹這邊人少，一共就五個人，杜大娘卻是帶了十幾個姑娘，只是柳玉茹下得了狠手撒得了潑，氣勢上才沒輸下去，可雙方依舊拉扯得極為難看，柳玉茹的頭髮被抓散了，衣衫也被扯得歪歪扭扭，顧九思一來，她更覺得難堪，可卻不能泄了氣，打已經打了，罵也罵了，此刻若是退了，剛才的努力都白費了。

於是她提著掃帚，看著旁邊的杜大娘道：「今日我一定要與妳捋一個是非黑白，走，同我去公堂！」

「去什麼公堂！」

杜大娘看見站在柳玉茹身邊穿著府衙官服的顧九思，立刻道：「我知道了，妳找了幫手是吧？這又是哪裡勾搭來的野男人，來給妳撐腰了是吧？」

顧九思聽了這樣的話，皺了皺眉頭，冷著聲道：「我是她丈夫。」

「喲，丈夫啊，」杜大娘聲音裡帶著嘲諷，「到不知是哪一個丈夫……」

話沒說完，柳玉茹提了掃帚就要去打，顧九思不等柳玉茹過去，直接一把按住杜十娘，取了鐵鍊子就鎖上了。

他動作極快，等杜大娘反應過來時，已經被顧九思拖上，他直接道：「走，跟我去縣衙。」

「去什麼縣衙！救命啊，官兵仗勢欺人了！」杜大娘大喊起來。

柳玉茹立刻道：「妳要是心裡沒鬼怎麼不敢去？妳說妳的姑娘用我的胭脂爛了臉，那我們就去公堂對質！」

聽到這話，臉上帶著疙瘩的女子往後退去，印紅一把抓住她，大聲道：「夫人，她想跑！」

「跑？心虛了吧？」柳玉茹冷笑：「要不是心中有鬼，妳跑什麼！」

「我……我內急不行嗎？」那姑娘抖了聲。

印紅拖著她道：「我們店裡有後間，我帶妳過去！」

那姑娘哪敢被印紅單獨帶到花容店裡去，她趕緊道：「我不用了！」

「既然是有冤情，就當找大老爺申訴。」旁邊顧九思已經聽明白發生了什麼，平靜道，「杜大娘，走吧。」

說著，他強行拖著杜大娘往縣衙走去。

柳玉茹帶著人趕緊跟了過去，杜大娘的人一看，也跟著過去。

杜大娘一路罵著，顧九思不為所動，冷著臉不說話，只是手鉗著杜大娘，沒有半分鬆懈。

等到了縣衙，黃龍看見顧九思提著的人，有些不滿，不高興道：「你這是又惹了什麼事？」

他是杜大娘那裡的老客，杜大娘看見黃龍，亮了眼，高興道：「黃爺，您快救命啊！」

「放了！」黃龍趕緊道，「你這是……」

「放什麼？」周燁從後面走了出來，黃龍看見周燁，趕緊諂媚道：「周公子！」

「方才我路過，瞧見這兩夥女子當街鬥毆，見著這位大娘被帶到了公堂來，就過來看看。陳大人呢？」周燁掃了一眼，「可還在？」

黃龍連連點頭，去將縣令請了過來。

縣令一看見周燁，趕忙行了禮，然後升堂。

杜大娘心裡有些慌了，跪在地上痛哭。

一群鶯鶯燕燕哭個不停，所有人頭疼。

柳玉茹帶著人，跪在地上，捏著拳頭，也是委屈極了的模樣。旁邊的人哭得驚天動地，柳玉茹這邊哭得梨花帶雨。來圍觀的人瞧瞧杜大娘，又瞧瞧柳玉茹，心裡的天秤就有了傾斜。

縣令喊了幾次肅靜，杜大娘才停下來，隨後便開始審案，雙方把事都說了一遍後，縣令先瞧向杜大娘道：「那杜大娘，妳有什麼證據證明是她的胭脂所導致的？」

「我們買了她的胭脂，塗上就是這樣了，我樓裡的姑娘都能作證！大人，若是這事和她無關，我們也不至於鬧到這一步啊！」

杜大娘聲淚俱下，縣令看向柳玉茹：「對於杜大娘的話，妳有何辯解？」

「大人，」柳玉茹吸了吸鼻子，聲音卻十分清晰：「民女覺得，杜大娘既然指責是我的胭脂導致的，她就應當拿出證據來。證據有兩點關鍵，其一，他們需得證明那女子臉上的東西是胭脂裡的成分引起；其二，他們需得證明，這個成分是我的胭脂所包含，他們正確使用了胭脂。杜大娘目前的證據僅有人證，而這些人都是她樓裡的姑娘，不足為信。」

縣令聽著，點著頭，柳玉茹繼續道：「故而，民女懇請縣令派人來查看這位女子臉上傷勢，先驗傷，確認是什麼疾症，隨後請他們拿出當時擦的胭脂，驗明成分。」

「好。」縣令應聲道，「此言有理，來人，將大夫叫來。再將物證呈上來。」

聽到這話，杜大娘頓時慌了，可事已至此，她們也不能臨時退縮，於是所有人只能靜靜等著。

胭脂和大夫都被帶了上來，大夫先去給那臉上有疙瘩的女子驗了傷，隨後又將胭脂掏了出來，嗅了嗅。

所有人看著大夫忙碌，過了一會兒後，大夫回過身恭敬道：「回稟大人，情況已經明瞭。這位女子臉上的疙瘩，依照老夫的經驗，應當是河蝦過敏所致。」

「你……你胡說！」女子著急出聲，而大夫面上不動，平穩道，「這女子臉上的傷，首先與河蝦過敏情形一致。其次，老夫在這女子身上聞到了藥味，而這藥味之中有兩味藥，便是最常用來治療這一病症的，可見這女子之前便知自己真正的病因。」

聽到這話，柳玉茹頓時放鬆了許多。

而杜大娘卻是急起來，叫嚷著要罵。縣令怒道：「放肆！給我拖下去掌嘴！」

杜大娘被這麼一吼，縮了縮脖子，總算是安靜了。而後大夫接著道：「而胭脂的成分我也看過，都是再溫和不過的材料，並沒有什麼成分不妥。」

這話說完，什麼情況大家都清楚了。而柳玉茹掃了端著的胭脂盒一眼，皺了皺眉，站起身來。

她低頭拿起胭脂盒，翻看片刻後，不由得笑了：「大人，還有一點。」

說著，她將胭脂盒放在端盤上，平靜道：「這盒胭脂，不是我們家的。」

「你胡說！」臉上帶著疙瘩的女人大吼，「這可是我專門託人買的！」

「真是抱歉，姑娘，」柳玉茹平淡道，「我們家胭脂產量有限，每一盒都有編號在冊，這一盒的編號，我記得，是賣給了某位夫人。而這個盒子最初是裝『冬藏』這個顏色的胭脂的，後來改為了『秋分』。妳看，這個地方有個缺角，就是這批貨的標誌。可是妳這盒胭脂，裝的還是『冬藏』。所以，它是假貨。」

這話出來，所有人沉默了。柳玉茹抬眼看向眾人，平淡道：「買不起真的，也別買假的，費錢是小，若是真的爛了臉，那就可惜了。」

事情水落石出，誰都不敢再說什麼，杜十娘被打了二十個板子，由人抬回去了。

也到了顧九思休息的時間，顧九思和周燁告別後，就帶著柳玉茹回去。

柳玉茹走在前面，顧九思走在後面，兩個人一句話也沒說，顧九思看著前面姑娘的背影。她的頭髮亂糟糟，衣服也被扯得歪歪扭扭，完全沒了平時的精緻溫雅。顧九思看著她，不知道怎麼，心裡有些難受，她走著走著，突然頓住步子，背對著他，低啞道：「今日讓你看了笑話，嚇著郎君了吧？」

顧九思沒說話，柳玉茹似是有些難過，她吸了吸鼻子道：「我知道那樣子難看，可我也沒辦法。同她講道理，她便覺得我好欺負。我今日若不讓她們知道我不是好欺負的，後面就有的是人一波一波來招惹。」

「我店裡人手少，她們人多。我個子小，她們潑辣。我若是再輸了氣勢，她們更覺得我好欺負。我知道你對我失望，可我也是沒辦法。」

柳玉茹說著說著，覺得有些鼻酸。她委屈得想要嚎啕大哭。

她知道這樣做很難看，知道這樣做不體面。可是又能怎麼辦？秀才遇上兵，除了拔刀澈底堵住對方的嘴，她還能怎麼辦？

她低著頭，小聲啜泣，抬手擦著自己的眼淚。

顧九思聽著，從背後走上前，將她抱在懷裡。

「我沒覺得對妳失望，」他小聲開口，安慰著道，「我覺著妳可愛得很。」

「你胡說。」柳玉茹哭得上氣不接下氣，「我罵人了，罵得好難聽。我還拿掃把打她。」

「打得好。」顧九思趕忙道，「我瞧見了，打得特別有氣勢，罵得也很有魄力。」

「顧九思，」柳玉茹用手背抹著眼淚抽噎，「你不用安慰我的。」

「我沒安慰妳。」顧九思看著柳玉茹這麼哭，忍不住低了頭，親了親她的臉，下意識就道：「真的，特別可愛。」

柳玉茹僵住，她突然不哭了。顧九思看著她的模樣，忍不住笑出聲。他拉著她的手，溫柔道：「走吧，我們回家？」

柳玉茹站著不動，像個小孩子，耍著小性子。

顧九思就蹲下身，轉頭瞧她：「那我揹妳回家？」

柳玉茹不說話，顧九思把她揹起來。柳玉茹靠在他背上，扭過頭，看著旁邊巷子的牆壁。

顧九思揹著她，走在路上，溫和道：「玉茹，見過苦難，被生活洗禮過，還保持著本心的人，才是最可愛的。」

「其實啊，我一點都不關心妳溫不溫柔，是不是有失儀態，我只關心妳有沒有受欺負。」

聽著這話，柳玉茹感受著這個男人背上的溫暖，看著月光下，他們的影子拖得長長的。

「我在的時候，當然是我保護你。可我不在的時候，我寧願妳潑辣一點，也想妳好好保護自己。我來的時候，一路上什麼都沒想，就怕妳吃虧，來了之後看見妳這麼厲害，我心裡可高興了。」說著，顧九思轉頭瞧她，笑著道：「我家娘子真棒。」

柳玉茹被他說著，有股不好意思升上來。

她趴在顧九思的背上，好久後，才小聲道：「謝謝你。」

「謝謝什麼啊？」顧九思聲音溫和。

柳玉茹小聲道：「謝謝你包容我。」

顧九思愣了愣，片刻後，他慢慢道：「那我該同妳說聲對不起了。」

「對不起什麼？」

「沒能替妳遮風擋雨，還要妳自己面對風霜。」顧九思說著，輕聲嘆息，他自嘲道：「本該是替妳面對這一切的。」

聽到這話，柳玉茹輕輕笑了：「你能包容我去面對這一切，願意我變成一個一點都不美好的娘子，已經很好了。」

「顧九思，」柳玉茹趴在他的背上，認真道，「說句實話，其實當大家閨秀，我並不快樂。我建起花容，我靠著自己掙錢，發錢給大家，得到大家認可，鬥贏杜大娘……我覺得，其實很幸福。」

「大家叫我柳老闆、柳掌櫃的時候，我覺得比他們誇我說我文靜賢淑、是個賢妻良母，讓我更快樂。」

「你有這個心就好了，」柳玉茹抬手，替他把落下來的頭髮捋起來，柔聲道：「你能想著盡力對我好，讓我永遠相信這世界上有許多好人，讓我一直保持這份內心裡的天真，我就覺得，已經足夠了。」

畢竟這世上多少人，走到中年時，就已經傷痕累累。

畢竟這世上多少人，還在少年時，便已經難以言愛。

她這輩子，或許會變得潑辣，或許變得張狂，可是她還是希望，她的內心，能永遠溫柔，永遠明亮。

顧九思靜靜聽著，溫和道：「好。」

他笑出聲：「我會讓妳現在當個很可愛的小姑娘，老了也是個很可愛的老太太。」

柳玉茹沒說話，她抱著顧九思的脖子，忍不住道：「顧九思，你討不討厭我？」

「怎麼會討厭？」顧九思輕笑：「我覺得妳很好，比我想像的要好很多。」

「有多好？」

柳玉茹忍不住問。顧九思愣了愣，片刻後，他的唇顫了顫，他其實不想說的，可卻還是說出口。

「想和妳過一輩子的好。」

這話把柳玉茹說愣了，她其實不是頭一次從顧九思嘴裡聽到「一輩子」三個字，在他們離開揚州前，他也曾經和她說，讓她一輩子年年有今日歲歲有今朝。

可是那時候的「一輩子」，和這一刻的「一輩子」，卻是截然不同的感覺。

柳玉茹說不出是怎樣的不一樣，她只是覺得，這時候他說「一輩子」，她能清清楚楚知道，這不是一個草率又莽撞的回答。

而顧九思揹著她，在說完這句話後，覺得臉紅得發燙。

他知道這話莽撞了一些，他自己說出來之前，都不敢相信自己會說這樣的話。可說出來了，卻又覺得，似乎是理所應當。

柳玉茹有這麼好嗎？

他有些疑惑地問自己。可他發現，答案是——有這麼好。

他從未見過一個姑娘，有她的冷靜、她的勇敢、她的善良、她的堅韌、她的執著。最重要的是，從未有一個人像她一樣，陪伴他走過生命裡那麼多艱難歲月。

顧九思忍不住無聲笑了，他驟然意識到這個女人的非同一般，無可替代。而柳玉茹見他沒說話，過了許久後，她才慢慢道：「你真的想和我過一輩子啊？」

顧九思低著頭，應了一聲：「想的。」

柳玉茹也不知道自己是該舒一口氣，還是該有其他的反應，她只是覺得，聽著顧九思說這句話，她的內心定下來了。她笑著靠在他的肩膀上，接著道：「那你要是答應和我過一輩子，以後又遇到喜歡的姑娘了，怎麼辦啊？」

顧九思沒回話，柳玉茹扯了扯他的袖子，小聲道：「顧九思。」

「嗯？」

「如果你真的遇到喜歡的姑娘，別丟下我，你可以把她納進來，我保證不和她爭風吃醋，你別和我和離，好不好？」

柳玉茹這話問得認真。

放在過去，顧九思大概會覺得，柳玉茹腦子壞了。

可是如今他聽著，也不知道為什麼，就覺得心裡悶悶的，有些難受。柳玉茹扯著他：「好不好嘛？」

「再說吧。」顧九思低聲開口：「還遠著呢，瞎操什麼心？」

兩人回到屋裡，顧九思替柳玉茹打了熱水。

他以前是沒做過這些事的，現在家裡人少，他是唯一的男丁，打水、劈柴這些事就都是他幹。

柳玉茹愛乾淨，每天都要洗澡，他就一鍋一鍋熱水煮給她。

柳玉茹洗澡的時候，顧九思在外室坐著，柳玉茹用水澆著背，同他漫不經心道：「等我再賺些錢，就將木南找回來，家裡還是得有幾個男人來幫你做事，你要多花時間看看書，別做這些了。」

顧九思應了一聲，沒有多說。

水聲嘩啦啦作響，他心裡有點亂。

睡覺的時候，顧九思還在想著柳玉茹的話。

他想同她過一輩子，可如果遇到了一個喜歡的人呢？

如果遇到喜歡的人，就要和柳玉茹分開……

他不知道為什麼，突然覺得，那還不如不要有喜歡的人。就像現在這樣，一直和柳玉茹在一起。

這個念頭湧上來，他覺得臉有些紅。因為他清楚的意識到，如果要和柳玉茹在一起，似乎和現在相比，就……就不該是這樣了。

他該將她作為妻子來看待。

他思索著，腦子裡不由自主就往後面想著，或許，其實他該試著，去喜歡她？

顧九思覺得呼吸有些不暢，他用被子蓋住自己的頭，不敢再看柳玉茹。

顧九思想著柳玉茹的事，第二日上崗的時候，還有些心不在焉。

他進去之後，是例行公事的早訓，黃龍說了什麼，見顧九思發著呆，他憤怒地抬手，一巴掌抽在顧九思頭上，怒道：「發什麼呆！聽到我說話嗎！」

「頭兒，」顧九思趕忙道，「有什麼吩咐？」

「吩咐，我敢吩咐你嗎？」黃龍冷笑，「和周大公子攀上關係的大人物，我說一開始就有人替你打招呼，還說是誰呢，原來是周大公子。」

顧九思聽著，稍稍一想，就知道黃龍應該是為了昨日杜大娘的事和他發火。畢竟黃龍是杜大娘店裡的常客，昨日讓他當著杜大娘和一眾姑娘面前失了面子，黃龍自然是要記恨的。

於是顧九思沒有說話，想著讓黃龍罵完這頓就過了。結果黃龍瞧著他不說話，更是惱怒，指著顧九思的鼻子道：「你別以為周大公子當靠山我就不敢把你怎麼樣了，你給我記住，我是你的頭兒，最後管你事的還是我！你不是很能耐嗎？很傲氣嗎？」

黃龍怒道：「今日給我掃茅廁去！府衙裡的茅廁，全給你包了！」

顧九思聽到這話，他的臉色變了變。

然而他想著月銀，還是深吸了一口氣，應聲道：「是。」

見他溫順離開，黃龍的氣消了幾分。他冷笑一聲，隨後道：「德行！」

黃龍帶著人去巡街，而顧九思來到茅廁面前，他從未見過這麼骯髒的活兒，可是他靜靜瞧了片刻後，還是拿了工具，開始打掃起來。

黃龍回來時，顧九思剛打掃好茅廁，他不僅掃了茅廁，還把縣衙其他地方都掃了。他恭恭敬敬和黃龍彙報成果，黃龍臉上看不出喜怒，應了一聲，就讓他離開。

顧九思行禮告退，這才出了縣衙。他剛走，一個年輕的官兵便上前去，給黃龍出主意道：「黃哥，您要是覺得還不夠消氣，咱們找幾個人來，路上把他狠狠揍了，給您消消氣！」

黃龍聽著這話，有些心動，可還是遲疑道：「他畢竟是周大公子的人……」

聽到這話，對方笑了笑：「一個養子，大哥你怕什麼？而且咱們又不是直接找他麻煩，巷子裡攔著，一個麻布袋套上去，打了就打了，誰又能說是咱們打的？」

「你說得是。」黃龍點點頭，隨後高興道：「你這就去安排！他剛出門，還來得及！」

顧九思出了門，在街上逛了一圈，這才往家走去。

走到一條羊腸小徑，顧九思還沒來得及反應，一個巨大的網從天而降，隨後便有人衝出來，一把將麻布袋套在他頭上，而後拳頭如同雨一般落了下來！

顧九思在對方出手的瞬間就知道是誰，於是還擊的動作微微一頓，隨後變成了保護自己的姿勢。

對方只是洩憤，拳打腳踢了片刻後，他們便走了。這時候顧九思才將布袋取下來，在地面上平躺片刻，隨後站起身，一瘸一拐走了回去。

回到家裡，柳玉茹提前回來了，正在打著算盤，聽著顧九思回來，她老遠道：「我最近新給外面發了一批貨，等這批貨款到了，我請你吃飯。」

說著，聞到了房間裡有些不尋常的味道，嗅了嗅鼻子，隨後道：「什麼味道？」

顧九思正換著衣服，聽到柳玉茹說這話，有些尷尬。畢竟他一直和家裡說自己過得不錯，這味道太濃烈了，他撒謊都難。

柳玉茹想了想，放下書，起身轉到了更衣室。

顧九思正在換衣服，一回頭看見柳玉茹，嚇了一跳。

而柳玉茹的目光則落在他身上的青紫之上，片刻後，她皺起眉頭：「誰打的？」

「沒，我自個兒……」

「誰打的！」

顧九思沒說話了，片刻後，他笑了笑，這笑容有些無力，可他卻還是要堅持著，自己這僅剩的驕傲。

「我沒事。」他垂眸，平和道，「真的，沒事。」

第十七章　顧縣令

柳玉茹有些惱怒。

顧九思的樣子，她如何不知道是受了欺負。可是他不說，她若再追問下去，是傷了顧九思的顏面。於是她索性不問了，顧九思笑了笑，起身去淨身洗澡，出來時猶豫了一下，還是拿了姑娘家的香粉往身上扔了扔，抬手聞了聞，確定自己沒味道之後，才上了床。

柳玉茹還在生氣，她背對著他，沒有說話，顧九思湊過去，用臉蹭了蹭她的背：「不生氣了嘛，我自個兒有辦法的。」

說著，顧九思抬手用袖子去逗她：「來，妳聞聞，香不香。」

柳玉茹抬手將他的手打開，閉上眼睡了。

顧九思無奈笑笑，也躺下來睡了過去。

隔了一日，他天沒亮就爬了起來，早早去了廚房。廚房中印紅還在忙活，他清咳了一聲，有些不好意思道：「印紅，可能為我備些點心，十二人分，中午送到府衙來？」

印紅愣了愣，顧九思鮮少同她提出要求，她趕忙應聲道：「是，姑爺。」

顧九思點了點頭，提前出了門，到了街上找到虎子，他給了虎子一個饅頭，隨後道：「你可知城中哪幾家人家最張揚跋扈？」

這問題簡單，虎子立刻數了一串名字，顧九思仔細打聽，過了一會兒後，他清楚了，確定了心裡的打算，隨後同虎子道：「你去我娘子那領點吃的，分給你兄弟，別走前門，走後門。吃完飯找幾個人，幫我盯著趙嚴，看看能不能打聽出他今日的行程來。」

虎子得了話，連連應聲道：「是，您放心。」

趙家是幽州軍中蔣席的手下，原先靠著蔣席的關係，在城裡做起了棉布生意，整個幽州軍的棉布多從趙家進購。但趙家之前偷工減料，給底層士兵的棉衣裡用的是最次的棉，被周高朗發現後，才刻意讓周燁去揚州另外買布料，因此和周高朗本就不對盤。這一次官府號召捐錢，顧家先捐了之後，有幾個聰明的富商也趕緊捐了一些，而這趙家仗著軍中有人，不過捐了五百兩銀。

趙嚴是趙家的大公子，平時性情乖張，是望都城裡誰都不敢惹的人物。最重要的一點是，他近來還縱馬街頭，肆意歡歌。

能在這時候還幹這事，這公子要麼腦子不大好，要麼就是對現在的情況還不知情。

顧九思琢磨了片刻，見天色亮起來，便回了府衙。

他臉上帶著瘀青，完全沒有遮掩，黃龍等人瞧見他的樣子，頗為高興，拍了拍顧九思的肩，故作關心道：「喲，九思，臉怎麼青了？」

顧九思笑了笑，不在意道：「黃大哥，今個兒怎麼安排？」

打了顧九思這一頓，黃龍心裡舒服了很多，沒再為難顧九思，一起去巡街，中午回到府衙吃飯，柳玉茹親自送了糕點過來，所有人瞧見柳玉茹，都是愣了愣，柳玉茹朝著眾人笑了笑，給每個人送了一袋水煙，隨後道：「我家郎君年紀小，還是小孩子脾氣，還望各位大哥多多照顧。」

在幽州這地界，柳玉茹生得清麗溫婉，這麼柔柔一低頭，這些粗人哪裡見過這樣的姑娘，趕緊站了起來，有些緊張道：「沒事沒事，您放心。」

柳玉茹笑了笑，這才離開。顧九思送著柳玉茹出去：「我說沒事，妳還不放心。」

柳玉茹朝裡看了看，嘆了口氣，替他整了整衣衫道：「你過的好我就放心，凡事別太剛強，圓滑一些。」

顧九思應了聲，瞧著柳玉茹走遠。

他站在門口時，黃龍和其他人吃著柳玉茹送來的糕點，有個人看著顧九思的背影，小聲道：「那顧九思真是個傻子，咱們打了他，他還送吃的給咱們。」

黃龍瞪了對方一眼，沒多說什麼。顧九思在門口站了片刻，走了回來，大夥兒一塊糕點也沒留給他，他不甚在意，笑著道：「內子不放心過來看看，不過內子有些話說得對，九思年紀小，有些事不太懂，如果有什麼做錯的，還想各位大哥多多提點。」

說著，他舉了茶杯：「以水代酒，勞煩各位照顧了。」

大家被顧九思這一番動作搞愣了，面面相覷片刻後，其中一個吃著糕點笑著道：「九思，我瞧著你媳婦真好看，明……」

「閉嘴！」黃龍開口，冷冷瞪了對方一眼，「你是吃了酒還是腦子有病，半點臉都不要了！」

黃龍起身，同顧九思冷聲道：「巡街去！」

顧九思笑了笑，也沒多說。

當日晚上，虎子到了顧家，將顧九思叫出來，同顧九思道：「九爺，黑狗今個兒在酒樓聽到趙嚴明早要去城外踏青。」

顧九思點了點頭，隨後又道：「近來流民增了多少？」

虎子大概報了個量，顧九思又問了這些流民來的方向以及情況。

他琢磨片刻，虎子有些疑惑道：「九爺，我聽說黃龍欺負您，您打算怎麼辦？」

「哦，這事，」顧九思想了想，過了片刻後道：「虎子，你們有人敢偷東西的嗎？」

「九爺，」虎子愣了，「您不是要我去偷趙嚴的東西吧？」

「不偷趙嚴的，偷黃龍的。」顧九思淡道：「我會幫你擋著，不會讓你被抓的。不過最好還是不要你出面，找個流民，面生的，遮著臉來偷。」

「這個行。」虎子點頭道：「我認識人，這事交給我辦。」

顧九思應了一聲，隨後道：「到時候將黃龍的東西偷了，把他引到趙嚴面前去。錢可以自個兒留下，錢包別留了給人抓把柄。」

「明白。」虎子忙道，「九爺放心，會做得乾淨的。」

「你幹完這事，就到周府去，遞個信給周燁，讓他等會兒無論得了任何消息，都去找他爹，由他爹來定奪。」

虎子雖然不明白顧九思要做什麼，卻還是點頭道：「明白。」

顧九思見他少年老成的樣子，笑了笑道：「嫂子做飯好吃嗎？」

虎子抓了抓腦袋，不好意思地笑笑，隨後道：「爺，您看要是我幹得好，以後您發達了，讓我當您的小廝行不？」

顧九思被虎子逗笑了，毫不在意虎子油膩的頭髮，抬手揉了揉他的頭髮，柔聲道：「你以後有更好的未來，別惦記一個小廝的位子。」

虎子呆了呆，隨後聽顧九思道：「回去吧，天晚了，你一個孩子，路上小心。」

虎子低了頭，小聲道：「哦，行，九爺，您也早睡吧。」

虎子離開顧府後，顧九思回了家，他淨了手，給柳玉茹打了水，柳玉茹看著面前做事沉穩的男人，抿了抿唇，想問問他白日裡如何了，又不好說。

其實她也找人打聽了，知道他過得不好，就猜到是誰打的了。

可他不告訴她，自然是不希望她知道，她心裡有些難受，但也說不出口，只能自己一個人生著悶氣。

顧九思不知道她在生什麼氣，只看她洗了澡出來，便自己倒在床上。顧九思將她拉扯起來，替她擦著頭髮，有些哭笑不得道：「妳這是生什麼悶氣？就這麼濕著頭髮睡覺，日後要頭疼的。」

「我沒生氣。」柳玉茹悶聲開口。

顧九思聽著她的話，瞧著她氣鼓鼓的臉，覺得面前的人可愛極了。

他心裡有些癢癢的，替她擦著頭髮，聲音平和道：「妳不高興什麼，同我說呀。」

「沒什麼不高興的。」

「玉茹，」顧九思嘆了口氣，「妳這什麼都悶在心裡的性子要不得。」

柳玉茹冷哼了一聲沒說話。

後面的人幫她擦著頭髮，她心裡對後面人的也氣不起來了，思來想去，錯的都是黃龍。

她看著柔弱，心裡卻是個剛強性子，等夜裡躺在床上，心裡左思右想，終於決定，她得以其人之道還治其人之身。

想出法子，柳玉茹終於高高興興睡了。

而顧九思在夜裡聽著柳玉茹的呼吸聲，他睜開眼，看著面前人唇邊似乎帶著幾分得意的笑容，不由得抿了唇。

他猜測著柳玉茹就是在生自己被打的氣，如今睡過去，應當是想到什麼好方法了。他瞧著面前人的睡顏，感覺這人像一隻耀武揚威的貓，讓人心裡歡喜極了，似乎也……

顧九思臉有些紅，卻還是不得不承認。

喜歡極了。

他觀察著自己的內心，感覺著自己的心意，這樣是喜歡嗎？

他也不清楚，可他遵循它，不打算反抗，他看著月色下姑娘瑩白的膚色，低下頭，小心翼翼吻在她的額頭。

而後他覺得心如擂鼓，萬物安靜下去。他靜靜感受著唇觸碰到肌膚的溫熱，片刻後，他直起身，靜靜注視著面前的人。

然後他輕輕笑了，躺了下去，閉上眼睛，伸手握住她的手，就這麼睡了。

第二日醒過來，他穿了衣服，柳玉茹高高興興幫他繫上腰帶，顧九思知道柳玉茹有打算，覺得好笑，不由得道：「今日妳打算做什麼？」

「哦，就去店裡啊。」柳玉茹輕咳了一聲，覺得自己似乎高興得太明顯，便道：「今天不送糕點給你了，我有一筆大單子要接。」

「好。」顧九思抿著唇，掩著笑，沒有多說。

清晨去了府衙，一切沒有任何差別，大家分散開去巡街，黃龍依舊和顧九思同一組。黃龍的態度比起之前好了許多，雖然也不怎麼理顧九思，但也不罵他了。只是巡街無聊，黃龍便隨意詢問道：「我聽說揚州富庶，你們好端端的過來做什麼？而且一過來就把錢都捐了，你們家腦子有病？」

顧九思笑了笑，沒遮掩，一五一十將揚州發生的事說了。

黃龍聽得有些驚奇，對於他們這樣的小人物，這些事有些不可觸及，什麼謀反、起兵，都是掉腦袋的大事。黃龍咽了咽口水，忍不住道：「那，那你回去了，你和你媳婦怎麼來幽州的？」

「我們橫跨過青滄兩州。」顧九思平靜出聲。

「滄州不是已經到處都沒人了嗎？」黃龍說著他聽說的流言，「而且就你和你娘子那樣子……怎麼……怎麼過得來？」

黃龍說著，打量著顧九思，顧九思看上去很瘦弱，不是亂世中能護住柳玉茹那麼漂亮一個女人的人。顧九思笑了笑，正打算回話，一個身影忽地衝了出來，一把拽在黃龍的錢袋上，隨後瘋狂奔跑。

「喂！」

黃龍連忙追上去，顧九思假作不知道發生什麼，回頭一擋，那人就跑開了去，黃龍怒道：「有人偷我錢袋！你瞎了嗎！」

顧九思立刻露出詫異的表情，隨著黃龍追了上去。

那人身形極快，黃龍和顧九思在後面追，那人一路沿著小巷子跑。

顧九思跟在黃龍身後，手上迅速劃下一個瓶子。

他開了蓋子，紅色的布塞上沾染了粉末，顧九思追上去，將粉末往黃龍身上輕輕一彈。隨後立刻將瓶子在袖中單手塞好放回衣衫之中。

黃龍追著小偷，一面追一面罵，兩人衝出巷子，追到路上，顧九思慢了半拍，隨後就聽一聲馬的驚叫，顧九思衝出來時，看見馬發狂一般奔向黃龍。

黃龍下意識拔出刀，一刀劈了馬腿，隨後翻身一滾，躲開了往前跌去的馬。

然而騎在馬上的人當場滾落下來，周邊的人趕忙去扶他，黃龍看清來人，跪在地上磕頭，驚慌道：「趙公子！小人有眼不識泰山，求趙公子恕罪！」

「你個王八蛋！」趙嚴從旁邊抽了鞭子，朝著黃龍打過去，一鞭抽在黃龍身上，憤怒道，「你這條賤命居然敢傷我的馬！」

黃龍不敢說話，拚命磕著頭，趙嚴抬起鞭子還打算再打，黃龍閉著眼睛等著鞭子落在身上，然而只聽空中鞭子呼嘯作響的聲音，隨後就沒了聲音。

黃龍顫抖著睜開眼，看見顧九思站在他面前，抓著鞭子，看著對面的趙嚴道：「當街縱馬，當交罰金五兩。妨礙公務、毆打朝廷命官，當仗二十、徒三年。」

「哪兒冒出來的混帳玩意兒！」趙嚴愣了片刻後，猛地反應過來：「你知道你在和誰說話？」

「天子犯法與庶民同罪。」顧九思冷靜道，「隨我到官府去！」

「九思，放開！」黃龍趕忙起身，要拉開顧九思，焦急道，「這是趙老爺家的公子！」

顧九思看了黃龍一眼，皺了皺眉，趙嚴看著兩人說話，拿著鞭子氣憤道：「好好好，你們一個砍傷我的馬，一個還想抓我坐牢，我倒不知道，望都居然有了你們這麼厲害的兩個人物！給我打！」

趙嚴怒喝一聲，同家丁道：「打死了算老子的！給我往死裡打！」

話剛說完，趙家家丁一擁而上。

陪在趙嚴身邊的都是趙家好手，烏壓壓十幾個人撲過來，黃龍完全放棄了反抗，然而這時顧九思面色不動，抬手就是一拳砸了過去，黃龍看見顧九思身形矯健，在人群中靈動如兔，拳猛似虎，以一擋十，打得熱血沸騰！

黃龍有些腿軟，看著這情景，咽了咽口水。

片刻後，他猛地想起來。

周燁！顧九思背後是周燁！

黃龍顧不得其他，趕緊去找人了。

而顧九思看了黃龍去的方向一眼，用鐵鍊鎖上那些人，動作翻飛之間，圍著一群人繞著圈，最後一拉，一群人竟全被捆了起來！

趙嚴反應過來時，已經被拷在最前頭，人群中爆發出叫好之聲，顧九思拖著趙嚴，面上表情似笑非笑，趙嚴竟從這張片刻前還老實方正的臉上看出幾許嘲笑，「趙公子，走吧。」

黃龍一路跑得上氣不接下氣，總算到了周府。周燁提前得了虎子傳的消息，早就等在門外，看見黃龍來了，聽了黃龍的話，二話不說便道：「你等等，我去找我爹。」

黃龍懵了，周家從來按著規矩辦事他是知道的，難道這一次，為了顧九思，竟然要把周高朗搬出來？

而周高朗在房裡，聽了周燁的話，琢磨片刻，便大笑起來：「聰明。」

他高聲道：「你且等等，我去找你范叔叔。」

周燁皺了皺眉，他思索著周高朗的意思，而周高朗即刻出門駕馬出去，趕去找范軒。

范軒正在喝茶，周高朗進了門，高興道：「老范，有人送銀子給咱們了。」

「嗯？」范軒抬頭，有些疑惑，周高朗到范軒面前，高興道，「你不是還在愁那些富商不動嗎？之前我就說過，咱們直接把人抓了完事，你又怕留下不仁不義的名聲。拿著顧家敲打他們，他們假裝聽不懂，這次咱們就讓他們聽明白。」

「怎麼？」范軒挑了挑眉，周高朗高興道，「趙家那個大公子，當街縱馬，還毆打了官兵，現在被人拖到縣衙去了。」

「竟有這樣的人物？」

范軒是知道趙家在望都普通人心裡的地位的，以前他也琢磨過找個理由動這些富商，可要動，首先要有個說得過去的名目，而且還要有一個敢動的人。

如今趙家飛揚跋扈，又是當街行凶，還被人直接拖到官府，這是再好不過的機會。只要動了趙家，有顧家捐錢保命在前，再有趙家在後，這望都的商家，也該懂事了。

「就是那個顧九思！」周高朗高興道，「他特地來通知燁兒，這事是他一手布局策劃的。」

「小小年紀，能有這等心思。」范軒沉吟片刻，最後道，「既然禮都送到門口了，不收也不好。你過去看看情況，若是縣令處理不妥當，也該給顧九思一個回禮。」

「我正是這個意思。」周高朗點頭道：「我這就過去。」

同范軒說完，拿了范軒的權杖，周高朗便找到周燁，直接往縣衙趕了過去。

而這時顧九思已經將人拖到官府去了，縣令看見顧九思拖來的人，眼前一黑，趕緊暈了過去，隨後稱病退開。

趙嚴站在公堂上，看著顧九思冷笑：「找爺的麻煩，也不打聽一下爺是誰。」

顧九思面色不動，靜靜站著：「那咱們等著大人醒過來吧。」

「那就等著，」趙嚴嘲諷開口，「到時候，我倒要看看，是誰在找死。」

兩人這麼默默等著，外面擠滿了人。周高朗到門口，讓人開了道，直接走了進去。

「這是做什麼？」周高朗領著周燁走進來，看了公堂一眼，隨後看見趙嚴，他上下打量了趙嚴一眼，皺起眉頭道：「這是犯了什麼事？」

「稟大人，」顧九思沉穩開口，「此人當街縱馬，差點傷人，府衙黃龍為求自保傷了他的馬匹，他便當街鞭打公差，被小人拿下，送來官府，聽候處置。」

「哦，」周高朗點點頭，「那縣令呢？」

「病了。」

「病了？」周高朗冷哼一聲，看向一旁出來窺探情況的主簿，直接道，「既然楊縣令身體這樣不適，讓他不用來了。多大點事，老夫幫他審了。」

說著，周高朗走到高堂上，施施然坐下來，周燁從旁邊倒了茶，遞了過去，周高朗喝了口茶，抬眼看向趙嚴：「當街縱馬，還鞭打官差是吧？」

周高朗轉頭看向顧九思：「按律當如何？」

「罰五銀，仗二十，徒三年。」

「寫的這樣清楚，還需要再審嗎？就這樣。」

「周大人！」趙嚴慌了，他忙道，「你……這，這且等我父親……」

「哦，還有你爹，」周高朗點點頭，抬頭道，「行，這位小哥，」周高朗看著顧九思，直接道，「你帶一批人，去趙家，把趙老爺帶過來。」

顧九思恭敬道：「是。」

「等一下，」周高朗想起什麼，「你一個衙役去請趙老爺，不太合適。」

眾人面面相覷，不知道周高朗打算幹什麼，周高朗轉頭同站在一旁的主簿道：「楊縣令不是身體不好嗎？他身體不好這麼多年了，望都亂糟糟的，這樣吧，我看這個年輕人很好，很有幹勁，你去和楊縣令說，讓他把官印拿過來，自個兒好好養病，想養多久養多久，事就讓這個年輕人替他分擔了，如何？」

主簿一聽這話，臉色白了，哆嗦著道：「大人，這……這是不是草率……」

「不草率不草率，」周高朗擺著手道，「我來之前和范大人說過了，你讓他別浪費時間，趕緊把官印拿過來。」

旁邊趙嚴聽著這一番對話，頓時慌了，周高朗范軒都摻和進來，他就算是個傻子也知道，這是衝著他家來的！

周高朗起身，朝著顧九思招了招手，平靜道：「你隨我來，同楊縣令交接一下。」

顧九思應聲，跟在周高朗身後。

入了後院，顧九思恭敬道：「大人此舉，會不會急了些？」

周高朗輕輕一笑：「刀都露刃了，再藏著，又有什麼意義？」

「本想等歇一陣子，給你個立功機會，再讓你入官場。但你自個兒既然立了功，有了個順理成章升官的理由，我們也不會刻意壓著。」說著，周高朗神色平靜：「我和老范不想學王善泉，可幽州比揚州更缺錢。如今梁王已經快入東都了，你可明白？」

顧九思聽了這話，心裡動了動，恭敬行禮：「大人放心，今日我入趙府，必定兵不刃血，為大人分憂。」

周高朗點了點頭，便讓顧九思站在門口，自己進了房間。

不知他說了什麼，片刻之後，便帶著官印回來，周高朗上下打量他一下，隨後道：「你如今還未訂製合適官袍，穿衙役的衣服過去，趙家的人也瞧不上，回去換身衣服，明日帶人過去吧。」

「那趙嚴……」

周高朗擺擺手：「拖下去關起來就是了。」

顧九思領了命，隨後退了下去。

周高朗回去讓人將趙嚴收押起來，所有看熱鬧的人散開了，顧九思便收拾東西，打算離開。

他剛直起身，就看見黃龍站在門口，他面上看上去有些猶豫，顧九思直起身，疑惑道：「黃大哥？」

黃龍沒說話，似乎想說什麼，顧九思笑笑：「黃大哥也要回家了吧？一起吧。」

黃龍點了點頭，跟著顧九思往外走，兩人走出縣衙，好半天，黃龍結結巴巴道：「原來，原來你這麼厲害啊……」

顧九思「嗯」了一聲，隨後道：「一點拳腳功夫罷了，沒什麼的。」

黃龍沉默著，過了一會兒後，他才道：「今日的事，謝謝你了。」

「本也是分內的事。」

「九思，」黃龍深吸一口氣，做了個重大決定，開口道，「以前我對你有誤會，覺得你就是個靠裙帶關係進來的公子哥，所以對你多有刁難，今日我與你道歉，你才是真正的爺們。」

「黃大哥哪裡的話，」顧九思滿不在地意搖搖頭，「我在這裡任職，是大哥多有照顧，九思感激還來不及。大哥平日的吩咐，都是為了磨煉我的心智，這一點我是明瞭的。」

「不……」黃龍面露尷尬，「不是，九思，我以前真的……對你不好。」

「怎麼會呢？」顧九思有些疑惑，隨後安慰道，「大哥對我挺好的。」

「不是，」黃龍終於忍不住，愧疚地說道，「之前，你在巷子裡被打，就是我和其他兄弟幹的。」

說著，黃龍有些慌，趕緊道：「那時候我們不瞭解你，現在你想打回來就打回來，我絕對沒有怨言！」

聽到這話，顧九思笑出聲：「我知道。」

黃龍僵了僵，顧九思平和道：「那日你們一動手，我就摸到官服上的紋路了。我沒說穿，是覺得，我們之間其實只是有些誤會，而這個誤會是因為我做得不夠好，所以我沒說，就是希望能和大家好好相處。」

「九思……」

黃龍聽到這話，無數懊惱湧現上來。

如果說顧九思明明知道是他們，以顧九思的武藝，被打時完全是讓著他們。而後他不僅沒有追究，還主動從家裡帶了點心分給他們，以求他們的接納。

這樣純良的少年，他居然這樣欺負他……

黃龍心裡有些難受，特別想回到過去，想糾正自己犯下的所有錯。而顧九思看出黃龍的心情，抬手拍了拍黃龍的肩：「黃大哥不要多想，誤會解除了，以後我還要多依仗大哥。」

「你放心，」黃龍聽了這話，立刻保證道，「以後你就是我黃龍的兄弟，誰找你麻煩，就是找我麻煩。」

「得了大哥這句話，九思放心多了。九思閱歷尚淺，在望都沒什麼親眷，以後還請大哥多多指點。」

黃龍終於找到一個讓自己心裡舒坦一些的方式，連連答應顧九思，恨不得掏心掏肺，顧九思說什麼都應下。

等到了分別時，黃龍還信誓旦旦跟顧九思打著包票，顧九思笑了笑，同黃龍告別。

黃龍得了顧九思的原諒，心裡舒了口氣，低頭往自家巷子走去，琢磨著明天怎麼和手下那批兔崽子說一聲，以後要對顧九思好一些。

然而還沒考慮好，迎面就是一個麻布袋，眼前頓時黑漆漆一片。隨後一陣拳打腳踢送了上來，黃龍驚叫起來：「誰！是誰！」

柳玉茹不說話，她帶著僱來的人默不作聲地揍。黃龍驚叫連連，這時候顧九思還沒走遠，他聽到黃龍的叫聲，趕緊衝到巷子，然後就看見正帶著人暴揍著黃龍的柳玉茹。

夫妻兩在巷子裡四目相對，雙方都愣了片刻，隨後顧九思對柳玉茹使了個眼色，大喊：

「小賊哪裡跑！」

柳玉茹皺了皺眉頭，狠狠瞪了黃龍一眼，終於帶著人趕緊撤退。

顧九思小跑上來，打開黃龍腦袋上的麻布袋，焦急道：「黃大哥，你可還好？」

黃龍被打得暈頭轉向，迷糊著看著顧九思道：「是誰……」

「沒看清。」顧九思立刻開口，滿臉擔憂，「黃大哥，我帶你去看大夫吧？」

「啊？」黃龍有些清醒了，趕忙道，「沒事沒事。」

他撐著自己站起來：「肯定是以前的仇家，做咱們這行仇家太多了，九思，不好意思啊，嚇著你了。」

「怎麼會？」顧九思忙道，「黃大哥我送你回去。」

「不用不用，」黃龍擺著手，連忙拒絕：「不遠了，就在前面。我一個大男人送什麼送，你媳婦還在家裡等你呢，我先回去了。」

顧九思寒暄著，口頭上送黃龍離開。

等黃龍走遠了，巷子安靜下來，顧九思這才轉過身，有些無奈地看著小巷轉角處，哭笑不得道：「出來吧，還躲著呢？」

柳玉茹聽了這話，磨蹭著出來了。

她帶來的人都走了，剩下她一個人，提了根棍子，看上去彷彿做錯了什麼事一般，有些忐忑地瞧著顧九思。

顧九思打量她片刻，忍不住笑道：「妳怎麼就這麼皮呢？」

「他欺負你……」柳玉茹小聲開口。

顧九思有些無奈：「那妳就帶人打他啊？」

柳玉茹不說話，顧九思看著她孩子氣的模樣，心裡有點癢，他走上前去，握住柳玉茹的手，想說點什麼，卻又被她的樣子逗得哭笑不得，最後拉上她，只能道：「罷了，先回家吧。」

兩人手拉著手回了家，顧九思在屋裡換了一身素紗白袍，走出內間，看見柳玉茹坐在位子上看帳本。

他見她看上去平靜了許多，便走到她身前，坐下來，猶豫片刻後，才斟酌著道：「以後別這麼衝動了，妳這麼打了他，以後他知道了，要結仇的。」

「結仇就結仇，」柳玉茹打著算盤，小聲道，「他敢說什麼，我再打他。」

這話說得像個孩子了，讓顧九思忍不住側目。他頭一次知道，柳玉茹也有這麼不理智的時候。

她在他面前，永遠得體、溫柔、沉穩，然而在這件事的處理上，她卻衝動又聰明，讓人瞧著生不出半分責怪，只覺得可愛極了。

顧九思一想到她今日提著棍子是為了他，就覺得心裡又甜又高興。

他雖然覺得柳玉茹手段太過直接了些，卻也生不出責怪，他瞧著柳玉茹一直板著臉，便走到她身邊，半蹲下身來，抬手搭在她肩膀上。

「好啦，」把她攬到懷裡，安慰道，「現在人也打了，仇也報了，妳就消消氣。」說著，顧九思抬起她的下巴，逗弄道：「來，笑一個。」

柳玉茹一巴掌拍掉他的手，瞪了他一眼。

「別和我說這些！」柳玉茹不高興道，「下次你也不准忍著！」

「嗯？」顧九思有些疑惑。

柳玉茹已經在顧九思面前丟了溫柔的假面，也不想再故作體貼，氣性來了，乾脆將算盤一推，放話道：「下次有人再欺負你，你就打他們。打完了回家，不幹了！」

「不幹了怎麼辦？」顧九思看著面前氣呼呼的小姑娘，笑出聲道，「我一個大男人，我不幹活吃什麼？」

「我養你啊！」

柳玉茹抬頭脫口而出，話說完的時候，兩個人都愣了。

柳玉茹有些詫異，自己是何時有了這樣的念頭，覺得自己也有能力養得了一個男人。

顧九思不由得笑了：「柳老闆越來越厲害了。」

說著，他湊過去，將頭靠在她的肩膀上，含笑道：「不嫌我吃軟飯啊？」

柳玉茹紅了臉，低著頭，撥弄著算盤，故作鎮定道：「吃口飯而已，你又能吃多少？」

顧九思低低笑了，他靠著柳玉茹：「妳以往不是總說妳靠著我，要我一定要考個功名嗎？」

「那你考不上我能怎麼辦？」柳玉茹瞪他，「難道我還能休了你？」

「怕了怕了，」顧九思笑著擺手，「我還是吃軟飯吧。不過娘子妳看，這次我掙了個縣令回來，」他蹭了蹭柳玉茹：「有賞沒？」

「縣令？」柳玉茹愣了愣，隨後忙道：「你怎麼就當上縣令了？」

顧九思笑了笑，他往邊上一坐，敲了敲桌子，頗得意道：「倒茶。」

柳玉茹知道他這是要擺闊了，趕緊端了茶給他，做出洗耳恭聽的樣子。顧九思把來龍去脈說了一遍，最後總結道：「范軒先拿顧家當成一面鑼，敲響了所有人。但大家不為所動，范軒必定要開始找其他辦法。如今他正想著找哪隻出頭鳥，我給他送去了，他自然感激我。」

「所以，黃龍那件事，你讓我別管，就是做了這樣的打算？」柳玉茹明白過來，顧九思點點頭道：「黃龍這樣的人，是一個普通人。他看不慣我，不過是因為我是富家子弟出身後落難，這世上誰不想著為富不仁？他算不上特別壞的人，只是腦子不好使。」

「打了他沒什麼用，日後咱們要在幽州生活，他這樣的人千千萬，難道個個都打了不成？把他這樣的人變成朋友，這才是生存之道。」

「所以你被打了，你也不吱聲？」

顧九思聽著，笑了笑：「我不僅不吱聲，我還要送東西給他們吃，說好話。等後來他們發現這都是我讓著他們，他們才更加良心難安，對我愧疚。」

柳玉茹聽著，面上神色有些複雜，顧九思看出不妥，放下茶杯，握住她的手道：「妳在擔心什麼？」

「郎君如此洞察人心，」柳玉茹也不避諱，嘆了口氣道，「我心中難安。」

顧九思笑了笑：「妳放心吧，我算計誰，都不會算計妳。」

柳玉茹沒說話，顧九思瞧著她，眼裡滿是鄭重。柳玉茹忽地想起當初站在人群裡鞭打自己的少年，他那清亮的眼回眸一望，就讓她覺得，無論他說什麼，她都信。

於是她垂下眼眸，也沒回應，只是轉頭換了個話題道：「那你出了這個頭，豈不是遭趙家忌恨？」

柳玉茹皺起眉頭，顧九思嘆了口氣：「當官哪有不招人忌恨的？但是咱們不能一直在幽州這麼窩著。周高朗說等以後安穩了，給我一個位子，但他說這話，並不是認可我的能力，只是因為咱們顧家捐了錢，他得給我好處。到時候估計就是給我一個虛職混個日子。」

「我不想這樣。」顧九思垂下眼眸：「我答應過文昌。」

他答應過楊文昌什麼，柳玉茹明瞭。他要實現自己的諾言，要護住家人，就得往上爬。怎麼會混個虛職就罷了？

她輕輕嘆息一聲，拍了拍顧九思的手背道：「都好，你既然決定了，我都覺得是極好的。」

「其實我不擔心其他，如今只擔心一件事。」

顧九思抬眼看向柳玉茹，柳玉茹輕輕「嗯？」了一聲，顧九思嘆了口氣道：「妳說我如今這樣的爪牙行徑，與當初王善泉又有何異？」

柳玉茹聽著這話，過了許久後，慢慢道：「九思，水至清則無魚。」

顧九思抬眼看著柳玉茹，柳玉茹思索著，儘量將自己對這個世界的理解說出來：「你得明白你最後想要什麼。如果你想做一個好人，那當你的真君子就可以。可如果想當一個有用的人，要實現某個目的，就要考慮你的底線在哪裡。」

「今日趙家之事，不是你去，就是別人去。你去，趙家的結局或許還會比別人去更好。我知道你想求善，可你覺得，是雙手清清白白站一旁袖手旁觀是善，還是雙手染血但讓那個被苦苦折磨的人死得更痛快是善？」

「可是，若不是我，事情落不到趙家頭上。」

「也會落到其他人頭上。」柳玉茹平靜道：「范軒缺錢，梁王要反，各州節度使虎視眈眈，這都是已經確定好的事。范軒已經用顧家敲山震虎，錢沒到手，你以為他會退嗎？」

顧九思沉默下去，許久後，他深吸一口氣。

「我明白了，」顧九思抬眼瞧她，認真道，「我會儘量做我能做的，給他們一條更好的路。」

柳玉茹笑了笑：「再想想辦法吧。其實人的事，都差不多。我們做生意，賺的就是辦法錢。甲想要銀子，乙想要布，他們距離太遠，我們就想辦法解決距離遠的問題，給甲銀子，把布運輸過去，賣給乙，雙方都滿意，我們就賺這個解決了他們所有要求的錢。你想一想，有沒有什麼辦法，是能讓趙家好，也能讓范軒好的？」

顧九思聽著，將柳玉茹的話放在心上，琢磨片刻，抬手道：「妳讓我想一想。」

柳玉茹不敢打擾他，應了一聲，便起身回到桌邊。

這些時日胭脂的出貨量越來越大，柳玉茹便開始增加店裡賣的種類。不僅是豐富了胭脂的品種，還增加了唇紙、眉筆、香膏等等東西。每一樣東西，從外面的裝飾到所有原料，她都一手把控著，同時帶了幾個人，再同幾個外地商接觸，準備慢慢賣出望都。

於是顧九思在一旁琢磨著柳玉茹的話，柳玉茹就坐著打算盤。

房間裡都是啪嗒啪嗒的算盤聲，顧九思抬頭看了一眼，姑娘垂著眼眸，神色清亮，他突然覺得安定了下來。

自己這一輩子，無論他是善是惡，是好是壞，這個人似乎都會陪伴在自己身邊。他走歪了，她會拉著他走回來。他摔下去，她會扶著他站起身。

顧九思內心一片平和。

柳玉茹察覺到顧九思看著她，不由得抬頭道：「還沒想明白？」

顧九思嘆了口氣：「未曾。我本想，讓朝廷給他們打借條，日後朝廷還款給他們。可是他們不會信。」

柳玉茹想了想，慢慢道：「他們不相信的原因，是因為如今范軒和周高朗自己都不敢說自己一定會贏，他們借的錢，輸了，誰會認這筆帳？」

「妳說得是。」顧九思苦笑，「那當真無法了。」

「可借錢也總比搶錢好。」柳玉茹嘆了口氣，「至少，若范軒和周高朗贏了，還會還錢給他們。」

顧九思點點頭，沒有多說，柳玉茹見他還在愁苦便放下算盤，認真想著道：「如果要讓下一任朝廷也認這筆債，那這筆債一定不能只是一筆債，而是一個方法，這個方法讓國家源源不斷有錢，所以下一任朝廷，必須償還上一任的債，然後才能將這個模式繼續下去。把一個朝廷當成債務人，有借有還，再借不難。」

顧九思抬眼看著柳玉茹，柳玉茹自個兒琢磨著道：「而對於商人來說，這筆錢不僅僅可要朝廷背書從中獲利，還要能有其他法子賺錢，他們才會覺得是雙重保險。比如說這筆債如果可以買賣，那商人就有了賺錢的法子。可是如果一個東西可以買賣，一定要它在眾人心裡有買賣的價值。一筆可能還不上的錢，」柳玉茹苦笑，「怎麼會有讓大部分人相信的價值？」

「我以前遇過一件事。」

顧九思突然開口，柳玉茹抬眼瞧他，顧九思轉動著手裡的筆，靠在柱子上，吊兒郎當坐著道：「大概三、四年前，賭場有個人，他說有個商人專門放印子錢，官府關係很硬，和當時漕幫關係也極好，一百文錢給他，每個月都會有五文的收入，錢放著不動，也有錢。而且，他們給一筆親友費，你每帶一個人過來給錢，那個人每賺一百文，就會給你一文錢。於是每個人都拉他的親友過來，起初大家不信，可是他們按月發放，旁邊的人，的的確確每個月都拿到了錢，於是每個人都將錢放進去。我記得還沒有一年，我認識的人幾乎都在裡面放了錢，所有人都等著未來回款。」

「後來呢？」柳玉茹趕緊追問，顧九思笑了笑，「後來有一日，這人突然不見了。」

柳玉茹愣了愣，顧九思繼續道：「他根本沒有放印子錢，那時揚州富裕，哪來這麼多人借錢，他手裡拿著的錢，早就超出揚州借錢的人要借的數額了。」

「所以，你的意思是，一個東西能不能賣，根本不是看它本身有沒有價值？」

「對。」顧九思點頭道，「第一個月，自然是要看他自己的價值。可未來它能不能賣，全看大家覺得它能不能賺錢。而一旦老百姓願意一直賣這些債，也就是不斷有人進來買，那哪怕換了個皇帝，也絕不會斷了這筆生意。」

顧九思說著，有些激動道：「我得尋個法子，讓這個債更好買賣，然後按月給利息，所有人瞧著錢，這債自然就會一直買賣下去。」

「對。」柳玉茹忙道，「你可以將這筆債分成長期債和短期債，大家自由選擇，長期債利息高，短期債利息低。利息按月發放，絕不拖欠。而百姓之間可以自由買賣，這樣一來，比如有人拿著三年到期的債，還剩一年就到期了，可他急著用錢，他就會將這個債賣出去，而別人貪圖這個債三年後本息總和，就會出一個合適的價格買下來。」

「一旦有了買賣，如果有人快速買，快速賣，賺的是這快速進出的錢，最後利息就沒有那麼重要，一定有人想要看準了時機快速買快速賣。」

兩人的腦子越轉越快，趕緊開始制定方案。

柳玉茹在如何將商品賣出去這件事上，總有一套自己的法子，而顧九思在規則制定上，則是更加縝密熟悉。

兩人琢磨了一個晚上，直到半夜才將東西做完。顧九思去寫摺子，柳玉茹撐不住睡了。

顧九思將摺子寫完時，瞧了瞧天色，決定去睡半個時辰，他小心翼翼摸著上了床，柳玉茹迷迷糊糊道：「才睡啊。」

顧九思笑了笑，看著面前的姑娘，有種莫名的幸福湧現上來。

一個人，如果生死與共給的是巨大的衝擊和感動。

那麼愛一個人，則是在平日的點滴和瞬間。

顧九思低頭親了親柳玉茹，抬手將人攬在懷裡，緊緊抱了一下，然後蹭了蹭柳玉茹的背，高興道：「嗯，睡了。」

顧九思只睡了半個時辰便起身，梳洗之後，他見天已有明色，便早早先上周府拜見。到周府時天已大亮，顧九思讓人先去稟報，沒一會兒，卻是周燁來開的門。

「周兄這樣早？」顧九思挑了挑眉，周燁笑著道，「這話應當我問你才是。我聽聞你來了，便特地過來接你，是找我父親的吧？隨我來。」

周燁說著，領著顧九思到庭院。顧九思將來意大概說了說，周燁連連點頭道：「你這個想法甚好，我也如此想很久了。」

兩人說著，到了院子裡，周高朗正在打拳，他剛打完一套拳法，周燁便上前遞了帕子，他拿著帕子擦汗，顧九思靜靜候在一旁。周高朗擦完身上的汗，瞧了他一眼，笑著道：「今日不是去趙家嗎，大清早來我這做什麼？」

「下官有一些想法，想要面稟周大人。」

「想法？」周高朗笑了笑，隨後道，「行，書房裡說吧。」

三人行到書房，下人關上大門。周高朗從周燁手裡接過茶，淡道：「說吧。」

「下官是來商量今日趙家一事。昨夜下官思前想後，總覺不妥，所以今日特地來問問大人，日後范大人與您的打算，是求一時之計，還是千秋之盛？」

「何謂一時之計，何謂千秋之盛？」

周高朗低著頭，擦著手，面上表情看不出喜怒。

顧九思打量著周高朗，斟酌著道：「秦以強國弱民之策，窮兵黷武，一統六國，卻二世則亡，此乃一時之計。」

「那千秋之盛呢？」

「漢休養生息，外儒內道，得千秋之盛。」

聽這話，周高朗笑了：「漢也沒有千秋。」

「因他未曾堅持。」

「行了，」周高朗擺了擺手，「我明白了，你是來給趙家當說客的。」

「下官不敢。」顧九思立刻道，「幽州缺錢缺糧，下官不會因婦人之仁耽誤大事。只是下官覺得，還有更好的辦法，不知可否一試。」

顧九思抬眼看著周高朗：「我信大人並非短視之人。未來仁義之名，於范大人而言，絕不只千金之重。」

周高朗沒說話，他看著顧九思，冷道：「你還真敢說。」

顧九思立刻退身匍匐在地：「下官只是想為大人分憂罷了。」

周高朗瞧著他，似乎是在思考，過了一會兒後，他慢慢道：「那你有什麼辦法？」

周高朗慢慢出聲：「我與范大人算不上好人，但也並非窮凶極惡之徒。若有其他辦法，我們不會用最壞的辦法。」

「大人，」顧九思慢慢道，「昨夜我苦思冥想，錢，大人自然是要要的，可是若直接強搶，未來這必定是大人洗不脫的汙點，大人何不考慮借貸於百姓，其中保有利息？」

「這個我們都想過。」周高朗立刻否決，「但他們不會信。」

「大人且聽我說完。咱們這個債，我們要先決定借多少，比如說咱們決定借兩億銀兩，那我們將兩億銀分成兩種類型，一種是長期借貸，比如三年，這樣的借錢利息高；另一種是短期，比如三月，這樣利息低。我們將債款按一兩銀子一份均分成兩億份，大家按需購買。」

「我們每個月還一次利息，大家就每月都能見到錢，百姓最初肯定是不會相信的，可若是身邊的人都開始賺錢，就會心動，自然會入局買債。大家若是相信這債能賺錢，甚至會私下把它進行交換流通。只要這筆債的信用度建立起來，那不僅我們幽州百姓自己可以買，到時候十三州所有人，都會來買，我們的錢便源源不斷自各地來，甚至北梁都可以買。」

聽到這話，周高朗陷入深思。

不得不承認，他心動了。他思索著，慢慢道：「那我們拿什麼錢還？」

「沒錢時，以債養債，但這是最沒辦法的辦法，因為大家會評估朝廷的能力。所以我們最好的方案，其實是發展國力。」

周高朗抬頭看顧九思，此時此刻，顧九思已經直接稱「國」了。

周燁在一旁面露震驚之色，顧九思卻是神色不動，彷彿完全不知自己說了什麼。

過了很久，周高朗端起茶，抿了一口，隨後道：「繼續說。」

「軍隊強盛，會維持一國平穩，外無外敵，內政溫和，百姓就會覺得安定，有錢，也才願意花錢。百姓花錢，養活各行各業，各行各業自然興興向榮，百姓有錢，朝廷稅收就會增加。所以若是我們從百姓手裡拿的錢，能讓國家興盛，自然就有錢還。而且，若大人還不放心，咱們還可以專門有一批人來規劃這批錢的去處，官方經商，也未嘗不可。」

周高朗聽著，許久後，慢慢道：「此事，我與范大人商量一下。但趙家的錢，你今日需得要回來。他家張揚跋扈已久，不收拾一下，也是不行。」

「下官明白。」顧九思趕緊行禮。

周高朗點了點桌子：「摺子你放桌上，先去做事吧。」

顧九思聞言，將摺子放在桌上，恭恭敬敬退開。

他出了門，周燁便跟上他，忙道：「你怎麼想出這種法子來，我聽都沒聽過。」

顧九思笑了笑，周燁嘆了口氣道：「之前我也想要想個法子，總覺得他們這麼幹不是仁義之師所為。但是我想不出什麼好法子，你這想法好。」

「但未必能行。」顧九思感慨，「其實這個法子，實行起來風險太大，也是沒法子的法子了。」

周燁點點頭，突然道：「我如今才聽說，黃龍那些人欺負你了？」

「小事。」顧九思擺擺手，周燁嚴肅道，「這些人都是欺軟怕硬的地頭蛇，你有事需得同我說。」

「這樣的小人都要勞煩周兄出手，」顧九思笑道，「那我也太沒用了吧？」

周燁一時語塞，顧九思出了門，同周燁行禮，便上了馬車，徑直去了府衙。

他一進門，就看見黃龍領著所有衙役站在院子裡，大家或多或少臉上都帶著傷，顧九思有些不自然地輕咳了一聲，不用想都知道，肯定是昨日柳玉茹打的。

他走進屋裡，黃龍走上前，認真稟報道：「大人，兄弟們都準備好了。」

顧九思謝過黃龍，便點了人，往趙家走去。

這一番動作搞得很大，路上行人紛紛側目，顧九思一路大搖大擺去了趙府，敲響趙家大門。

他沒有硬闖，反而是站在門口，讓人恭恭敬敬進去稟報。家丁一看這架勢，就知道不好，趕緊進了趙府。而這時候，趙家的家主趙和順已經一夜未眠，他坐在大堂裡，疲憊地點了點頭道：「讓他進來吧。」

管家出去，將顧九思引了進來。

顧九思帶著人，一路走得很是輕鬆，走在庭院裡時，彷若閒庭看花，還同管家交流著庭院裡花草的修剪，儼然一副翩翩公子模樣，完全看不出是來問罪的。

趙和順看著顧九思進來，雙手攏在袖間，跪坐著沒說話。顧九思進門後，他抬起手，指了旁邊客座道：「顧大人，請。」

顧九思行了禮，跪坐下來，旁邊侍女添了茶，顧九思端起來，抿了一口道：「雨後春前的金銀針，一兩千金，」說著，顧九思抬眼看向趙和順，笑著道，「趙老爺用這樣的茶招待顧某，顧某內心不安啊。」

「不安的當是老夫。」趙和順聲音平和：「咱們打開天窗說亮話吧，顧大人，您今日上趙家大門，到底有何貴幹。」

「留了一夜時間給趙老爺想，趙老爺還沒想明白嗎？」

顧九思放下茶杯，手中摺扇輕輕敲打在手心，轉頭看著庭院外搖曳的花草，平和道：「趙老爺，你以為顧家來到幽州，散盡家財是為什麼？」

趙和順沒說話，他眼裡帶著紅色血絲，盯著顧九思，顧九思轉頭看向他，笑了笑：「趙大人莫不是還不知道揚州的事吧？」

如今揚州發生的事，傳得再慢也傳開了。趙和順聽到這話，臉色劇變，怒道：「范軒膽敢如此！」

「為何不敢？」顧九思盯著趙和順，「人為財死鳥為食亡，趙老爺以為到了如今局勢范大人還有什麼不敢？」

「趙老爺是不是不知道如今各方節度使在謀劃什麼？您不妨看看近來幽州財政支出，大批購進的是什麼。王善泉在揚州逼著商家募捐，你以為錢去了哪裡？各方節度使都開始徵兵徵糧，你以為是為了什麼做準備？」

「趙老爺，趙嚴如今還在獄中，你如何選，自個兒還不清楚嗎？命重要還是錢重要？」

趙和順神色冷下來，他抬眼看向顧九思：「那范軒給我什麼？」

「他給顧家什麼，」顧九思輕笑，「就給你們什麼。」

「區區縣令之位？」趙和順怒了，顧九思搖了搖扇子，「趙老爺別誤會，這個縣令的位子，可是在下自個兒掙的。范大人不是賣官的人。」

「欺人太甚！」

顧九思看著趙和順的模樣，沉思片刻，終於道：「趙老爺，同是商賈出身，我明白您的想法，可我勸您一句，順勢而為才是最重要的。您不需要像顧家一樣把錢全捐出來，但是范大人要的數，您得給。給不足，到時候就是一個更慘的顧家。至少我還有一個落腳之地，您就未必了。」

「留得青山在不愁沒柴燒，貴公子在牢獄裡待久了也不好。而且，」顧九思合上扇子，探了探身子，「我私下同您透個風吧，范大人並不是真的要做盡做絕白白拿這個錢，他會想辦法公平交換的。只是說，換出來的東西，您不能選，如此而已。」

「什麼東西？」趙和順抬眼，顧九思退回原來的位置，笑著道：「這我就不知道了。不過趙大人，今日您看，是我強行徵銀，還是大家體面一點，您自願捐贈？」

趙和順黑著臉，咬著牙，顧九思低頭笑出聲：「看來大人是想去見見公子了，來人……」

「范軒要多少？」趙和順終於出聲。

顧九思給了個數，隨後道：「您今日一時湊不齊，不要緊，先給個定金吧。我就在這兒等著。」

趙和順一甩袖子，站起身，吩咐人去抬銀子。

而後他回到堂屋裡來，站在門口，雙手攏在袖間。逆著光，看著顧九思道：「顧九思，你這樣行事，早晚要遭千刀萬剮。」

顧九思喝茶的動作微微一頓，趙和順嘲諷：「自古當刀的人，哪一個有好下場？商鞅車裂晁錯腰斬，」趙和順走到顧九思身邊，淡道，「年輕人，你且等著吧。」

顧九思沒說話，他將最後一口茶喝完，隨後道：「趙老爺錯了，在下不是刀，在下只是臣。」

趙和順抬眼看他，顧九思神色平淡：「天下百姓之臣。趙老爺，今日固然是我逼你，但來年，你或許會感激我呢？」

說著，顧九思放下茶杯，神色輕鬆地笑了笑，站起身朝著趙和順恭敬行禮：「在下告辭。」

顧九思走到院子裡，看見黃龍清點了銀子，他親自點完銀子，便帶著錢回了府衙，交入倉庫。

而後他將趙嚴仗責二十，讓人大張旗鼓送了回去。

趙嚴一回去，整個望都城的富商惶惶不安。大家各自籌謀，顧九思當夜就下了令，嚴守望都。

他做完這些事，也不知道自己怎麼了，覺得空落落的，他提著燈，有些茫然地走在路上，最後去了花容門口。

他穿著官服，坐在臺階上，將燈放在臺階旁。黃龍有些猶豫道：「大人，要不小的替您守著，等夫人回家吧？」

顧九思擺了擺手，笑道：「王大哥，我等我家娘子，您先回去吧。」

黃龍聽著不免笑了，知道這是年輕人之間的情趣，便退了下去。

黃龍走了之後，顧九思坐在門口。他抬頭瞧著星星，在這安靜的夜裡，突然找到了自己的歸宿。

他像一個漂泊了一天的亡魂，終於找到了落腳處。他忍不住微笑，等了一會兒，柳玉茹笑著和人說著話開門出來，一開門，就看見顧九思坐在門口。

他還是和以前一樣的姿勢，但身上卻穿了官袍，柳玉茹愣了愣，顧九思提著燈站了起來，拍了拍身上的灰，溫和道：「忙完了？我來接妳。」

旁邊的姐妹低聲笑開，印紅高興道：「夫人，我們先走了。」

說著，大傢伙兒小跑著離開。柳玉茹被她們鬧得紅臉，輕咳了一聲，不自然地走到顧九思身前：「今日你不是要去趙家嗎？這麼忙了，還來接我做什麼？」

「我想妳了。」顧九思直接開口，柳玉茹愣了愣，轉過頭去，不敢看他：「突然說這些做什麼？」

顧九思低笑，他看著她的眉眼，感覺這個人在這世間，有種超脫而出的乾淨。

她溫柔的照耀他，給他所有往前走下去的勇氣。

柳玉茹感覺他長長地注視著自己，忍不住回頭瞧他：「怎麼了？」

話剛說完，顧九思突然伸手，將她抱在懷裡，死死抱緊。

「玉茹，」他忍不住出聲，「別離開我，一直陪著我，好不好？」

「那是自然的啊。」柳玉茹輕笑，「你不休了我，我又怎會離開你？」

顧九思沒說話，他抱著她，不知道這算不算安慰。他感覺平和喜悅，但仍舊有那麼一絲，說不清、道不明的小小不甘。

他想要更多，可卻不知，柳玉茹還有什麼更多，能夠再給他。

他已經得到得足夠多了，再貪心，便是貪婪了。

他感覺擁抱是獲取力量的方式，他抱夠了，終於放開她，然後拉了她的手，拿過她手裡的東西，提著燈，高興道：「走，回家。」

柳玉茹不知道他經歷了什麼，但她明顯感覺到他情緒的變化，於是什麼都沒說，只是陪他手把手，走在這青石路上。

她瞧著身邊的人，穿了一身藍色官袍，但走起路來，卻還像個孩子似的，忍不住輕笑：「你都當官的人了，穩重些。」

「穩不穩重不重要，」顧九思回頭瞧她，「俊嗎？」

「俊不俊有什麼關係？」柳玉茹挑眉，「你一個大男人，天天關注容貌，又不靠這張臉吃飯，不覺得羞愧嗎？」

「我羞愧什麼？」顧九思一本正經，「我的主業是吃柳老闆的軟飯，兼職當個縣令，我不把主業做好，那才該當羞愧！」

柳玉茹愣了愣，隨後反應過來，哭笑不得，抬手掐了顧九思一把：「顧九思，你這二皮臉。」

顧九思嗷嗷大叫，偽作劇痛道：「柳老闆，手下留情！饒我一條小命！」

「顧九思，」柳玉茹被他逗笑，掐他的動作沒了力氣，「你這麼大個男人，我能把你怎麼樣？」

「話不能這麼說，」顧九思一臉認真，「普通女人自然是不能怎麼樣的，但您可是能打一個縣衙的女人。」

柳玉茹僵了僵，不自然地輕咳了一聲，似是有些不好意思放了手，她不說話，彷彿在尋找什麼，顧九思趕緊抬手攬了她的肩，笑著道：「妳別想多了，妳為我做這些，我高興得很。」

柳玉茹低低應了一聲，顧九思瞧著她，他其實不明白，她在外面能帶著人打一個縣衙的人，怎麼在自己面前，說句話就害羞，一個動作就低頭。

如果不是親眼看著她打杜大娘、揍黃龍，以及那十幾個衙役臉上的傷，他完全不能想像，這是柳玉茹能幹出來的事。

他忍不住嘆了口氣，柳玉茹奇怪道：「你嘆什麼氣？」

「我在想，」顧九思有些遺憾道，「我一向自詡聰明通透，凡事看得清楚明白，可在妳身上，我卻發現，我就是個糊塗蛋。」

「嗯？」

「若是有人同我說，妳欺負他們，我當真是不敢信的，我會覺得是他們欺負了妳，他們找妳麻煩。」

柳玉茹忍不住笑了：「我去春風樓找你麻煩、逼你讀書的時候，你忘了？」

「那也是我讓著妳啊，」顧九思忙道，「不然就妳那性子，能欺負誰啊？」

柳玉茹憋著笑，顧九思低頭瞧了她一眼，刮了刮她的下巴。

「揍人也揍得可愛，瞧著就是被欺負的。」

柳玉茹忍不住了，捂著肚子笑出聲。

顧九思看著她大笑，也忍不住彎了嘴角。

他突然覺得，所有放棄的，所有努力的，所有誤解的，都有了意義。

他當這個官，他髒這雙手，其實都是為了面前這個姑娘。

他想要她，富貴榮華，平平安安。

第十八章　幽州債

趙家的錢完完整整送了過來，這件事做完，整個望都富商戰戰兢兢。

望都暗潮流湧，所有人做著最壞的準備，一面清點白銀，一面四處聯絡。

虎子把每日富商們行動的路線交給顧九思，顧九思暗中給了虎子錢，虎子如今是整個望都流浪漢的頭。顧九思看著這些富商的行跡，皺了半天眉，嘆了口氣道：「明瞭了，多多幫我看著些夫人。」

柳玉茹對這一切也有察覺，她先是無形中發現自己身邊的乞丐流民多了些，每日都跟著，似乎在放哨。

於是她咬了咬牙，花了錢聘請了幾個人來當保鏢，同時時時刻刻打聽著城中的動向。

她的生意越發好起來，柳玉茹加大了每日出貨量，在不遠處的安陽又開了一家分店，時不時往來於安陽和望都之間，每天忙著店鋪的事。她有時會忍不住問顧九思：「范軒和周高朗怎麼謀劃，如今還不給你消息嗎？」

顧九思應了一聲，隨後道：「他們或許還在想吧。」

范軒和周高朗商量了很久，過了十幾日，才終於給了顧九思消息。

那天是范軒親自來的，他同顧九思將他的計畫再三確認了許久，把所有條目都理順後，終於道：「你這個法子太險，但的確是個辦法。你可以在望都想試一試。若是望都可以，那我們就推下去。」

「是。」顧九思舒了口氣，這個結果，已經比他原先想的要好得多。

「不過，這個法子既然試行下去，望都必須要有成效。今年年底，望都交上來的稅賦，必須滿這個數。」

范軒提筆落了一個數。

八百萬，九十萬石。

大榮一年稅收八千萬兩白銀，十萬士兵一月糧草需三十萬石。幽州有近兩百多個縣，而范軒則是要望都一個縣就拿出一國十分之一的稅收十萬軍一個季度的糧草。

顧九思靜靜看著這個數，范軒放下筆，淡道：「我需要這麼多銀子，這個數不能加上你們顧家捐出來的。你若是能籌齊，用什麼辦法我不管，望都我交給你，你放手去幹。整個望都，兵防財政，我全交給你，若你能成……」

范軒抬眼看著顧九思，神色鄭重：「戶部當有你的名字。」

顧九思抿了抿唇，過了片刻後，他深吸一口氣，隨後道：「下官明白。」

送走了范軒，顧九思站起身。

家。

他早已經準備好，就等著范軒這一句話。范軒前腳剛走，他後腳立刻造訪了望都各大世家。

方才九月，距離年底還有三個月，而如今望都稅收不過二十萬兩，顧家捐了加上趙家捐出來的，也不過七十萬。富豪大商，大家手裡拿著的多是土地，現銀根本沒有多少。就算是顧家號稱揚州首富，身家可抵一年大榮稅收，可大多也是土地握在手中，最後能帶來幽州的，也不過八百萬白銀。如今要湊足八百萬，若不傷及商家根本，又談何容易？

然而事情終究要去做，顧九思最先造訪的是姚家，姚家是望都商家大頭，在望都土生土長，家中子弟遍布望都官場，便是范軒，也要給幾分薄面。

顧九思上門之後，姚家的態度倒不錯，顧九思將他的想法同姚家說完，姚家猶豫片刻，終於道：「我明白顧大人的意思，」他嘆了口氣道，「這也是沒有辦法的辦法，顧大人為我等費心了。」

姚家開了頭，後續顧九思還沒上門，就有幾家陸陸續續上前，買了顧九思的「幽州債」。

顧九思將七百三十萬的債分成兩份，其中六百萬長期債，這些是強行要求商家購買的，幽州一共近一百戶商家，根據家中財力情況購買。而剩下一百三十萬短期債，則被顧九思放在市面上公開售賣。

他專門在府衙裡開闢了一個房間負責賣「幽州債」，短期幽州債沒有購買的限制，一文錢也能買，前三個月購買的人，不僅利息高，而且介紹親友過來，親友的一部分利息也會放在他的帳上。

這樣一來帳變得特別麻煩，顧九思不得不專門找一個人來打理這些帳。

柳玉茹瞧著，便領著人先在顧九思那裡坐著理帳。

第一個月人不算多，柳玉茹一面理帳，一面摸索著提高效率的方法。她給了所有人牌子、紙契和編號，分類記錄在檔。

柳玉茹管著短期債，顧九思就每天跑去商家那裡說服他們買長期債。

半個月過去，柳玉茹的短期債賣得不多，大多是一些無聊的小百姓拿個幾十文、一百文來買著玩。而顧九思在最初幾家交完之後，也啃上了硬骨頭。

梁家背後是幽州軍系的人物，所以無論顧九思如何說，他們都假裝聽不見。

顧九思第三次上門時，梁家的大公子用著純正的幽州話，不耐煩道：「你這個揚州的鄉巴佬怎麼就聽不懂人話？你要錢是吧？再給我找麻煩，我讓你小命都沒有！」

這樣的話自然是嚇不到顧九思的，只是他也察覺用軟的對於梁家來說可能不太有用。

他夜裡回了家，在床上輾轉反側。柳玉茹見他睡不著，便拉著他的手道：「郎君莫要憂慮了，」她溫和道，「你上任也有一段時間了，總該有點鐵血手段。」

顧九思抿了抿唇，柳玉茹靠在他胸口，輕笑：「我知道你心軟，你若當真心軟，就再歇歇。過些時日，第一個月的利息發放到百姓手裡，短期的債就會賣起來了，我替你想辦法。」

顧九思沒說話，他看著靠在胸口的姑娘，心裡動了動。溫香暖玉在懷，他自然是會有其他心思。可他也不知道為什麼，每當這種心思起來，就覺得被什麼壓下去，覺得有些齷齪，他更享受柳玉茹這麼靜靜靠著他，內心平靜又溫柔、明亮又清澈的那種平和。

於是他抬手抱著她，過了許久後，嘆息了一聲：「罷了，我明日再想想辦法。」

第二日他再上梁家，梁家乾脆關了大門，顧九思在門口站了許久，有些無奈，終是回了縣衙。

他新上任，除了催錢，還有許多條例要修，於是又在府衙了忙了一天。等到下午時分，陽光暖洋洋落在屋裡，他突然感覺心悸，抬頭看向窗外搖晃著的草木，有些恍惚。

片刻後，黃龍從外面匆匆忙忙趕緊來，焦急道：「大人，不好了。」

顧九思抬眼，有些茫然，就聽黃龍道：「夫人去安陽的路上被人劫了！」

顧九思的筆微微一顫，墨落到紙上，染開一片惶恐。

柳玉茹在安陽開了新店。

她本來是不打算出遠門的，但是新店開起來，終究還是要去看一趟，於是她特地請了鏢局的人，又帶上許多壯漢，這才上了路。

她挑的是白日，想趁著大白天匆匆打個來回，至少摸清楚安陽的情況。

誰知道哪怕是這樣周全的部署，對方完全不懼，幾十個莽漢從山上打馬下來，和鏢局的人一陣廝殺，人仰馬翻之後，只留柳玉茹和印紅兩個女子在馬車裡。

印紅瑟瑟發抖，柳玉茹臉色發白，但故作鎮定。她捏緊自己的衣裙，強作冷靜道：「諸位壯士若是求財，在下馬車上並無太多，不如讓在下派人去取。」

聽到這話，所有人大笑出聲，一個男人用刀挑了簾子，看了進來。

柳玉茹抬眼看去，對方看上去不到二十，長得頗為英俊，帶著北方人獨有的陽剛爽朗，一條刀疤從臉上貫穿，讓他英俊的面容顯得有些猙獰，看得滲人。

「喲，」對方轉頭同身後人道，「是兩個女的，咱們收穫不小啊。」

印紅和柳玉茹聽到這話，頓時臉色煞白。對方伸出手，先去拖印紅。印紅尖叫起來，柳玉茹一把拉住印紅，印紅又踹又踢，一面哭一面驚恐叫道：「夫人救我！救我！」

柳玉茹顫抖著手，沒有放開印紅，那壯漢嗤笑出聲，猛地用力，就將兩個姑娘直接扯了出來。

柳玉茹和印紅從馬車上被拖著摔下來，周邊的人騎著馬，圍著她們轉。

這種被澈底包圍的感覺讓兩個人心生絕望，只是柳玉茹強逼著自己鎮定下來，她抓著印紅的手，顫抖著聲道：「莫怕。」

刀疤男人聽到這話，嗤笑出聲，他一把攬上柳玉茹的腰，在柳玉茹的驚叫聲中，將柳玉茹扛到肩上。

「夫人！夫人！」

印紅尖叫著撲過去，旁邊另一個男人將印紅一把扯到懷裡，所有人吹起口哨，刀疤男將柳玉茹往馬上一甩，隨後就帶著人、夾著馬進了山裡。

柳玉茹發現掙扎和尖叫只會讓這群人更興奮，於是她咬住牙關，逼自己不說話。而印紅則在其他人的逗弄下驚叫連連。柳玉茹聽著身後印紅的尖叫聲和求饒聲，控制著顫抖，咬著下唇，眼淚在眼眶裡打轉。

她拚命分析著形勢。

這批人來了沒有要財，直接帶走她們，明顯是為了要人。她的命，如今也就是對顧九思更重要，所以這批人極大可能是那些想逼顧九思的人派來的。

那這批山匪，要麼是收了對方錢財，要麼是對方自己家裡培養的人。

柳玉茹分析著對方，而對方見她久不說話，笑著道：「若不是妳方才說過話，我還當妳是個啞巴。」

柳玉茹低頭不語，男人捏著她的下巴，逼她抬頭瞧他，他盯著柳玉茹打量著，柳玉茹盯著他，震驚的目光裡帶了一絲害怕，對方與她對視了一會兒，忽地笑了：「妳這姑娘膽子倒是大得很。我叫沈明，妳叫什麼？」

柳玉茹盯著他，用無聲反抗，沈明「嗤」了一聲，隨後道：「妳不說我也知道，花容的老闆柳玉茹嘛。」沈明說著，回頭看向背後一個五大三粗的男人道，「熊哥，你媳婦特喜歡她家的胭脂是吧？」

「對。」熊哥憨厚地笑起來，「我前天才去買回來給她，她想要的都斷貨了。」

柳玉茹聽著他們的閒聊，覺得他們也不算窮凶極惡之徒，心裡稍稍安定了些許。她琢磨著打探消息，沈明也毫不避諱她，和後面的人閒聊起來。

柳玉茹聽出來，他們是常駐這附近一片的山匪，沈明是小頭目，他們頂上的老大是一個叫虎爺的人。

柳玉茹被他們帶到山寨，沈明把她和印紅綁了起來，關在柴房裡。

等周邊的人散開，只有沈明一個人端飯過來給她們時，柳玉茹終於開口道：「沈公子，那些人給你的錢，我能給雙份。」

聽到這話，沈明愣了愣，片刻後，突然大笑起來。

柳玉茹皺起眉頭，她不明白沈明笑什麼。

沈明擦著眼淚道：「不好意思……我頭一次聽到人家叫我公子，覺得有點好笑……」

柳玉茹：「……」

她突然有點絕望，感覺自己遇到的是一個完全不能談判的人。

而沈明在擦完眼淚後，輕咳了一聲，讓自己顯得嚴肅一點，接著道：「那個，妳知道誰給我錢？」

「望都城裡的那位，」柳玉茹一臉胸有成竹，像已經知道是誰，只是故作神祕一般，平靜道，「他不過是想拿我威脅九思。但是九思要做的事情其實對他們並不是不好，他們以後會感激九思。您不過就是求財，我可以保證，我能給的，一定比那位多。」

沈明沒說話，柳玉茹抬眼看著沈明，他正拿著一隻油膩膩的雞腿，認真地啃著。

柳玉茹覺得有些窒息，忍不住道：「您聽我說話了嗎？」

「啊？」沈明回神，輕咳一聲，點頭道：「聽了。」

「您意下如何。」

「挺漂亮的。」

「嗯？」柳玉茹有些懵，沈明瞧著她，目光裡全是欣賞，十分認真且坦然道，「我發現妳說起話來比不說話漂亮多了。說真的，妳是我這十九年來見過最漂亮的姑娘，很有氣質。反正妳也回不去了，要不跟了我吧？」

說著，沈明往後一靠，頗為自豪道：「跟了爺，保證不虧待妳。」

柳玉茹聽著，好半天才反應過來，頓時被氣紅了臉，捏緊拳頭，她不敢嗆聲，只能咬牙道：「我已經許人了。」

「哦，那個顧縣令嘛，我知道。可有用嗎？」沈明攤了攤手，「妳都被我搶回來了，名節也沒了，就算回去，顧九思還認妳？」

聽到這話，柳玉茹臉色煞白，沈明靠近她，眼裡全是笑意：「就算他認了妳，以後一輩子，他都會記得這件事。要是妳剛好在這陣子再懷個孩子，他更是要思索一輩子，這個孩子是誰的。」

說著，沈明似笑非笑，語氣裡帶了幾分遺憾：「多委屈啊，是吧？」

「他不會……」柳玉茹出聲，聲音裡帶著顫抖。沈明靠回去，打量著柳玉茹，他很喜歡看人痛苦掙扎的樣子，他撐著下巴，從容道：「既然不會，妳抖什麼？」

「我家夫人是怕你！」印紅壯著膽子大吼出聲，沈明冷眼掃過去：「有妳說話的份？」

印紅被這麼一吼，頓時氣勢弱了，縮了回去。沈明與柳玉茹分析著利弊：「說句實話，其實綁妳這事呢，也不是我決定的。妳和我說什麼錢不錢的，我也不在意。我今年也快二十了，我娘老催我找個媳婦，瞧來瞧去，就瞧著妳還算順眼。主要是長得好看。」

說著，沈明又看了柳玉茹一眼，柳玉茹覺得有些屈辱，扭過頭去，沈明接著道：「我這個人呢，武藝好，會說話，脾氣也不差，對媳婦很好，妳喜歡什麼我都可以買給妳。而且也沒那些腐朽文人的老套想法，妳過去嫁過人我不介意，我就瞧上妳這個人了。妳回去不現實，就算顧九思帶人把妳救了，可妳回去了，別人怎麼看妳？就留在山上，咱們快快樂樂過一輩子，不挺好嗎？」

「我夫君不是這樣的人。」柳玉茹看向沈明，瞪著他道，「他不會介意這些，他一定會來救我，你說的他都能做到，我憑什麼要和你過一輩子？」

沈明愣了愣，看著面前的姑娘認真道：「他長得比你好看，武藝好，脾氣特別好，對我也很好，我想要什麼他都買給我，能花一個月的月俸買胭脂給我，你能嗎？」

一個月的錢買胭脂……

沈明沉默片刻，終於道：「妳那臉是什麼《山河圖》之類的超大畫布嗎，一個月能用這麼多胭脂？」

柳玉茹愣了愣，隨後怒道：「你個土賊，胭脂買來要用完嗎！」

「那是幹什麼？」沈明一臉茫然，「不用完妳就買，這簡直是個敗家娘們兒。」

柳玉茹被氣懵了，印紅在兩人吵架的時候，不知道為什麼，突然變得特別淡定，她扯了扯柳玉茹袖子，小聲道：「夫人，別吵了，他傻的。」

聽到這句話，柳玉茹回過神，她深吸一口氣，壓下脾氣，同沈明道：「沈公子，您若是做不了這事的主，不妨將我的話轉告給寨主。他想要的東西，都好談。」

「放心吧。」沈明嘆了口氣，「這事妳談不了，妳啊，保住自己小命就不錯了。」

沈明和柳玉茹說著話時，顧九思站在院子裡。

他穿著一身素衣，髮冠鑲玉，神色平穩。

虎子急急衝進來，忙道：「九爺，查出來了，是黑風寨動的手。」

顧九思點點頭：「問周大哥都安排好了？」

「安排好了。」虎子應聲道：「大公子已經按您的吩咐，帶了兵馬往梁家去了。」

「嗯。」顧九思應了一聲。

過了片刻，芸芸焦急進來，拿了一張紙條同顧九思道：「公子，您等的紙條來了，用箭射在門口，沒找到是哪兒來的。」

顧九思毫不意外，他從芸芸手裡接過紙條，紙條上內容很簡單：「獨身來黑風寨。」

看見上面的內容，虎子立刻道：「九爺去不得，這是他們的陷阱，這明顯是讓您去送死啊！」

顧九思沒說話，片刻後，他卻是說了句。

「她應當沒事。」

沈明是專門看管柳玉茹的。

他說原本不是他，但他覺得柳玉茹這人有意思，就專門留下來看管柳玉茹。他把外面的人罵走之後，轉頭回來同柳玉茹道：「妳得謝謝我。」

他坐在柳玉茹對面，嘴裡叼了根草，認真道：「要是沒有我呢，妳和這個小丫頭，可能就要被糟蹋了。」

柳玉茹不說話，印紅忍不住道：「你就不糟蹋我們了？」

「印紅！」柳玉茹一把抓住印紅，恭敬道，「沈公子，這丫鬟不懂事，張口胡來，您見諒。」

「見諒見諒，」沈明笑咪咪看著柳玉茹，彷彿能看出一朵花兒來：「我聽說妳打南方來，妳們南方的姑娘，是不是都是妳這樣的？」

「什麼樣？」柳玉茹有些疑惑，沈明比劃著道，「唔，文縐縐的。說話聲音又溫柔又好聽，又有禮貌又漂亮，但不覺得軟弱，瞧妳這眼神，」沈明感慨著，「冷靜得很！」

柳玉茹被沈明這麼誇著，面色不動。

這麼交流一番後，柳玉茹已經確認，印紅說得對，這人是個傻的。

但傻子有傻子的好，至少在這時候，比起面對外面那些露骨地看著她們的大漢，沈明讓她覺得要安心很多。沈明看她不找痕跡看了外面一眼，知曉她是擔心著外面的人，便靠著柱子，叼著草道：「放心吧，我同他們說了，我要娶妳做媳婦，他們不會動妳的。不過他們要是知道妳不當我媳婦，可就不知道會怎麼樣了。」

印紅聽著，有些害怕，她往柳玉茹身邊縮了縮，柳玉茹抬手拍了拍她的手背，微微彎了彎上半身道：「多謝公子了。」

「那就以身相許啊。」沈明直接開口，眼睛一眨也不眨地看著她道，「妳現在不答應，我就天天問妳，妳早晚會答應，所以妳不如現在答應了，咱們明天就拜堂成親，省了這麼多鳥事。」

「沈公子，」柳玉茹猶豫著道，「成親一事，您這麼草率嗎？」

「我已經很鄭重了。」沈明立刻道：「妳看其他人，都是直接看上，長得好看就扛回來了，我把妳扛回來，還認認真真和妳培養感情呢。」

柳玉茹：「……」

「不過妳要是嫁我，一定是這個寨子最好看的媳婦，我可有面子。」

沈明說著，已經開始幻想著柳玉茹當他老婆所有人豔羨的樣子，他忍不住笑出聲。柳玉茹和印紅用看傻子的表情看著對方，三人就這麼僵持著，沈明站起身，將門窗都關上，隨後回來，躺在地上道：「睡吧，我守著妳們，有什麼聲音我會發現的，別擔心。」

柳玉茹和印紅點點頭，但有些不敢睡。沈明看了她們一眼，又看了看旁邊的草堆，想了想，似乎是明白了：「哦，我知道了，嫌草扎人是吧？」

說著，沈明走過去，把草垛子認認真真壓了壓，隨後把自己的外袍鋪在草垛子上，同柳玉茹和印紅道：「行了，來這兒睡吧，將就著行了。」

柳玉茹恭恭敬敬道了謝，讓印紅睡了過去。沈明有些疑惑：「妳不睡？」

柳玉茹平和道：「現下還早，尚無睡意。」

「妳平時什麼時候睡啊？」沈明和她聊起天來。

柳玉茹想多打探些消息，便輕輕應了時間，沈明感慨：「這麼晚啊，忙些什麼啊？」

「鋪子裡帳多，」柳玉茹解釋著，想了想，為了表明一下自己已經成婚的身分，隨後道：「而且，夫君事務繁忙，我要等著他回來。」

「妳會一直等著他回來睡覺嗎？」

「自然是的。」

「妳會等著他回來吃飯嗎？」

「當然。」

「他要是死了，妳會一直記得他嗎？」

柳玉茹看著沈明亮晶晶的眼，有些奇怪，但她還是點了點頭：「自然會。」

「那太好了。」沈明拍手道，「以後妳嫁給我，我應當會很幸福。」

柳玉茹：「……」

「你少不要臉了！」印紅忍無可忍，她直起身來看著沈明，怒氣沖沖道，「癩蛤蟆想吃天鵝肉，你照照鏡子吧！」

「我照鏡子做什麼？」沈明理直氣壯，「我長得已經很帥了。」

說著，沈明繼續和柳玉茹討論他們成婚的問題，柳玉茹壓著性子，打探著他的過去。

她大約知道，他以前應該算個遊俠，不在望都這邊活動，後來認識了熊哥，被熊哥帶來黑風寨，因為武藝高強，就在黑風寨當了個小頭目。他有兩個原則，第一不殺好人，第二不欺婦孺。在這黑風寨裡，算是一股清流。但他熱愛劫富濟貧，也為黑風寨創造了很多經濟收入，因此混得不錯。

而這黑風寨，他雖然沒有多說，但從資訊來看，應當和望都城內某些官員有著千絲萬縷的關係。

以前好幾次城中百姓要求剿了黑風寨，但是官府都置之不理，唯一一個縣令決定剿匪，結果剿匪前就暴斃在家中。

從此之後，縣令完全不敢管黑風寨。

柳玉茹靜靜聽著，心裡不由得對顧九思有了幾分擔心。

沈明看出來，他忙道：「妳不用擔心，等他死了，妳嫁我就行了。」

這次不用印紅開口了，柳玉茹先開了口：「閉嘴！」

沈明揉了揉鼻子。

嗯，有點委屈。

顧九思得了黑風寨的信，他將黃龍和虎子叫過來，吩咐道：「周大哥去圍剿梁家，保證梁家不能和黑風寨通信，所以他那邊的兵力要護住望都，我們動不了。如今我們一共就兩百可用兵力，黑風寨有五百悍匪，且占據地形之利，我們占不了便宜。」

「的確是這樣。」黃龍猶豫著道：「要不我們再等等……」

「不能再等了。」顧九思打斷他，果斷道，「黃大哥，你別怕，我已經研究過黑風寨的情況了。他們雖然人數眾多，但都是天南海北來的人，一群烏合之眾，各自為政。他們行事作風差別很大，咱們只要打好開頭，不需要我們多強，他們自己會亂。」

「所以重點在於開始。我會先上山混入他們之中，想辦法製造適當的攻山時機。他們山上應當有很多機關，你先去農戶家中買十頭牛來，到時候在牛尾巴上綁上鞭炮，等我在山上發了訊號，你們就點燃鞭炮，在山下用長矛逼著牛上山。牛上山後，會先觸發他們的機關，他們搞不清楚情況，一定會先消耗一波武器，就可以看出他們有哪些機關。」

「明白。」黃龍點點頭，顧九思又將虎子叫過來，「你去城裡找流民和乞丐百姓，帶著人去圍著山，人帶多點，和他們說，他們只需要在山下按規矩喊出聲來，去的人都賞一個饅頭，到時候如果有山賊跑下來，抓到一個逃跑的賊匪賞一兩銀。待黃大哥開始攻山，你就在下面製造聲勢。」

「明白。」虎子應聲。

「但在我傳訊號之前，你們離遠點，不要讓人發現。」

所有人集體點頭。顧九思沒再說話，他讓所有人下去，開始換衣服。

他在衣衫裡穿了護甲，手臂上綁了匕首，又帶了許多藥瓶放在袖中，最後穿了一身雪捲雲紋白色華服，外籠銀紗，頭戴玉冠，摺扇在手中一握，看上去便是清雋溫雅的讀書人。

顧九思做好準備，剛出門，就看見蘇婉和江柔站在門前。

蘇婉眼眶通紅，江柔走上前，握著顧九思的手，抿了抿唇，卻是道：「無論如何，玉茹都是玉茹。」

顧九思愣了愣，片刻後，他猛地反應過來江柔是什麼意思。

柳玉茹去了這樣的山寨，會經歷些什麼所有人難以想像。他去之後，會看見什麼，也不敢多想。可江柔這句話卻是同他說，無論看見什麼，柳玉茹永遠是柳玉茹，是他顧家的兒媳。

他一想到可能發生的事，內心彷彿利刃劃過，又疼又恨，他冷著聲，果斷道：「這是自然。」

「母親、岳母，二位放心，我和玉茹都會好好的。」

顧九思說了這句，便轉身大步出去。

馬已經備好在門外，顧九思出了門，翻身上馬，同黃龍和虎子囑咐一句：「你們別跟太近。」之後，便打馬而去。

他的馬很急，一路狂奔出望都城，直接去了黑風寨。

柳玉茹和沈明還在聊著天，柳玉茹旨在打探消息，沈明旨在培養感情，兩人正嘮著嗑，就聽外面有人敲著門道：「沈哥，完事沒？老大說顧九思來了！」

柳玉茹的眼睛頓時亮起來，印紅聽見顧九思的名字，猛地驚醒，沈明愣了片刻，卻是道：「這麼快？」

「沈哥，」外面人有些著急，「快點啊。」

「行了行了。」沈明大聲道：「馬上了。」

沈明說著，便站起身抓了柳玉茹。

他瞧著柳玉茹的模樣，猶豫片刻後，突然伸手在她頭上揉了揉，隨後就去扯柳玉茹衣服。

柳玉茹驚叫出聲，沈明慌道：「做個樣子，做個樣子！」

柳玉茹緊緊抓著衣服，眼睛有些紅紅的，這麼一折騰，的確有了幾分被蹂躪的樣子。

沈明從地上撿了衣服，披在柳玉茹身上，隨後抬眼看向印紅道：「還不動手，要我來？」

印紅恨恨揉了自己的頭髮，拉了拉衣服，沈明嗤笑一聲，手搭在柳玉茹的肩上，同柳玉茹道：「我方才是同那些人說我要妳的，這才把他們罵走，妳這麼清清白白走出去，我不好交代。」

柳玉茹沒說話，她緊緊抓著自己衣服，低聲道：「我們這是去哪兒？」

沈明將她護在懷裡，讓印紅跟著自己，走出大門。所有人用曖昧的眼神看著他們，其中一個道：「沈哥厲害啊，不出手則以一出手就是兩個。」

柳玉茹輕輕顫抖著，沈明瞪了說話的人一眼：「再胡說八道嚇到我這小娘子，我撕了你的嘴。」

所有人哈哈大笑起來。

沈明帶著柳玉茹和印紅上了正堂，一個四十歲的中年人坐在正上方虎皮之上，他穿著黑色大氅，帶著碧玉扳指，面上臉色有些過於蒼白，看上去有幾分陰冷。

沈明帶著柳玉茹恭恭敬敬叩見對方，隨後道：「鷹爺，人帶來了。」

「辦了？」鷹爺露出笑容，沈明低著頭，平靜道，「辦了。」

「好，」鷹爺輕輕鼓掌，「我倒要看看，顧大人瞧著這份屈辱，要怎麼辦。」

鷹爺站起身，抬眼看向前方道：「到門口了？」

「到了。」

「走。」鷹爺揮了揮手，卻是道，「領著這小娘子，我們去接顧大人。」

聽到這話，柳玉茹的面色有些白，腳步微微一頓。

她要去見顧九思，這樣見顧九思！

顧九思看見她的樣子，會怎麼想？就算……就算他一貫開明，可哪一個男人容得下這樣一根刺？

柳玉茹想要轉頭就逃，沈明察覺她的意圖，一把攬住她，低聲道：「別亂來。」

柳玉茹微微顫抖，她讓自己鎮定下來，勉強跟著一群人走到城樓上，然後看見顧九思駕馬走在山路上，朝著黑風寨大門遠遠而來。

他一個人，手裡拿著一把扇子，一人一馬，看上去從容瀟灑，似如踏月賞花，若是再高歌一曲，更是應景。

「妳說他能打？」沈明狐疑地看了柳玉茹一眼，嘲諷道，「就那身板？妳說他會讀書我信，他能打？算了吧。」

柳玉茹沒說話，心跳得飛快。

她說不清此刻是什麼感覺，既覺得面前的人太傻，怎麼這種情況還一個人過來，又覺得害怕，自己以這副模樣見他，還有幾分暗暗的期盼，這個人來了，必然是來救她的。

她對顧九思有一種盲目的信任，總覺得無論如何，這人來了，一切都會好的。

沈明轉頭看了她一眼，又看了顧九思一眼。

顧九思老遠就看到柳玉茹站在城樓，她身邊站著一個男人，身上披著對方的外袍。

顧九思捏緊韁繩，感覺呼吸幾乎停下了。

有種莫名的暴怒奔斥在身體之中，可越是這樣，他越要自己冷靜。

如今這樣的局勢，他只要走錯一步，就是將柳玉茹和他置於險境之中。

於是他面上帶著笑容，駕著馬，在整個黑風寨的審視下，從容地來到山寨門前，勒馬停住。

鷹爺身邊的人上前一步，大喝道：「來者何人，報上名來！」

顧九思抬起頭，瞧著眾人，唇角含笑，意態風流。

「望都縣令顧九思，」他朗聲開口，聲如清泉擊石，玉珠落盤，月光落在他白淨的面容上，他的目光落在柳玉茹臉上。他的神色裡沒有嫌棄，沒有厭惡，就像過往一樣，帶著平和的笑意與溫柔，隔著人群靜靜地瞧著她，說出那句：「得鷹爺來信，為求妻子平安，特來拜見。」

柳玉茹突然就平靜了。

所有惶恐不安，在那眼神之下都消散開來。她靜靜站在城樓之上，注視著他。

她一點都不害怕了。

「你倒是真敢來。」鷹爺看著顧九思，神色複雜。顧九思笑了笑，「鷹爺如此盛情，在下怎能辜負？且開了大門，讓在下進去見見娘子吧。」

「好啊。」鷹爺似是高興，「就怕你見到了，不知道該是叫沈夫人，還是叫娘子了。」

顧九思面色不動，依舊帶笑，卻冷了眼。

黑風寨寨門大開，顧九思翻身下馬，由著人領進門去。

所有人看著顧九思，顧九思搖著扇子，完全沒有半點殺傷力的模樣，一路進了大堂。

大堂中央，鷹爺坐在正上方，沈明和柳玉茹坐在左手邊，柳玉茹低著頭，她有些不敢去看顧九思，顧九思向所有人恭敬作揖，言行舉止像足了普通書生。

所有人憋著笑，鷹爺吃著青豆，用筷子點著沈明身邊的柳玉茹道：「顧大人，喏，您夫人在那呢。」

「在下見著了，」顧九思含著笑，卻是同鷹爺道，「勞煩鷹爺賞個座給在下，喝杯水酒吧。」

「水酒？」鷹爺冷了臉，「你以為，你還有命喝酒？」

「在下為何沒命？」顧九思打開扇子，輕搖著道，「梁大人不過就是覺得，在下礙了他的事。可在下能礙事，也就能成事，在下乃范大人親命的縣令，以衙役之身直接跳為官身，諸位就這麼動了我，我怕各位，後患無窮。」

「當然，」顧九思正色道，「在下說這些，並非威脅。諸位若是怕這個，也不會打了綁了在下家眷還預謀殺人的主意。在下只是想著，與其大家兩敗俱傷，不如合作處事。鷹爺不妨去問問梁大人，他有沒有這個打算。」

鷹爺沒有說話，他盯著顧九思，顧九思神態鎮定，似乎完全不懼。鷹爺心裡有些遲疑，片刻後，他終於道：「給他張桌子。」

所有人看向顧九思，顧九思謝過鷹爺，隨後卻是看向柳玉茹，淡道：「玉茹，過來。」

柳玉茹聽到這話，趕緊站起身來，沈明卻一把按住她，有些緊張地看向鷹爺。

顧九思回過身，他的目光落在沈明按住柳玉茹的手上。鷹爺笑著看著顧九思，顧九思抬眼看向鷹爺道：「我以為黑風寨還算英雄豪傑聚集之地，不曾想，竟是要用強逼的手段留一個女人？」

「話不能這麼說。」鷹爺拍了拍手上的渣滓，笑著道，「夫人方才同小沈情意綿綿，如今一時不捨也屬常事。女人嘛，當然是要人護著的，誰有這個能力，誰護著這女人，自己護不住，又怎麼能怪別人呢？」

柳玉茹聽到這話，氣得整個人顫抖起來。她不敢多說話，咬著牙關，顧九思掃了周遭一眼，點頭道：「我明瞭了。」

話剛說完，所有人就見顧九思身形突向前，手中摺扇在手背一轉，便如刀刃一般削向沈明的手！沈明驚得瞬間收手，就是這片刻，顧九思的手往柳玉茹腰上一攬，將人攬到懷裡，隨後護著柳玉茹，頭也不回往鷹爺準備好的位子走過去。還提了聲道：「承讓。」

沈明怒喝出聲：「你這混帳！」

顧九思拉著柳玉茹坐下，將手往柳玉茹身上一搭，腳往桌上一踩，手中扇子「唰」的張開，瞧著沈明笑著道：「自己護不住，又怎能怪別人？」

沈明面色斑斕，他盯著顧九思手中的扇子，他是看出來的，顧九思剛才的速度，哪怕真的再較量一次也贏不了。

顧九思將目光從眾人身上收回來，從桌上取了杯子，在嘴裡嚐了嚐，確認是水且沒什麼東西後，放到柳玉茹唇邊，溫和道：「他們有沒有餓著妳？」

柳玉茹有些慌亂，她不敢說話，就著顧九思的手將水喝了下去後，才稍稍鎮定了些，小聲道：「沒有。」

顧九思點了點頭，她下午被擄走，現在也才夜裡，再餓也餓不到哪裡去。

他稍稍打量她片刻，將她的衣服整理好，把沈明的外套剝了，讓她將他的外套穿上。然後用手捋順頭髮，最後還給她戴上一根簪子，溫和道：「從家裡帶給妳的。」

他帶的是那根鳳尾墜珠的簪子，斜斜插在柳玉茹頭上，在這樣的環境下，顯得十分惹眼。周邊的人瞧著顧九思完全沒理他們，自顧自收整著柳玉茹，眾人一時有些拿不住這個人在故弄什麼玄虛。旁邊鷹爺等了一會兒後，忍無可忍，嘲諷道：「顧大人，一個殘花敗柳，犯不著您這麼關心，您年紀小，怕是沒怎麼見過女人吧？」

聽到這話，柳玉茹捏著拳頭，眼睛紅了，扭過頭去，然而顧九思卻握了握她的手，平靜道：「這是我夫人，鷹爺，要是您還想和我好好談，就注意言辭。」

「梁大人不想給錢，但是范大人如今是鐵了心要錢的。今日沒有我，也會有其他人，梁大人如果真的不想交錢，那只有兩個法子，第一是他反了范軒，第二就是他得靠我，為他做出一筆假的帳來。」

所有人靜下來，沈明眼裡帶了嘲諷，顧九思抿了口水，淡道：「我可以把他的錢讓其他人承擔，這樣他不用交錢，也不會被范軒追究。可我做事是有要求的，我的要求，我要和他面談，今日要麼你放我回去，我去望都找梁大人。要麼你讓梁大人過來，若是我們談不攏，我始終在山寨之中，你們再殺也不遲。」

鷹爺沒說話，摸著手上的扳指。

梁家的人負責守城，一旦城裡有任何動靜，就會提前通知黑風寨。城裡沒有消息，也就不用擔心顧九思帶人過來布局。

顧九思如此信誓旦旦，大概是因為他有十足的把握說服梁大人，而他說的的確也是梁大人如今憂慮的事。鷹爺左思右想，終於將人叫過來，吩咐人去城裡。

場面安靜下來，鷹爺不說話，其他人也就不敢多說，剩下顧九思和柳玉茹閒聊，顧九思同她說著今日辦公的事，又同她說知道了幾家酒樓味道不錯，等回去了帶她去吃東西。

柳玉茹小聲應著，顧九思知道她緊張，就說話逗著她。

旁邊人看得一臉漠然，誰都不明白，明明大家給顧九思擺的是鴻門宴，怎麼感覺彷彿成了他的舞臺，盡情表演自己和娘子如何恩愛。

這裡許多人和沈明一樣還未成婚，有些人看得牙癢，就連鷹爺也有些坐不住了，忍不住道：「顧大人，適可而止得了，女人哪能這麼慣著的。」

顧九思抬頭笑了笑，平和道：「我一貫這麼慣著。」

鷹爺想刺他幾句，但又想到顧九思的話，怕自己壞了主子的事，忍了下去。

於是氣氛變得異常詭異，在這群土匪的地盤上，顧九思一個人將小廝呼來喚去，添茶倒酒加菜，最後甚至抬頭問了鷹爺一句：「鷹爺，你覺不覺得有些悶？要不找人唱個歌跳個舞吧。」

「這寨子裡，哪裡有唱歌跳舞的？」沈明僵著聲道：「顧大人喜歡，自個兒來一段倒是不錯。」

「話哪能這麼說？」

「也是，」顧九思點了點頭，隨後站起身道，「空等無趣，不如咱們找點樂子吧。」

所有人盯著顧九思，顧九思卻是看向沈明道：「聽說這位小哥身手不錯，不如試試？」

看著顧九思的笑，再看旁邊有些緊張的柳玉茹，還有沈明鐵青的臉，所有人知道了，這是顧九思衝冠一怒為紅顏，來找沈明麻煩了。

沈明冷笑一聲，站起身便道：「好，你別後悔。」

「九思……」柳玉茹拉著顧九思。

顧九思拍了拍柳玉茹的手，他彎下腰，親了親柳玉茹的臉，面上似是安撫，然而靠近柳玉茹耳邊，他卻是小聲道：「等會兒燈一滅，往屏風後面躲。」

柳玉茹僵了僵，不再說話，顧九思直起身來，轉頭看向站在對面的沈明。

他估算著時間，如今黃龍和虎子應該已經部署好了，就等著他了。

他握著扇子，朝著沈明恭恭敬敬作揖：「得罪了。」

「受死吧！」

沈明暴喝一聲，提著大刀朝著朝著顧九思衝來，顧九思絲毫不懼，迎面朝著沈明而去，他彎身躲過沈明的大刀，隨後扇子直點沈明眉心。沈明朝著鷹爺的方向疾步退去，顧九思步步緊逼，然而就是那一瞬之間，顧九思忽然整個人一轉方向，另一隻手上的飛鏢朝著房間裡的燭火甩去，同時撲向了鷹爺，在房間黑下來的那一刻，扇子抵在了鷹爺脖頸上，低聲道：「別動。」

而柳玉茹在房間黑下來的瞬間，立刻朝著屏風的方向衝了過去。

黑夜裡根本看不見人，只聽見所有人怒喝的聲音，柳玉茹貓著腰沿著牆壁，根據燈滅之前的路線摸到屏風之後，然後再也不敢動彈。

只聽瓷器落地的聲音，隨後有人道：「迷藥！」

「快出去，捂住口鼻！」

大堂裡亂糟糟成一片，不過片刻，所有人都退了出去，只有鷹爺和顧九思、柳玉茹三個人還留在屋中，以及剩下一些來不及出去暈倒在屋子裡的人。

這時候顧九思和柳玉茹的視線適應了黑暗，顧九思同柳玉茹道：「玉茹，從我懷裡將響箭拿出來，站在窗口放了。」

柳玉茹沒有遲疑，趕緊到顧九思身邊，抬手摸到顧九思衣服裡面。這個人的手探進來，顧九思心中有了那麼幾許怪異，他讓自己刻意忽略這份異樣，只是用刀架著鷹爺的脖子。

柳玉茹走到窗口，放了響箭，快速跑回顧九思身邊。

外面的人開始結集，柳玉茹從地上的人群裡將印紅拖了出來，放在身邊等著，然後她抓了一把刀，靠在顧九思身旁，瑟瑟發抖。

顧九思察覺柳玉茹發抖，他平淡道：「山下有五千兵馬，莫怕，周大哥一會兒就上山了。」

「五千兵馬？」鷹爺喘息著：「你騙誰呢？山下有五千人我不知道？」

「梁家被斬了你都不知道，你還知道山下有五千人？」

顧九思輕笑起來：「你也太看得起自個兒了。」

聽到這話，鷹爺僵了，片刻後，他怒道：「不可能！梁大人可是幽州軍中老將！」

「范大人還是幽州節度使，周高朗是幽州第一猛將，梁輝算什麼？」

「顧大人，」鷹爺感覺到脖頸上刀鋒的涼意，他忙道，「有話好商量！」

「鷹爺，」顧九思嘆了口氣，「辱我妻子，你以為，還有得商量？」

鷹爺臉色一白，顧九思平淡道：「就算是為了她的名節，今日你黑風寨上下，一個都別想出去！」

第十九章　黑風寨

聽到這話，鷹爺立刻明白，今日顧九思怕是不會善了。

他拚命思索著要如何回應，而這時外面已經開始進攻，他們剛往裡衝來，顧九思的扇子就往鷹爺脖子上更進了一步。鷹爺立刻感覺到扇子劃破肌膚的銳痛，驚恐道：「不要進來！」

這時外面傳來驚慌失措的大喊：「官兵打上來了！」

「多少人？」沈明率先出口。

來人搖著頭道：「不知道，好多……好多人的樣子！」

所有人面面相覷，有人道：「這怎麼打得贏？老鷹討好他主子惹的禍，怎麼能讓我們擔著？」

所有人七嘴八舌說起來，沈明在旁聽著，嘲諷地笑了笑：「做事的時候不說話，出了事就來埋怨人，有這樣的道理？」

「那你說怎麼辦！」對方怒喝出聲：「難道還要和他們打不成？」

「你怕什麼！」有人接著道：「咱們有機關有本事，打就打，怕什麼怕！」

所有人鬧哄哄亂成一團，有人暗中往山下跑去，山下砍殺聲震天響起，顧九思躲在黑暗之中駕著鷹爺，讓柳玉茹依靠著。

顧九思時刻觀察著四周，柳玉茹不敢鬆懈，僵持了許久之後，聽到山下砍殺聲越來越近，鷹爺咬了牙道：「顧大人，你是否當真要趕盡殺絕？」

「那就得看看你打算怎麼做了。」顧九思聲音平穩：「鷹爺要和我交易，就得有交易的本錢，不知道鷹爺打算用什麼買你這條命？」

「我有錢，」鷹爺急促道，「我有很多錢。」

「你死了，錢也是我的。」

「我還知道梁大人許多消息！」鷹爺連忙開口。

顧九思挑眉：「哦？比如？」

「梁大人有一個金庫，」鷹爺趕緊道，「我知道位址。」

「還有？」

鷹爺拚命想著能說的，和顧九思編排著。

而外面已經吵了起來。

「擒賊先擒王，」有人大吼道，「他們是來救那顧九思的，我們把顧九思綁了，他們就不敢上山了！」

「鷹爺還在裡面……」

「這時候了，管什麼鷹爺！」大漢吼著道，「走，去抓顧九思！」

有人煽動，一批人看著山下逐漸逼近的官兵，咬了咬牙，終於決定衝進去。

見外面的人用帕子捂在口鼻之上滾了進來。

顧九思一看這些人，就知道他們已經放棄了鷹爺，手起刀落，直接將鷹爺的頭砍了下來，隨後將柳玉茹和印紅往角落裡一拉，擋在兩人面前。

他站在兩人身前，提了搶回來的刀，大有一夫當關萬夫莫開的架勢。

柳玉茹讓印紅嗅了解藥，印紅好了許多，卻還是軟綿綿靠在柳玉茹身邊，害怕道：「夫人，好多人。」

「沒事，」柳玉茹安慰著印紅道，「姑爺在。」

聽著這聲姑爺在，顧九思忍不住彎了彎嘴角。

那些人結集著衝上來，顧九思護在柳玉茹身前，抗住了一波又一波衝撞。

沈明觀察著局勢，在暗處一言不發。

他掃了大堂裡的柳玉茹一眼，她還抱著印紅，瑟瑟發抖，顧九思被他們車輪戰得有些疲憊，卻仍舊沒有退開一步。

他猶豫片刻，旁邊有人在外面商議道：「只要抓住那兩女人，顧九思就束手就擒了。」

「可他擋在那兩個女人面前，」有人著急道，「找不著機會下手啊。」

「拿火把來。」說話的人咬牙道：「燒，燒得沒辦法了，他們自然會出來。我倒要看看，他一個人怎麼護住兩個女人！」

沈明聽著，皺了皺眉頭，這時候熊哥跑過來，焦急道：「小沈，快走吧，官兵要打上來了，大家都走了。」

沈明點點頭，正打算離開，就看對方拿了火把出來。

沈明猶豫片刻，還是伸出手，將對方的火把抽出來甩開，隨後大聲道：「柳玉茹，他們要點火！」

說完之後，沈明一腳踹開對方，轉身跑去。

柳玉茹被這一聲喊愣了，顧九思反應極快，立刻道：「水！」

柳玉茹趕忙起身，拿了茶壺來，兩人倒了水在布上，捂住口鼻，等著別人來找他們的麻煩。

誰曾想只聽見外面傳來咒罵沈明的聲音，而後是一片兵荒馬亂，顧九思握緊刀，護在柳玉茹身前，許久後，黃龍一腳踹開大門，大喊一聲：「大人！」

聽到這聲大喊，顧九思反應極快，趕盡將他放在柳玉茹身上的外套取下來，讓柳玉茹蒙在腦袋上，隨後道：「等會兒妳別讓人看到。」

柳玉茹咬牙應了聲。

顧九思這才站起身擋在她身前，回了黃龍一句：「我在這裡！」

黃龍這才發現了顧九思，趕忙走過來：「大人……」

「去找輛馬車。」顧九思趕緊吩咐：「停在旁邊，別讓人靠近這屋子。」

黃龍愣了愣，但不想追問，應了一聲後便退開出去。

黃龍前腳剛走，柳玉茹便忍不住問了句：「結束了嗎？」

顧九思從話裡聽出顫抖，趕緊回過身將柳玉茹抱在懷裡，低頭親著她的頭，安慰道：「好了好了，都結束了，妳別怕了。」

柳玉茹舒了一口氣，這才澈底放下心來。

她被顧九思低頭吻著，心裡驟然升起幾分難堪。印紅因藥效有些發睏，靠在一旁迷迷糊糊，柳玉茹看了印紅一眼，忍不住抓了顧九思的袖子，有些委屈道：「我……我沒事。」

「沒事沒事。」顧九思沒聽明白她的意思，只是安慰道，「沒事了。」

「我……」柳玉茹憋了半天，終於還是紅著臉道，「我……我沒讓人碰我……」

柳玉茹說話的聲音越來越小，有些尷尬道：「那個沈明……是個好人……他……」

顧九思愣了愣，片刻後終於明白了。

他抱著柳玉茹，一時有些呆愣，內心突然有些慶幸，這種慶幸讓他腿腳發軟，他說不清是什麼情緒，只覺得情緒裡混雜了一些，說不出的複雜。那不僅僅是作為家人或者朋友對待一個人劫後餘生的態度，甚至還帶了幾分他也說不出的意外歡喜。

他呆了很久，柳玉茹有些忐忑，忙道：「你別不信，你信我，我……」

「我不在乎的。」顧九思突然開口。

柳玉茹有些茫然地看他。而後看見顧九思認真的眼：「妳說的那些，我都不在乎，我只擔心妳有沒有受欺負，能不能平平安安回來。」

「其他的不重要。」顧九思的聲音有些啞，「不管妳經歷什麼，妳永遠是柳玉茹。妳不用同我解釋，只要妳沒受欺負，那就足夠了。」

柳玉茹看著顧九思的姿態，鮮少見他這麼認真的模樣，她抿唇笑了笑：「若是我真的受了委屈呢？」

「那我就替妳討回來。」顧九思看著她，眼裡帶著冷光。

「所有欺負妳的，我都會替妳一筆一筆，乾乾淨淨討回來。」

柳玉茹沒說話，顧九思見她低著頭，忙道：「我不是不相信妳，我知道妳沒受欺負。」

「你這麼肯定？」柳玉茹抬頭笑了，「萬一我說假話呢？」

「妳說假話，我也不傻啊。」顧九思理直氣壯，「裡面的衣服都沒扯開呢，妳能吃什麼虧。」

聽到這話，柳玉茹的臉頓時通紅起來，她扭過頭去，小聲埋怨顧九思：「你瞧什麼呢！」

「沒，」顧九思有些委屈，「我沒瞧見什麼，就是隨便一瞟……」

兩人說著話，黃龍站在門外，恭敬道：「大人，馬車備好了。」

顧九思應了聲，趕忙起身來自己將馬車拉了進來，隨後幫著柳玉茹把印紅抬了上去，然後讓柳玉茹進了馬車。

「等會兒別出來。」顧九思吩咐道：「處理完了，我帶妳回去。」

柳玉茹點了點頭，顧九思牽著馬打算出去，柳玉茹突然道：「九思，」她有些猶豫道，「這些人，你打算怎麼辦？」

顧九思沉默著，過了好久後，才開口道：「他們看見妳的臉。而且這些年來在望都四周為非作歹，罪有應得。」

柳玉茹猶豫片刻，終究還是道：「沈明這個人，算不上壞，也救了我們。」

話說到這裡，她不再說深，是留是殺，端看顧九思的意思。顧九思點了點頭，拍了拍柳玉茹的手：「放心吧，我會處理。妳睡一覺就好了。」

柳玉茹應了聲，進了馬車，就不再出聲了。

顧九思牽著馬車出來，這時候黑風寨的人正被一一抓回來。

黃龍清理的是還沒來得及跑的，而虎子在下面攔截著逃跑的。虎子還沒把人送上來，大家都在等著周燁帶著軍隊過來。在軍隊過來之前，他們不敢讓這些人聚在一起，怕被意識到他們人數並不多。

顧九思瞭解一下情況，黃龍按著他的法子攻打黑風寨，一開始這些人就怕了。

畢竟來這裡的人，許多都是投奔著鷹爺身後的背景，這樣正大光明攻打，還因為虎子帶人虛張聲勢，大家以為人很多，於是紛紛逃竄。

逃兵不足為懼，幾乎是來一個抓一個。

這一行如此順利，是所有人都想不到的。

天快亮前，周爗終於帶著人到了。周爗來了，虎子就將逃跑的人押到了黑風寨。

土匪都被老老實實捆在一起，周爗看了跪在地上瑟瑟發抖的人一眼，終於道：「打算怎麼辦，要押回官府嗎？」

「不了。」顧九思掃了一眼，冷靜道，「就在這裡，挖個坑，全埋了吧。」

聽到這話，眾人頓時驚慌失措起來。求饒的叫罵的成了一片，周爗忍不住勸道：「九思，這樣做有損陰德……」

「這德我積不起。」顧九思果斷道：「動手吧。」

周爗面上有些猶豫，似是不忍。

他雖不是士兵，卻也是自幼軍在中長大，坑殺降兵這種事，有些超出他的個人底線。顧九思看出他面上猶豫，深吸一口氣道：「周大哥，我知道你在想什麼，我要殺他們，不是為了我自個兒鬥氣，我是為了未來，你明白嗎？」

周爗神色動了動，顧九思接著道：「今日這事，你以為就梁家摻和著嗎？如今是整個望都的人都在看著你我如何處置，你我的態度，就是范大人和周大人的態度。我之前一直不肯下手，哪怕知道他們已經動了心思，也只是讓人多加防範，我總以為，這件事會有轉機，以為我對他們示好服軟，就能得到他們的諒解。如今一個月馬上就要過去，很快利息就會到他們手裡，我以為只要錢到他們手裡，他們就能明白，我並非騙他們。」

顧九思深吸一口氣，他捏起拳頭，轉過頭去，面上有些痛苦：「可是結果呢？」

「我不動手，他們就真當我好欺負，今日我來的路上，無數次想過，若當初我以王善泉那樣的雷霆手段，他們還敢如此嗎？」

「周大哥，我從不覺得這天下都是壞人，」他轉眼看著周燁，神色平靜，「但我也不覺得，天下都是君子。人都有善惡，趨利避害貪婪自私這都是人欲，我今日我若不殺他們，望都的那些富商看見，個個有樣學樣怎麼辦？如今開戰在即，你難道要周大人和范大人一面在戰場打著一面還要提防著後院起火嗎？」

聽了這話，周燁神色一凜，他深吸一口氣，應聲道：「我知道了。」

他轉過頭同眾人道：「就這麼辦吧。」

周燁咬牙：「所有人就地處決，還有逃竄在外的，全都緝拿回來，一個都不能放過。」

聽到這話，在場頓時鬼哭狼嚎成了一片。

顧九思面色冷然，他逼著自己看著，看著面前的人一排排立著，看著士兵手起刀落，周邊哭聲罵聲交織著，彷若人間地獄。

他的手微微顫抖，而柳玉茹在馬車裡，聽著外面的聲音，過了許久後，覺得有些發冷。

所有事她都聽得真切。

她聽出是顧九思下令，這樣的顧九思讓她有些害怕，可卻又清楚知道，顧九思做這一切，是因著什麼，為著什麼。

前些時日，他還在徹夜難眠。她勸他要鐵血手腕一些，他還是心軟。只是這世間總是超出他們的想像，他們以為，顧九思每日不過上門而已，再如何頂多只是將顧九思削了官、或者打一頓，哪裡想到能走到直接擄人的地步？

柳玉茹聽著外面的慘叫聲，覺得他們彷彿再一次站在滄州，再一次被那些流民圍著。她抱著印紅，咬著牙，只聽外面聲音漸小，許久後，顧九思撩起車簾，同她勉強笑了笑道：「無事了，我們回家吧。」

他面上還帶著血，臉色有些蒼白，笑容勉強又溫和，像是他的世界裡最後一份溫柔。

柳玉茹呆呆看著這樣的顧九思，顧九思垂下眼眸說了句：「別這樣看我。」說完，他便放下簾子，這時黃龍跑了過來，小聲道：「大人，少了兩個人。」

顧九思皺起眉頭，抬頭掃了一眼，仔細回想片刻，隨後冷下臉來：「沈明。」

他抿了抿唇，思索片刻，隨後道：「你找虎子一起，把山封了，在下面等著，遇見人了你別動手，你打不過，悄悄跟著，叫人來通知我。他們有兩個人，如果只出來一個，一定要留人等著另一個。兩個一起抓。」

黃龍應了一聲，顧九思看了看天色，同周燁打了聲招呼，讓周燁收拾殘局之後，自己駕著馬車下了山。

他不敢在路上多做停留，馬車打得飛快，他領著柳玉茹入了望都，隨後便讓芸芸等人上來，將印紅抬了進去，然後自個兒站在邊上，抬手遞給柳玉茹，柳玉茹便當著蘇婉和江柔的面，漂漂亮亮下了馬車。

看見她無恙，蘇婉和江柔頓時放下心來。

柳玉茹笑了笑，溫和道：「娘、婆婆，放心吧，我沒事的。」

「那就好……」蘇婉含著淚，不敢多問，低頭道，「妳平平安安回來，就行了。」

「先別多說了，趕緊叫大夫過來。」江柔招呼著道：「將燕窩端上來，房裡趕緊備水，少夫人回來了，該做什麼做什麼。」

所有人忙活起來，顧九思站在柳玉茹身旁，看著她和所有人打著招呼，過了一會兒後，他終於道：「娘，玉茹也累了，讓她回去吧。」

「是是是，」江柔高興道，「趕緊先回去休息。」

顧九思拉著柳玉茹回到房裡，大夫過來，先替柳玉茹看了，開了幾帖壓驚的方子後，這才下去。

柳玉茹在大家的關照下喝了燕窩，禮貌性送所有人離開，等大家走後，房間裡陷入一片沉默之中。

顧九思坐在桌邊，他一直沒動。柳玉茹有些疲倦，她看著顧九思，好久後，拍了拍床，溫和道：「郎君，你過來。」

顧九思回了神，忙起身走到柳玉茹身邊，「玉茹，怎麼了？」

「睡吧。」柳玉茹瞧著他，神色溫柔，她讓開了床，同顧九思道，「你也忙了一夜，睡吧。」

顧九思應了聲，轉身道：「我先洗洗。」

柳玉茹拽住他的袖子，盯著他，認真道：「你累了，休息吧。」

顧九思頓了頓，再也偽裝不下去，平靜的神色露出疲憊，他脫了外衣，掀了被子，躺在柳玉茹身邊，而後握住柳玉茹的手，平和道：「睡吧，我陪妳睡。」

兩人都有些累了，柳玉茹主動伸出手，抱住面前這個男人。

顧九思頓了頓，片刻後，側過身來，將柳玉茹攬進懷裡。

這個人進入懷裡那瞬間，他的手終於不再顫抖了，他們靜靜相擁，顧九思睜著眼，有些茫然地看著前方，慢慢道：「玉茹，妳別怕我。」

「我不怕。」柳玉茹輕聲開口，她靠在他的胸口，聽著他的心跳，平和道，「你怎麼樣，我都不會怕。」

「我聽說妳出事的時候，特別後悔。」他聲音裡聽不出情緒，彷彿失了魂一般，平靜道：「我一路都在後悔，我怎麼不早點動手，我為什麼要和他們講什麼仁義，為什麼要總顧著他們？」

「我已經選了這條路，就註定是要遭人怨恨的。他們恨我怨我都無所謂，為什麼要找妳的麻煩？」

「玉茹，」顧九思聲音裡帶了哭啞，「我怕啊。」

「聽見妳出事了，我真的怕。」

「我不是沒事嗎？」柳玉茹溫和出聲，「以後咱們吃一塹長一智，會越走越順的。」

「九思，」柳玉茹聽著他的心跳，慢慢道，「你沒來的時候，我也特別怕。我怕好多事情，我怕自個兒出事，怕自己受辱，怕你見到我討厭我，怕你以後被別人議論嫌棄我……」

「怎麼會？」顧九思被她的話說笑了，「妳怎麼擔心這些無聊的事？我說了，我不在乎的。」

「我在乎。」柳玉茹認認真真看著他，「我總希望你心裡的我是最好的我。所以在你面前當潑婦我會擔心，名節有損我也擔心。」

柳玉茹的眼裡落著他，言語裡沒有絲毫遮掩，沒有女子的羞澀，她的手掛在他的脖子上，瞧著他，完全不知道自己說出了撩動人心的話，只是道：「我希望你覺得，我是天下最好的姑娘。」

顧九思呆呆地看著她。

他看著面前的人精緻的面容，他感覺自己的心跳變緩、變重，呼吸清晰可聞，慌亂又欣喜。

柳玉茹見他只是愣愣地看著自己，忍不住將頭埋進他胸口，小聲道：「你怎麼都不說話，好歹回我一句啊？」

「我……」顧九思咽了咽口水，抱著柳玉茹，有些無所適從，好半天，他才道，「我……

我覺得妳就是天下最好的姑娘。」

「真的？」

「真的。」顧九思慢慢鎮定下來，一隻手壓在自己頭下，看著面前的人，柔聲道，「我一想到妳，就覺得，為妳做什麼都可以。」

柳玉茹抿了唇，她壓著心裡的歡喜，小聲道：「你不騙我？」

「不騙妳。」

看見她笑了，顧九思突然覺得，這世上所有事都可以拋諸腦後了。他的愧疚，他的害怕，他的掙扎，慢慢遠去，他目光落在這人身上，覺得這人就是世界，他柔聲道：「妳說什麼，我便做什麼。」

「那你開心點。」柳玉茹抬頭看向他：「你要是什麼都聽我的，那就答應我，第一要對自己好一點，第二開心點，第三別懷疑自己，第四喜歡自己……」

顧九思聽著她一條一條數著，忍不住笑了：「那妳呢？」

「嗯？」柳玉茹枕在他臂彎裡，抬眼看他，那茫然的樣子讓顧九思心頭發暖，像是被春光照在心尖，他瞧著她，「說的都是讓我對自己好的事，那我對妳該怎麼好？」

「已經夠好了。」柳玉茹見是這個問題，伸手抱著他緊了緊：「你對我這樣，我知足。」

顧九思眼裡帶了歉意：「玉茹，妳跟著我，受苦了。」

「哪裡有。」柳玉茹笑起來，「不跟著你，我就不能當柳老闆，也不能被人疼。你看哪家娘子能像我一樣造次的？」

「大家都是吃飯只能吃幾口，坐只能坐在凳子邊上，比夫君睡得晚，比夫君醒得早……算起來，我的日子已經好得很了。」

「可是讓妳遇險……」

「那不是你讓我遇險。」柳玉茹握住他的手，認真道，「是那些壞人讓我們遇險。九思，你不能把所有罪過都往自己身上攬。你得明白，你是個普通人。」

「一個普通人不是萬能的，我們只是盡力生活，但不能每次出事都覺得是我們做得不夠好。我沒有你這樣的良善，九思，我活在這世上，就是努力的生活，在活下來之餘，才能想到為別人做什麼。人不犯我，我不犯人，人若犯我，我不饒人。你選了一條本就善惡難辨的路，你要入仕，要為百姓做更多事，那就註定要做一些違心事，你只要盡了你的力，做到你能做得最好，那就夠了。」

「我能理解梁家的反抗，可我不能接受。若今日你殺這些山匪便覺得難安，九思，那就把官辭了。」她看著顧九思，神色平和：「我不求你大富大貴，也不求你封侯拜相。這條路不適合心底純善的人走，你不用完成楊文昌的遺願，你就在家裡，繼續當你的顧公子，幫我打理一下帳就好，好不好？」

顧九思沒說話，他看著柳玉茹的眼。

他內心掙扎著，幾乎就要答應柳玉茹了。可是在他開口前的瞬間，顧家當初奔走竄逃、楊文昌血濺法場、滄州流民暴亂的畫面在他眼前一一閃過。

他開了口，突然發現——「我做不到。」

他沙啞出聲：「讓我就這麼看著世間動盪至此，我卻置身事外，我做不到。」

柳玉茹笑了：「你明白就好。而且，你也無法置身事外啊。」

柳玉茹嘆息：「人一輩子，總會遇到這些事的。九思，咱們不是聖人，我們求的，也不過就是自個兒心安。」

「若是有罪，日後無間地獄，咱們倆一起去。」柳玉茹笑了笑：「到時候，我與你作伴。」

顧九思沒說話，他看著柳玉茹的眼，她這麼平和地說著身後事。

以前她總說的是這一輩子如何，他總覺得，那是因為這一輩子，她已經沒了選擇。可是如今有選擇的時候，她卻還是選擇他。

他不想去深想這是不是意味著什麼，只是回想起他衝到黑風寨裡，見到柳玉茹的瞬間。

在那一瞬間，他無比真切的意識到——他這一輩子，容不得第二個男人，出現在柳玉茹的生命裡。

過去他許諾放她走、等她遇到真愛之類的話，在那一刻都成了狗屁。

他滿腦子只有一個想法，他這輩子要柳玉茹，下輩子要柳玉茹，他顧九思活著的、死了的所有時光，他都要這個人。

她是他的妻子，就一直是，永遠是。

他怕這樣瘋狂的念頭嚇到柳玉茹，於是他克制著所有情緒，溫和地笑了。抬手將柳玉茹的頭髮放到耳後，他低頭親了親她的額頭。

「好，」他溫和道，「這些話，妳都記好了，別到奈何橋上又不認帳。」

柳玉茹抿唇輕笑：「你才不認帳，我何時不認帳過？」

「妳說過的話，妳都認帳？」

「認帳。」柳玉茹點頭道，「信用是商人之本。」

「那就好。」顧九思低下頭，握著她的手，溫和道，「那我就放心了。」

沈明躲在山洞裡，認真觀察著外面的情形。

熊哥受了傷，他在旁邊替自己包紮，腿上中了一刀，行動不便，他一面處理傷口，一面低低喘息著道：「小沈，你走吧，憑著你的武藝肯定沒事，別讓我拖累你。」

「不行。」沈明扭頭道，「我得帶你走。」

「是我害了你，」熊哥苦笑，「本以為帶著你來到黑風寨，能給咱們求條生路，誰知道卻是條死路。當初應當聽你的，不該來這……」

「別說這些了。」沈明冷靜道，「當初你在滄州救了我和我娘，我不會丟下你。」

「我只是隨手一救，」熊哥嘆息道，「你報恩已經報得夠多了，走吧，別管我了。」

「他們現在沒動靜了，」沈明看了外面，走到熊哥面前，同他道：「現在他們應該還在山下等著我們，我揹著你下山，等會兒把你藏起來，我先出去把他們引走，你就趕緊走。」

「小沈！」熊哥焦急道，「為我搭上這條命不值得，你娘還在等著你……」

「老子的命值不值得要你說？」沈明瞪他一眼，隨後揹上他，熊哥拚命掙扎著，沈明立刻道，「別逼我綁你！」

熊哥知道他說得出做得到，終於不再掙扎，他揹著熊哥，看了外面一眼，貓著腰順著草堆過去。

到了山下，他匍匐在草堆裡，果然看見虎子帶著人在等著。沈明想了想，讓熊哥趴在草堆裡，小聲道：「按計畫，你去我娘那兒等我。」

說著，沈明便站起身，小心翼翼出去，趁著虎子的人背對著他的時候，趕緊小跑開去。然而所有人彷彿沒見到他一般，沈明咬咬牙，故意摔了一跤，終於出了聲響。

大家看見他，趕緊道：「追！」

沈明一路狂奔，他一邊打一邊跑，士兵見幾個人制服不了他，趕緊叫人，一時間所有人都追著沈明，沈明瘋狂逃竄。

熊哥咬了咬牙，撐著自己的腿，忍著疼，狂奔出去。

黃龍帶著人在前面，一面追著沈明，一面道：「趕緊報告顧大人！」

沈明意在引開人，讓熊哥逃脫，所以不忙著打，只是飛快地跑著。

但是時間稍微長些，他便比不上騎馬的官兵，終是被人團團圍住。

沈明啐了一口，抽出刀，打定主意同歸於盡，砍一個是一個。

馬圍著沈明團團轉，然而沈明武藝非凡，一個人在中央纏鬥，和大家僵持著。

虎子在一旁看著，琢磨片刻，叫了幾個頭髮花白跟著過來混飯的老者，同對方道：「我聽說黑風寨的沈明有兩不殺，不殺婦孺，不殺老幼，等會兒我撲上去，要是他不動手，你們就趕緊上。」

所有人點頭，虎子摸了摸胸口昨夜穿上的護甲，咬了咬牙，貓著身撲了過去。

他雖然已年近十四，但身形十分瘦小，看上去也就十二不到的模樣，沈明驟然遇見這麼個孩子撲過來，下意識拉著人甩開，怒喝一聲：「不要找死！」

虎子見狀，向旁邊使了個眼神，頓時老的小的撲了上來，沈明臉色大變，刀在手中轉成刀背，拚命將人甩開，怒道：「走開！」

然而就是這麼片刻之間，旁邊的士兵將長矛抵在他脖子上。

沈明終於不動了。他提著刀，喘息著看著馬上的士兵，眼裡全是嘲諷。

「非得用這麼下作的手段。」他啐了一聲，怒道：「真是朝廷一條好狗！」

「沈爺，」虎子笑咪咪道，「還請放下武器，我家九爺想請您喝杯茶。」

「呵，我吃他的爛茶！」

「就算您不想去，」虎子朝著旁邊揚了揚下巴道，「也陪著那位爺去吧。」

聽到這話，沈明下意識看向旁邊，臉色劇變，熊哥已經被黃龍抓了起來。沈明面色不太好看，過了許久，突然一笑：「行啊，找我喝茶是吧？走啊。」

顧九思一覺醒過來，木南就來通報說抓到沈明了。

柳玉茹賺錢之後，他們家陸陸續續把以前散了的家僕找了回來。

顧九思聽了木南的話，點了點頭，轉頭看著還睡著的柳玉茹，他抿唇笑了笑，抬了抬手，讓木南遞了旁邊的劍來。

他用劍割開被壓著的袖子，躡手躡腳走了出去。

出門之後，他先去洗漱，而後換了一套衣服，接著去了柴房。

柴房被臨時弄成一間牢房，沈明和熊哥關在裡面，顧九思一進去，沈明便笑起來。

「喲，顧大人，」沈明開口道，「怎麼就你來？柳小姐呢？印紅呢？她們不來見見我啊？」

聽到這話，顧九思笑了。

虎子正準備上前說話漲個氣勢，誰曾想顧九思抬起手，扇子一張，「啪啪」就在沈明臉上搧了個來回。

所有人都被這兩巴掌搧愣了，顧九思搖著扇子，「說，」他笑咪咪道，「繼續說，我看你嘴硬一點，還是臉硬一點。」

沈明是懵的。

他這輩子沒被人搧過巴掌。他挨過刀，中過箭，被人拳打腳踢，卻從沒被一個男人搧過巴掌。

等沈明反應過來時，已經被人按在椅子上綁著，熊哥在另外一邊，因為是傷患，所以有特別待遇。

顧九思坐在桌邊，讓人端了茶，拿了從黑風寨搜出來的成員名單，一臉閒適的模樣道：「你們倆似乎是這三個月才出現在黑風寨？」

沈明不說話，顧九思轉過頭，同正在替熊哥包紮的大夫道：「大夫停止包紮吧，就這麼流血流死好了。」

「對！」沈明一聽這話，便老實了，咬牙道：「三個月前來的。」

顧九思點點頭，開始做筆錄：「打哪兒來？」

「滄州。」

顧九思的筆頓了頓，片刻後，他應了一聲道：「以前的職業？」

「街頭混混。」

「遊俠！」熊哥忍不住開口，「大人，沈明是個好人，他以前是去名門正派專門學過武的，回了鄉里，因為鄉里一個鄉紳糟蹋了一個姑娘，他動手把人殺了，後來逃了出來。他只是衝動些，沒做過惡啊！是我害了他……」熊哥往前掙扎著想過來跪下，旁邊的大夫淡定地按住他，寬慰道：「別激動。」

熊哥來不及管旁邊人的聲音，只是道：「大人，滄州沒糧食了，那兒都是人吃人，我們沒有辦法，才來了幽州。幽州也沒個能討生活的地方，我才想著去黑風寨。沈明他沒殺過人的，他只是搶點銀子……」

「沒殺過人？」顧九思嘲諷開口，沈明挑眉，坦蕩道：「殺過啊。你們這種狗官，我見一個殺一個。」

「小沈！」熊哥著急道，「你少說兩句。大人，沈明下手都是講分寸的，他講道義的啊。」

沈明被熊哥一吼，扭過頭去，沒有多說，顧九思轉頭看著熊哥道：「這三個月來，黑風寨一共作案兩次，一次是搶了趙家運輸的一批貨，你們幹的？」

兩人不說話。顧九思心裡有了底，隨後道：「聽說沈公子不殺婦孺老弱，我倒想問問，怎麼在我夫人這事上，您就破例了呢？」

「你夫人漂亮唄。」

沈明張口就來，顧九思頓住記錄的筆，抬眼看著沈明，眼中滿是冷意。

「不是，顧大人，這都是誤會。」熊哥趕緊道，「我這兄弟是從來見不得這些事的，但鷹爺下了吩咐，這事我兄弟不做就得其他人做，要是換一個人，夫人可真就要去了半條命了。我兄弟也是為夫人著想，想著能救就救。我兄弟沒碰夫人一根手指頭啊！您看，最後我們也是早早跑了的，我這兄弟就為了提醒你們和寨子裡的人動了手，這才下山晚了啊。」

顧九思抬眼看著沈明：「真的？」

「假的。」沈明冷笑，「要殺要剮趕緊的。」

「家裡父母還在吧。」

顧九思聲音平靜，沈明不說話了。顧九思將筆放下，把記好的口供拿起來，吹乾之後，放在一旁。

他看著面前的沈明，兩人對視著，顧九思猶豫了一會兒。

這樣一個人，殺了有違他的本性，無論如何，沈明救了柳玉茹和他，這是實實在在的。當時若不是沈明出手，外面的人一把火燒起來，他的確要被逼著出了屋子，還能不能護住柳玉茹就說不定了。他始終不是曹操這樣的梟雄，也做不出「寧我負天下人」的事。

可若留下，他出去胡說八道，對柳玉茹名節有損。

顧九思思索著，沈明靜靜等著顧九思最後結的結果。

過了許久後，顧九思終於道：「大娘幾歲了？」

「關你屁事。」

「你不想活，大娘總是要活的。」顧九思開口，沈明僵了僵，顧九思朝著熊哥揚了揚下巴：「他也想活。」

「有話就說。」沈明知道顧九思是要說些其他的，僵著聲催促。顧九思猶豫許久，還是道：「你身手不錯，可以留下給我打個下手，一月兩銀，月休三日，如何？」

沈明愣了愣，熊哥驚詫片刻後，趕緊道：「快謝謝大人！」

「你從滄州過來，不就是想給家裡人求條生路，」顧九思靠在椅背上，轉著筆，垂著眼眸，「想求條生路，就得收著脾氣，忍自己過去不能忍的，容自己過去不能容的。總不能一輩子像個小孩子一樣，嘴巴上嚷嚷著頭掉了不過碗大個疤，你的頭不值錢，你娘呢？」

沈明抿緊了唇，顧九思見他心動，也不耗心神。起身淡淡道：「黑風寨就剩下你們兩個，若要留下，你和這個人就發誓將玉茹去過黑風寨這事爛在肚子裡，否則我夫人失了名節，」顧九思冷了眼，看著沈明，冷聲道，「我就要了你們全家的命。」

「你不說我也不會亂說。」沈明僵著聲。

顧九思點了點頭，起身走出去：「給你一日的時間想想，要骨氣還是要命。要骨氣簡單，我馬上送你和黑風寨的兄弟團聚。要命你就找人同我說，我會安排事給你做。」

說完之後，顧九思便出了門。

他剛出門，就看柳玉茹站在門口，她有些擔心，見顧九思出來了，看了裡面一眼，隨後道：「我聽說你把沈明抓回來了。」

聽到這話，顧九思看了門裡一眼，心裡有那麼幾分不舒服。

但他面上不顯，手攏在袖子裡，點頭應了一聲。

「審得如何？」柳玉茹猶豫著出聲，顧九思抬眼看她，直接道：「妳是想問如何處置吧？」

「這也是要問的。」

「殺了。」

「啊？」柳玉茹有些詫異，顧九思挑眉，似笑非笑：「怎麼，不妥？」

「也……也不是。」柳玉茹磕磕巴巴道，「你這麼處置，總有你的道理。但……我……我就是瞧著也……也不是太壞的人……吧？」

那個「吧」字出來，柳玉茹也有些不確信，她偷偷瞟他，想從他臉上看出幾分情緒，揣摩著自己的話說得對不對。

顧九思看著她一副做賊的樣子，也不知道該氣該笑。過了許久，嘆了口氣，卻是道：「算了。」

「嗯？」柳玉茹有些茫然，顧九思彎了彎腰，將臉探到她邊上，指了指自己的側臉道：「親一口，就算了。」

柳玉茹被這個要求驚到了，呆呆看著面前的顧九思，顧九思見她不動，皺眉道：「不樂意？」

說著，他直起身來，雙手攏在袖間，轉過身冷著臉道：「那就罷了。」

「欸欸欸，」柳玉茹見他不高興，雖然不知道他說的「算了」是算什麼，她還是一把抓住他，顧九思頓住步子，回頭瞧她。柳玉茹扭頭看了看邊上，有些害羞，見旁邊沒什麼人，她朝他招了招手道：「臉，過來點。」

顧九思沒想到柳玉茹真的會應這個要求，他其實只是隨口一提，心裡找個痛快。誰知道面前這個姑娘，卻是拽著他的袖子，緊張地看著周邊，像是做賊一般，小聲道：「快啊。」

聽到這話，顧九思方才那點不快全都煙消雲散了，不知道為什麼，心裡也有些緊張，卻還是故作鎮定，微微彎了腰，將臉湊了過去。

柳玉茹踮起腳尖，輕輕親了他的側臉一口，隨後低下頭小聲道：「不生氣了吧？」

顧九思看著柳玉茹的模樣，抿起唇。他覺得心裡像是開了花似的，嘴角壓都壓不下去。他抬手拉了柳玉茹的手，笑著道：「就這樣吧，饒他一命。」

「也不用的。」柳玉茹趕緊道，「他要是以前真的是大奸大惡之徒，你也不用饒，只要罪罰相等就好，最重要還是你怎麼想。」

「我怎麼想？」顧九思翻了個白眼，「我想他去死。」

柳玉茹聽了，頗為遺憾道：「那就殺吧。」

顧九思被柳玉茹的口氣逗笑了，挑了挑眉，忍不住道：「妳是真的覺得可以殺，還是哄我開心的？」

「為了哄你開心，殺了也是可以的。」柳玉茹一臉認真。

他聽這話，心裡終於澈底放下了，整個人樂得不行。他突然覺得自己和沈明計較，實在是有失身分。畢竟，柳玉茹已經是他的妻子，想抱就抱想親就親，沈明充其量也就是個排著隊的愛慕者，柳玉茹這麼好，有幾個喜歡的人再正常不過了。

這樣一想，顧九思心裡那點彆扭終於沒了，他輕咳了一聲道：「罷了吧，他人還不算壞，就是腦子傻點，留下來還是能用的。」

這話在柳玉茹意料之中，她抬手挽住顧九思，靠著顧九思道：「放心吧，我不會跟他跑了的。」

「這種問題我完全沒在意過。」顧九思立刻反擊，「就他那樣能從我手裡拐人？我借他一百個腦子也不能！」

「這麼有信心啊？」柳玉茹壓著笑，「人家小沈，雖然腦子不好使，但長得還是很俊的。」

「妳是腦子壞了還是眼睛瞎了？」顧九思瞟了柳玉茹一眼，「有病治病，費用我出，別耽擱。要說俊，他能比我俊？」

「唔，」柳玉茹認真想想，隨後道，「各有千秋，那刀疤很有個性。」

聽了這話，顧九思也不走了，他雙手捧著柳玉茹臉，認真地注視著她，眼裡全是惋惜惋惜，感慨道：「以前能看上我嫁給我，明明眼睛還是挺好的，怎麼年紀輕輕就瞎了呢？」

柳玉茹笑得整個人都軟了，抬手用團扇拂開他的手。

顧九思見她笑得花枝亂顫，便將手環在她的腰上，怕她摔著。

懷裡的姑娘高興，他也就高興起來，這麼靜靜地瞧著她笑，感覺整個秋日都變得溫柔又綿長。

他覺得這個人，像是他一生的歸宿，一世的回家路。

任這世上刀光血影，卻仍有這一方天地，安然如初。

第二十章　燈火闌珊

顧九思血洗黑風寨一事傳出去後，整個望都驚了。

黑風寨在望都外屹立已久，從未有縣令能夠成功剿匪，因為所有人都知道，黑風寨說是山匪，實際是望都貴族手裡的刀，誰想動誰，價碼給得足，黑風寨就幫你毀了對方那樁生意。

誰都想有刀，於是所有人都護著，當然黑風寨背後，還是有一顆不可言說的大樹，過往大家都揣測著這顆大樹是誰，然而在黑風寨被剿滅不久後，梁家也因謀反被滅的消息傳了出來，這事就不言而喻了。

顧九思審完了沈明，從柴房裡走出來，黃龍便走上前同顧九思道：「大人，縣衙裡來了好多商戶，都是來買幽州債的。」

「來了多少？」顧九思洗著手，聲音平淡，黃龍報了一下，顧九思沉默片刻，心裡有了數。

梁家昨晚動手，自然不可能是他一個人，一定是串通了許多商家，蓄謀一起。

今日這些人來，必然是知道了消息，急急趕來表忠誠。如今梁家屍骨未寒，還在清點家中財產和安排剩下的人的去處，這些人知曉了結局，被顧九思雷霆手段所懾，自然不敢再繼續下去。

顧九思嘲諷地笑了笑，低下頭，洗著手，平靜道：「今日來的這幾家，要他們將家產全用來買幽州債。」

黃龍愣了愣，之前顧九思一直秉持著半自願原則，很少這樣強求。今日上來，卻是要人用家產全買？

顧九思見黃龍愣住，抬眼看去：「黃大哥？」

「是，」黃龍趕忙應下，點頭道，「大人，我這就去辦。」

等黃龍走出去了，顧九思仍站在架子前洗手。

他洗了一遍又一遍，直到手泛了紅，帶著疼，才終於停下來。

好久後，他深吸一口氣，直起身去了府衙。

府衙裡的商戶都等著他，顧九思見了這些人，朝著所有人行禮，大家忙站起身慌張回禮。

顧九思看了今日坐著的人一眼，卻是之前沒動的硬茬全都來了。顧九思嘲諷地笑了笑：「我的意思，想必諸位都明白了吧？」

「大人……」那些商戶猶豫著道，「捐錢給幽州，我們義不容辭，可是這個數額……」

顧九思抬眼，坐在首位的李姓商戶輕咳一聲道：「大人，其實您這麼賣力，錢入的也是望都銀庫。大家不如打個商量，您讓我們少點，我們讓您多點，您看如何？」

顧九思聽著，嘲諷地笑了笑：「我顧家捐了多少錢，你當我看得上眼的得是多少？」

聽到這話，所有人的面色都不太好看。

他們再富，也不可能比當年的揚州首富更富。顧九思這種能把家當說捐就捐的人，要拿錢財打動他，的確太難了。

顧九思揚了揚下巴，黃龍懂事地關上房門，房間裡留下了顧九思和這些富商，顧九思將茶杯放在桌上，淡道：「大家也不用多想了，以往我總想著，你好我好，大家都好。可既然諸位不領情，那就官走官道商走商道。你們夥同梁家找我的麻煩，想必就是做好了準備。」

「大人……」所有人著急出聲，顧九思抬手，止住他們的聲音，「不用解釋，你們有沒有做我心裡清楚。大家都是商戶出身，你們心裡想的我清清楚楚明明白白。我讓你們買幽州債，不是坑你們騙你們，你們不信我、警惕，都能理解。可是禍不及家人，你們有事衝我來，找我家裡人麻煩，這是我的底線。」

顧九思抬眼看著所有人：「做了事的人就罰，其他商戶，我不會強搶。但你們聽明白了，要麼認罰，要麼就和梁家作伴去！」

所有人僵著臉，顧九思直接道：「黃龍，拿紙筆來。」

說著，顧九思靠在椅背上，轉著手中的筆，一一掃著每個人道：「寫封信回去，今日大家就在這裡歇息吧，什麼時候錢到位了，什麼時候人就到位了。」

沒有人敢說話，大家清楚知道，此刻的顧九思已是盛怒至極。他可以忍他們的嘲諷羞辱，可以忍他們的懷疑揣測，可是絕不能忍自己的家人因他受到傷害。

黃龍將紙筆發給所有人，大家面面相覷，顧九思在上方，打開了近日的卷宗，淡道：「大家慢慢寫，我陪著大家一起辦公。」

作為一個縣令，望都整個縣，上到財政殺人，下到丟雞找狗，全都由顧九思一人來操辦。顧九思每日的事多到不行，還好他看東西速度快，百姓遞過來的訴狀一目十行，他將其按照重要性排序歸類，然後分別準備了處置方式。

大家看著顧九思的樣子，咬了咬牙，終是將信寫了出去。

寫出去後就等著家裡籌銀子，銀子不夠，糧食布匹馬匹……又或是未來軍中訂單，這些東西抵押來湊。

顧九思就這麼忙活到了夜裡。柳玉茹見他還不回來，便讓人去問問，印紅從木南那裡得了消息，回來同柳玉茹將情況大概報了，柳玉茹靜靜聽了，隨後問道：「木南可說姑爺有什麼異樣嗎？」

印紅想了想道：「木南說，今日姑爺洗了很久的手，手都洗紅了。」

柳玉茹愣了愣，過了片刻後，她輕嘆了一口氣，「終究是走到了這一步，他心裡想必還是難過。」

如今已是深秋，夜裡有些冷，柳玉茹想了想，讓人燉了碗甜湯，隨後便穿著大氅，提了燈，帶著甜湯去了縣衙。

夜裡同往日起比起來有些異樣，周邊的人神色匆匆，似乎都著急忙著什麼，柳玉茹抬頭看了一眼，沒有多說。

到了縣衙門口，柳玉茹沒去請顧九思，她就站在門口，靜靜等著。

等到了半夜，她在馬車裡迷迷糊糊睡了過去，顧九思這才送走最後一個商戶，忙完走了出來，出門便瞧見柳玉茹的馬車，靜靜停在一旁，掛著「顧」字的牌子在馬車前被風吹得輕輕晃動。

顧九思笑了笑，走到馬車旁，印紅打著哈欠，看見顧九思走出來，趕忙道：「姑爺……」

顧九思抬起手，止住了印紅的話，掀起簾子，看見裡面睡熟的柳玉茹。

他抿唇笑了笑，朝著周邊的人打了手勢，小聲道：「走吧，別驚到她。」

吩咐完後，他輕手輕腳上了車，坐到柳玉茹身旁，將人輕輕放到腿上靠著。

柳玉茹睡得迷糊，隱約睜了眼，又覺得很舒服，沒有再管。

顧九思坐在位子上，將外衣給她蓋上，用手指梳著她的頭髮。馬車噠噠回去，他瞧著這個人，覺得月色都帶著柔情蜜意。

這些感情是如何產生的呢？

他自己回想起來都很難明晰，到底是在哪個點、哪個界限，這份感情就這麼悄然變了質。從最開始只是想著負責，覺得這個姑娘不錯，就變成了生死與共，然後到了今日。

閒暇時的溫情，關鍵時的獨占，他對這個女人的感情，無一不是走在愛情的極致上。

覺得她哪兒都好，便哪兒都不想放手。愛極了、喜歡極了，想將她一個人獨占放在身邊，也是自私極了。

顧九思瞧著她的側臉，一看就入了迷，覺得這人眉目張開來，怎麼看都是雕刻的美玉，筆繪的仙子。

一不留神就看到回了家，等馬車停下來，顧九思才察覺，忍不住有那麼幾分臉紅，想著還好柳玉茹睡著了，要是醒了知道自己居然能這麼看一路，不得埋汰死他。

他小心翼翼將人打橫抱起來，往臥室裡走去。

這樣大的動作，柳玉茹終於醒了，她迷糊睜眼，看著顧九思道：「郎君？」

「睡吧。」顧九思知道她要問什麼，笑著道，「到家了，我抱妳過去。」

柳玉茹應了一聲，她睏得緊，可還是想多說說話，便伸手攬著顧九思的脖子，闔著眼，迷糊著道：「我煮了甜湯，去接你了。」

「我知道呢，」顧九思聽著她這麼掙扎著與他說話，心軟成了一片，輕聲誇讚道，「謝謝娘子。」

「你別難過。」柳玉茹低聲道，「我帶了香膏給你，記得擦手。」

顧九思愣了愣，便知道早上的事傳到柳玉茹耳裡了。

心裡是說不出的動容，他未曾想這麼一個細節，就能讓這人猜到了自己的心。

他抱著姑娘，突然覺得有些眼酸，少年長成，總是稜角盡蛻的過程。有的人蛻得圓潤和善，有的人卻只能生生折斷，鮮血淋漓。

他啞著聲，應了一聲，抱著柳玉茹到床上，柳玉茹在床上躺了一會兒，慢慢緩了過來。這時候顧九思已經梳洗好，讓人打了洗腳水進來。

他將洗腳水放在柳玉茹身前，柳玉茹自己脫了鞋襪，顧九思看出她還犯著睏，便撩了袖子，走到她面前將手探進水裡，搓揉在她的腳上。

柳玉茹猛地驚醒，下意識將腳縮回去，顧九思一把抓住她的腳腕，看見皓足染著水珠，在燈光下如晨間荷葉，露珠搖搖欲墜。

他覺得目眩，呆呆看著手中握著的小腳，心跳驟然快了。

目光移不開，他從未覺得，有人僅憑著一雙玉足，就能有這樣的魔力，讓人像是陷入了某種幻境之中，奇異的感覺升騰而上。

顧九思盯著那雙腳，目光如同火一般，灼燒在柳玉茹身上，柳玉茹紅了臉，結巴著出道：「郎……郎君……」

聽到這一聲喚，顧九思驟然回神。

他抬眼看向柳玉茹，卻不敢多說什麼，他突然發現柳玉茹看不得了，瞧著哪兒都覺得異樣。

那唇色盈透，似是帶了水漬，引人品嚐。

那脖頸纖長，膚色在燈火下帶了流動的光，讓人恨不得沿著光一路追隨而去，用唇在上流連。

而再往下更是胸有溝壑，腰藏曲江。

顧九思深吸一口氣，逼著自己低下頭，將目光落在水上。他怕柳玉茹察覺到他的異樣，他覺得柳玉茹對他的評價太對了。

他當真太過猛浪了。

怎能有這樣的念頭呢？

低著頭，怕目光裡那些齷齪東西被人發現，讓柳玉茹不喜。他故作鎮定，笑著將柳玉茹的腳拉回水裡，柔聲道：「可是害羞了？」

「喚印紅來吧……」柳玉茹紅著臉，心跳得飛快，她總覺得面前這顧九思和以往有些不一樣，可又說不出有什麼不一樣，讓她又怕又有些……

說不出的喜歡。

而這種喜歡藏在心裡，有些太深了，她自己也沒察覺。這種喜歡，不是一個人對另一個人的欣賞或者單純喜歡的情緒，更像是所有人都不會說出來的、刻在人骨血裡的，一種女人對於男人、男人對於女人的本能。

她只覺得身上有些說不出來的感覺，這種感覺讓她太害怕了，說話聲忍不住打了顫。

顧九思聽出來，頓了片刻，最後還是道：「我讓她去睡了，我來吧。」

說著，他笑了笑，笑容瞧不出半分旖旎，溫和道：「妳來等我，煮湯給我，我就幫妳洗腳，幫妳擦手，好不好？」

看著顧九思的笑容，柳玉茹心裡那份怪異散開了些，此刻顧九思已經用手擦著她的腳了，再多說什麼，也是矯情，於是只是道：「那明日早上我做桂花糕給你，幫你穿衣服。」

「好。」顧九思笑著應聲，「妳對我好，我也對妳好。」

柳玉茹聽了這話，心裡安心又高興。

她是生意人，向來不信那些沒有付出就有回報的故事。

在她心裡，所有的禮物都標著未知的價格，只有明碼標價的交換才讓她心安。

她低頭看著坐在小凳子上為自己洗腳的男人。

他這模樣其實一點都不俊，和在外那些風流公子、威嚴官爺的模樣都不一樣，他就這麼安安靜靜的、笨拙的替她按著腳，看上去甚至帶了種說不出的老實，可是就是讓人覺得特別平穩安定。

柳玉茹靜靜瞧著他，而顧九思也察覺到她的目光。

他的目光落在她的腳上，努力讓自己不要做出什麼逾矩的事來，惹得她討厭，可他又總有那麼幾分衝動。於是他替她擦著擦著腳，忍不住用了力氣。

帶著繭子的手指擦拭在柔嫩的腳背上，柳玉茹也不知道怎麼的，就產生一種怪異的感覺。

她覺得有那麼幾分羞恥，便低聲道：「好了吧？」

「嗯？」顧九思抬了臉，柳玉茹瞧見面前的人，脹紅了臉，眼裡還帶了幾分水氣，那一貫豔色的眼角眉梢，更是帶著說不出的誘人。

柳玉茹愣了愣，顧九思卻笑了，乾淨俐落將帕子撲在懷裡，將她的腳抱進來壓了壓，替她擦乾了腳。

「好了。」

他放開她的腳，只是放的時候，也不知道是有意無意，手指順著小腿一路滑到腳腕，惹得柳玉茹輕輕顫慄了一下。

她更覺得羞惱，趕緊上了床，背對著顧九思，澈底睡了。

顧九思倒了水，又回了浴室。他在浴室待了很久，似乎又洗了一次澡，這才出來。

柳玉茹躺在床上，看著黑漆漆的夜色，突然忍不住想。

其實，她和顧九思……應當算夫妻了吧？

在顧九思心裡，她應當算他的妻子，他不會再想著放她離開了吧？

她其實很想問，可是又不太敢。她怕問出口，顧九思還是以前的答案。

當初她聽這答案承受不起，如今更是承受不起，若她付出這麼多，顧九思還是這麼說，她大概……大概會很難過。

柳玉茹想著，垂下眼眸，裹著被子，嘆了口氣，乾脆不想了。

顧九思從浴室走出來，有些疲憊，他躺在床上，將柳玉茹攬進懷裡。

他身上沾著水氣，有點冰涼。柳玉茹抿了抿唇，想了想，回過身主動伸出手抱住顧九思。

「九思，」她小聲詢問，「你不會丟下我吧？」

「我丟不下妳，」顧九思聽著她的話，嘆息一聲，他捋開她的頭髮，柔聲道，「柳老闆，妳可是個活生生的人，不是小貓小狗，也不是小孩子，妳不依附我，又有什麼丟得下丟不下得說法。」

「妳該問的是，我離不離得開妳。」

「那……」柳玉茹結巴著道，「你離……離……」

她不敢問了。

她又羞澀，又害怕，顧九思等著她發問，見她半天開不了口，他低笑出聲。那聲音如寶石落在絲綢之上，華貴中帶了幾分暗啞，撩得人心發癢。

他的手扣入她的指縫，他們的手交扣在一起，他的頭輕輕觸碰著她的額頭，他們靠得很近，呼吸交織在一起。

「離不開。」

他瞧著她的眼睛，他漂亮的眼裡帶著無奈、帶著寵溺、帶著歡喜、帶著讓人沉溺其中的深情。

他往前探了探，附在她耳邊，小聲道：「妳是我的命，我離不開。」

他的話帶著熱氣，噴灑在她耳邊，柳玉茹心跳飛快，突然覺得還好，她是在床上問這話，若是站著問的，此刻怕是站都站不穩了。

顧九思這人，當真是生來骨子裡就帶了種風流浪蕩，就算是說句話，也能說得讓人軟了骨頭。

她分不清是自己的問題，還是顧九思的問題。

雙手環著顧九思的脖子，紅著臉不說話。顧九思瞧著她的模樣，知道她是害羞了，低笑出聲。

他其實也不好意思說更多了，就將人往懷裡攬著用力抱緊。

他原想著，只是想離她近一些、想擁抱她，想用這個動作表達他那些未曾說完的感情。然而在感受這個人的溫熱與真實之後，他突然發現，這人不僅是他的命，是隨時隨地能要了他的命。

於是他往後退了退，不著痕跡拉開兩人的距離，低頭親了親柳玉茹，柔聲道：「睡吧。」

說完，他側過身去，背對著柳玉茹。

柳玉茹愣了愣，緩過來，這才反應過來顧九思說了什麼。

她覺得心裡高興極了，哪怕顧九思此刻背對著她，她也覺得歡喜。

她像一隻黏人的貓兒，想要討好面前的人，於是整個人貼上去，環手從背後抱住顧九思。

「九思，你真好。」

她用臉蹭了蹭顧九思的背，顧九思在暗夜裡，感受著身後人的曲線和柔軟，聽著後面的人慢慢深沉下去的呼吸。

他睡不著。

他盯著面前的櫃子，彷若對方是他的死敵。滿腦子只想著一件事——

他為什麼受這種罪？

他為什麼，不能勇敢一點，上進一點，再往前努力一步呢！

顧九思就這麼盯著牆，僵著身子，盯了一個晚上。

睏到不行了，才迷迷糊糊睡過去。

他其實是很想轉過身做點什麼的，可是理智卻告訴他如今不該做這些。

時至今日才明白，自己對柳玉茹是怎樣的情誼，可柳玉茹對他，卻未必如此。

他知道無論自己做什麼，柳玉茹都不會拒絕。可不會拒絕，並不意味著她心甘情願如此。

柳玉茹這個人吧，骨子裡面始終有那份規矩，那份責任。她理智又內斂，同他在一起，從一開始就是規矩大過了情愛的。她知道他是她丈夫，這輩子她都不會變，因此無論他要做什麼，她喜不喜歡，都會說喜歡，都會受著。

可他瞧得出來，他的觸碰，她是害怕的。她心裡有著猶疑，只是強作鎮定。

他怎麼捨得讓她受這份委屈？也無法容忍這份感情裡有這樣的瑕疵。

他同柳玉茹還有如此漫長的一生，他相信這一生裡，柳玉茹一定會慢慢愛上他，真誠的接納他，他們會成為對方生命中作為愛情最美好的存在，不是親情也不是責任，是相愛。但如果他們開始於還未確定這份感情的現在，這會是他一生的遺憾。

顧九思一覺醒來，晨起的敏感讓他有些不適，他趕忙起身梳洗一番後，才冷靜下來。他讓人備了早點給柳玉茹，自己端了早點去柴房看沈明。

熊哥被人帶去照看，沈明坐在柴房裡，看上去有些虛弱。

顧九思將早點放在沈明面前，站起身道：「想好了嗎？」

「為什麼不殺我。」沈明冷靜開口，「我聽說黑風寨的人你都殺光了。」

「你罪不至死，又救了我們夫妻兩次，殺你不妥。」

「那你為何不放了我？」沈明抬眼看他，顧九思平淡道，「我不放心你到處亂跑，萬一嘴上不把風，毀了我夫人的名節，這怎麼辦？」

「而且，」顧九思掃了他一眼，平和道，「你武藝至此，放你出去，我也怕你走了歪路，為非作歹。」

「跟著你就不是為非作歹？」沈明嘲諷開口：「你們這些朝廷狗官，誰又是好的？」

「沈明。」顧九思靜靜看著他，「你可以跟著我，你若覺得我做得不對，你也可以殺了我。」

沈明愣了愣，顧九思坐下來，淡道：「你有什麼問題，大可問我。」

沈明沒說話，過了許久後，他直接道：「不問了。」

是。」

「嗯？」顧九思抬眼瞧他，沈明平靜道，「你說得是，你要是個狗官，我一刀劈了你就是。」

顧九思笑了笑，沒說話，他喝了口茶，吩咐外面的人進來，給沈明鬆了綁。

柳玉茹醒來時，沈明已經打理好了。

柳玉茹這一覺睡得好，顧九思見她進了院子，忙問她：「怎麼醒了，再睡一會兒吧？」

「睡得久了，」柳玉茹笑笑，「來陪你吃飯吧。」

說著，她的目光落到沈明臉上，有些詫異，隨後露出平和笑容，朝著沈明點了點頭。

沈明有些尷尬，他朝著柳玉茹行了個禮就匆匆轉身走了。

顧九思瞧了他一眼，又看了柳玉茹一眼，走到長廊上，拉著柳玉茹去吃飯，他狀似無意道：「沈明以後就留在我手下做事了，妳身邊也沒個可靠的人，要不我把他派給妳，妳用著吧？」

柳玉茹聽著這話，狐疑地瞧了他一眼，見顧九思滿臉平穩，沒半點情緒。

她想了想，點頭道：「行。」

顧九思腳步頓住，抬眼瞧她，目光裡似有些委屈，就這麼盯著她，也不說話，柳玉茹憋著笑，繼續道：「我就讓他當隨行的小廝，和印紅一樣，日日跟著我。」

聽到這話，顧九思勾了勾嘴角：「想得美。」

說完，似是不大高興，他便轉過身進了飯廳。

蘇婉和江柔正說著話，見兩人進來了，江柔正要說話，就看顧九思「哐」一下坐下來，開始飛快吃東西。

柳玉茹施施然入座，同蘇婉和江柔道：「娘、婆婆，吃飯吧。」

顧九思將桌上弄得叮叮噹噹作響，誰都下不了筷子，唯獨柳玉茹像是毫不受影響一般，旁邊江柔和蘇婉瞧著，面面相覷，柳玉茹見兩位長輩半天不下筷子，突然出聲：「顧九思。」

顧九思動作僵住了，她的聲音很平和，臉上帶著笑，顧九思心裡突然有點發寒，被關柴房的經歷不知道為什麼貿然湧現在腦海裡。

柳玉茹淡道：「好好吃飯。」

顧九思不敢說話，只是坐直了身子，也不鬧了。

兩人吃了飯，顧九思回屋裡，他坐在床上不動，柳玉茹去拿官袍，等將官袍拿來了，顧九思還坐著不動，柳玉茹笑著道：「郎君，過來換衣服。」

「不去了。」顧九思往床上一躺，似是生氣道，「今個兒我病了，不想去縣衙！」

柳玉茹笑了，坐在顧九思邊上，用團扇輕輕搧著：「郎君哪裡不舒服？可是熱了？」

「我心裡病了！」顧九思悶頭說。

柳玉茹抿著笑：「怎麼病的，說來聽聽？」

「柳老闆看上新歡了！」顧九思探出頭，豔麗的眼裡滿是委屈，「要厭舊了！」

聽到這話，柳玉茹實在是忍不住，笑出聲。

顧九思哼了一聲，扭過頭去，一副「我絕對不和妳說話，我就等著妳哄」的模樣背對著柳玉茹。

柳玉茹拿團扇敲著他，笑著道：「你怎的這樣幼稚？你自個兒試探我，還不讓我回兩句嘴？」

「我不管。」顧九思悶著聲，「妳要讓他當妳的隨行小廝，我生氣。」

「那不是逗你玩嗎？」柳玉茹搖著扇子，好好哄著他，「我怎麼可能讓他當隨行小廝？我一個婦道人家，讓人瞧見了，多不好聽啊。」

「妳只是怕人瞧見，別人瞧不見妳就讓他當了！」

「顧九思，」柳玉茹哭笑不得，「你沒完了是吧？我還沒說你怎麼想著這麼試探我，是不是不相信我呢？」

這話出來，顧九思愣了愣，柳玉茹嘆了口氣，接著道：「你心裡始終不相信我和他清清白白……」

「不是不是，」顧九思趕緊道，「我怎麼可能懷疑妳！」

「那你怎的這樣問我？」柳玉茹神色哀怨，「你心裡還是有了結。」

「我不是我沒有妳別胡說！」

顧九思連忙開口，隨後他蹭過來，靠著柳玉茹，有些委屈道：「我瞧見妳看他對他笑了，妳就不能誇誇我，給我吃顆定心丸嗎？」

「好好好，」柳玉茹覺得面前的人像極了孩子，忙道，「誇你誇你，你最好你最棒。那沈明哪比得上你一根手指頭？你把人給我做什麼啊？你自個兒留著，讓他離我越遠越好。行了吧？」

顧九思面上明顯不滿意，可也不敢再作了，哼哼兩聲後道：「勉強這樣吧。」說著，他終於直起身來，「行了，我要去縣衙了。」

柳玉茹笑著幫他穿了衣服，顧九思低著頭看著她在他面前忙活。他感覺到這個人雙臂展開，環住自己，將腰帶從自己腰上環過，又重新繫上，他就低著頭，一直瞧著她，眼睛眨一下都怕吃了虧。

等她將最後一顆釦子扣上，戴上官帽，靜靜打量片刻，笑著道：「我家郎君，就是俊得很。」

「俊得很，那不做點什麼？」

顧九思開口就接，柳玉茹愣了愣，顧九思彎下腰，將臉湊了過去。

柳玉茹瞧見他的動作，便知道他的意思，她抿了唇，親了親他的臉。

顧九思抬手壓在自己唇上，盯著她道：「這裡軟，妳試試。」

「顧九思，」柳玉茹瞧著他的動作，頓時紅了臉，團扇輕拍過去，小聲道，「別不要臉。」

顧九思輕而易舉握住她的手腕，接了她的動作。上前一步，手扶在她的腰上。他的手掌很大，蓋了她大半纖腰，溫度從他們接觸的地方浸過來，顧九思抬起另一隻手，放下簾子。

房間裡頓時被隔開一方天地，顧九思貼著她，她想退，他扶在她腰上的手卻止住她的動作。

柳玉茹臉燒得通紅，小聲道：「你……你這是幹什麼啊？」

「真的軟，」顧九思低著頭，在她耳邊輕喃，用只有他們聽得到的聲音道：「我帶妳試試，嗯？」

柳玉茹心跳得飛快。

她其實也不知道顧九思是怎麼變成現在這個樣子的。這種轉變來得突然，卻也在意料之中，她早知他們是要有這麼一天的，她心裡有些害怕，卻也不敢拒絕。

顧九思打量著她的神色，小心翼翼低下頭。

他故作老沉，卻終究只是新手。溫軟的唇貼上去，輕輕壓著、碾著、啄著，一下接一下，溫柔又青澀。

柳玉茹紅著臉，閉著眼，瑟瑟發抖，像一株含苞的桃花，看得人心生憐惜。

顧九思覺得想像中的感覺與現實的確是不一樣的，現實來得更銷魂、更迷人。

他不自覺將她壓在柱子上，不敢做更多，只覺得能用唇這麼與她貼著，再輾轉一二，就已經是極樂了。縱然他想要更多，卻不敢往前，他自個兒怕，也怕驚了對方。

算著時辰，克制了自己，察覺到柳玉茹一直屏著息，這才將唇挪開，然後死死抱住柳玉茹，用身體緊緊貼著她。

他離開後，柳玉茹才得以呼吸，而後被炙熱的胸膛壓了上來。

她聽著他飛快的心跳聲，小聲道：「你……你這是做些什麼呀……」

那聲音貓兒似的，撩得人心癢。

「我去府衙了。」顧九思聲音有些啞：「妳要不再歇歇吧？」

柳玉茹聽著他說正事，慢慢鎮定下來：「不用了，鋪子裡事多，我還要去看著。」

「嗯。」

顧九思應了一聲，他捨不得放開，就這麼一直抱著。

柳玉茹也不敢動。

好久後，她才聽顧九思道：「玉茹。」

「嗯。」

「會慢慢習慣的。」

他沒頭沒腦這麼一句，柳玉茹在他懷裡抬起眼來。

顧九思低頭瞧她，啞著聲道：「慢慢習慣我，把心交給我，嗯？」

柳玉茹愣了愣，顧九思知道適可而止，替她整了整衣衫，便笑著道：「我走了。」說完便領了人，風風火火走了出去。

等顧九思走出去後，柳玉茹才慢慢回過神來。其實她有些不明白顧九思的意思，她已經許了他一輩子，還不算將心交給他嗎？

他想要再多，可再多的……

柳玉茹心裡有些忐忑，垂著眼眸，暗自思襯著，她也給不了更多了。

她心裡正琢磨著，印紅走了進來，笑著道：「夫人今日不去鋪子嗎？」

「去呀。」柳玉茹趕忙道：「好幾日不去，我怕那些死丫頭要造反。」

印紅抿唇笑起來，也沒多說。

柳玉茹收整了衣衫，便往外走去，到了門口，她看見沈明規規矩矩站在馬車旁。他換了一身衣服，帶了半邊面具，遮了臉上的疤痕。柳玉茹愣了愣，就聽他道：「大人叫我隨行。」

柳玉茹看了旁邊的印紅一眼，印紅輕咳了一聲，小聲道；「姑爺說他拳腳功夫好，沈明跟著，他才放心。」

柳玉茹輕嘆一聲，她明白，這一次黑風寨的事，的確是把顧九思嚇怕了。如今顧九思身邊又沒有個拿得出手的人，沈明的確是他唯一能放心下來保護她的人了。

柳玉茹點了點頭，也沒多說，便上了馬車。

到了店鋪，柳玉茹先清點了帳，花容步入正軌，柳玉茹做了詳細分工，於是所有事井井有條，哪怕她不在鋪子裡，也不會有什麼岔子。

這樣的模式，方便她將花容複製下去，安陽的店鋪開起來了，雖然才幾日，但從進帳上看也算不錯。芸芸瞧著，小心翼翼道：「少夫人，要不要再著手準備下一家分店？」

芸芸跟著柳玉茹和蘇婉過來，她尚年輕，就在鋪子裡做著事。姑娘機靈，又對這些貨物敏感，待了一陣子，柳玉茹便將她提成了掌櫃。

柳玉茹聽了芸芸的想法，瞧著帳，想了想，搖了搖頭道：「先把安陽的鋪子穩定下來，買一百兩銀子的幽州債。」

「一百兩？」芸芸愣了愣，這對於店鋪來說並不是個小數目。柳玉茹點點頭道：「放心買吧，沒事。」

沒幾日，幽州債第一個月就到期了，記得這事的人上門來領錢，顧九思特地將領錢的地方設置在府衙門口，長長的隊伍排著。

一個月千分之五的利息，有些人的錢不夠一文，但要麼記在帳上，若是不願記帳，就用米量出該有的份額，領回家去。

可是這樣量出來的米的分量很少，大多數人還是選擇了記帳，然而卻也確信了這幽州債的確是發錢的，回家同家裡人說了。

至於城中大商戶，顧九思則是直接讓人將錢抬了過去。

他們買的數額巨大，例如有一家買了近一百萬，當月便有五百兩的利息。這些錢送到商戶手裡，所有人都有些懵，萬沒想過顧九思竟當真還錢了。

這樣發錢下去，隔了兩日，便又有許多人來買了許多幽州債。這幽州債大多在商戶手裡，只有一百多萬在市面流通，第一個月之後，百姓拿到錢，又得知只要親友買，自己也能得錢，於是爭相推廣。

第二個月時，市面上的幽州債便已經賣完了。顧九思湊齊八百萬，而這時候那些被顧九思逼著買了幽州債的商戶，將長期的幽州債拿出來售賣。如此一來，幽州債便開始如同貨品一樣，小範圍流通起來。

顧九思籌得銀子，心裡高興，而柳玉茹便每日打聽著幽州債的價格，遇到高買的，就將手中的幽州債出一部分出去，低賣的，又買一部分進來。

她還專門準備了一個冊子，記錄著每日幽州債的價格。每日顧九思回來，就看見柳玉茹坐在房間裡，小算盤打得啪啪啪響。

顧九思忙完了錢的事，開始處理望都的行政事宜。

望都雖然只是縣級，卻是整個幽州的首府，幽州所有商政名流，達官貴人都住在這裡，顧九思每日往上要管殺人命案，往下要管丟狗走雞，往左要管財政農商，往右要管城建教育。他之前一心撲在錢上，這些也就是隨便管管，如今總算騰出手來，得好好管。

於是他每日忙得腳不沾地，回家以為能看見柳玉茹安睡等他，誰知道每日回家，他驚訝的發現，娘子比自己還忙！

他回到家，柳玉茹在打算盤。

洗完澡，柳玉茹在打算盤。

他擦乾了頭髮，躺在床上，把衣服拉開，叫柳玉茹：「玉茹。」

柳玉茹看了一眼，冷靜又果斷地開口：「你先睡，我還得再算算怎麼買才划算。」

顧九思：「……」

錢財蒙蔽了柳玉茹的雙眼，讓她對美色視而不見。

有一日顧九思終於忍不住了，頗有氣勢地坐在床上，認真道：「玉茹，妳忙好生意就好，幽州債沒有多少利息，為此熬壞了身子不值得。」

柳玉茹抬頭瞧他，一臉認真道：「郎君此言差矣，幽州債很賺錢的。」

顧九思有點懵，年五厘的利息，怎麼賺錢？

柳玉茹知道顧九思在錢這事上不敏感，便直接給他看結果：「郎君，我之前投了一百兩本金進去，如今快速出手，高賣低買，已翻了兩倍了。」

兩倍，一百兩。

他當衙役時，一月二兩的俸祿，現在當了縣令，增到一月八兩，外加炭銀布匹和一石米粟，和老百姓比可說是不錯了，但在一百兩面前……

這是他十年薪水，柳玉茹在家撥弄算盤，兩個月不到就掙到了。

顧九思陷入沉思，後面的「我養妳，妳趕緊來睡」全咽入肚裡。

他發現——養不起，這個娘子，真的養不起。

因著柳玉茹忙著賺錢，顧九思其實也是在百忙之中強撐著想要撩一撩，被這麼拒絕，便完全歇了其他心思，只在每天早上出門時，無論如何都要柳玉茹親親他。

最初柳玉茹親他的時候，總是紅著臉，親了兩個月，終於可以做到臉不紅心不跳的親了。

商人總是有著超出朝廷想像的法子。

幽州債作為商品流通還沒有超過一個月，竟有人開始炒賣。柳玉茹是其中之一，但她也不過是小蝦米，手中握著幾十上百萬幽州債的富商們見了機會，趕緊將幽州債想盡辦法鼓吹，往其他州賣過去。

而這個時候，梁王謀反一事，終於傳來了定論。

東都淪陷，大榮改朝換代。皇室子孫四處逃散，梁王血洗東都。

各地紛紛舉事，藩王自立，節度使擁兵為王，從大榮元德盛世到如今四分五裂，不過十幾年光景。

梁王攻入東都的消息傳來時，顧家正在吃飯，虎子走了進來，將消息報給顧九思，顧九思頓了頓碗筷，下意識看向江柔。

打從在望都定下來之後，江柔便想盡辦法打聽著東都的消息，她的哥哥還在東都牢獄之中，如今梁王稱帝，按理來說，江尚書也該出來了。

然而所有人都高興不起來，等虎子走了後，顧九思垂下眼眸道：「娘，差人去和舅舅說一聲，與梁王斷了吧。」

江柔不敢說話。

她那位哥哥向來是個有主意的，若是能斷早就斷了，又怎麼會走到今日？

「先找人探探消息。」江柔嘆了口氣：「能勸就勸，勸不了，也無法了。」

說著，江柔勉強笑道：「吃飯吧，別煩心這些。」

大夥兒吃了飯，江柔站起身走了回去，柳玉茹和顧九思一起回屋裡，柳玉茹察覺顧九思的情緒不大好，忍不住道：「你在擔心舅舅？」

顧九思回了神，嘆了口氣，點頭道：「我舅舅他這個人……其實對我還可以。我希望他能好一點。」

「那你……」柳玉茹試探著道，「有沒有考慮投靠梁王？」

顧九思聽了，淡淡瞟了柳玉茹一眼：「我腦子有坑嗎？」

柳玉茹愣了愣，顧九思停住步子，看著天邊明月：「梁王之所以能夠攻陷東都，不是因為梁王強勢，而是因為大家都指望著梁王當著這個出頭鳥。沒了正兒八經的皇帝，梁王這個逆臣，誰都能扯個大旗去打，妳說他能撐多久？」

「咱們家不能趟這趟渾水。」顧九思垂下眼眸，「只願最先打倒梁王進入東都的能是范軒，這樣咱們或許還能救下舅舅。」

「放心吧。」柳玉茹握著他的手，溫和道：「會的。」

顧九思抬頭看著柳玉茹，輕輕笑了笑：「玉茹，」說著，他握著她的手，似是有些靦腆，低頭道，「其實妳在，我就什麼都不怕。」

柳玉茹愣了愣，她知道這人又在說好話哄她。

現在他就是這樣，整天撿了時候，就甜言蜜語的灌，從來沒有見過哪家郎君沒事就來哄人開心。

柳玉茹也不知道該教育一下他當個正經人，還是應該鼓勵他再接再厲，她不好多說什麼，只是輕咳了一聲，「我還有事，先去瞧帳本了。」

顧九思：「……」

柳玉茹轉身進了房裡去瞧今日的收益，顧九思站在長廊上，對月無言。

木南端著燉湯走了過來，瞧著顧九思搖著扇子看著月亮，不由得道：「公子，您站這兒做什麼呢，夫人呢？」

顧九思把扇子合上，嘆了口氣，「去賺錢了。」

木南愣了愣，過了片刻，他聽顧九思悠悠詢問：「你說，她是愛我，還是愛錢？」

木南輕咳了一聲：「公子還是想開些吧，您以前說過的，不開心的時候，多花點錢就好了。」

說著，木南笑著將燉湯往前舉了舉道：「這碗湯裡都是名貴補藥，一碗就值半貫錢，您喝了也開心些。」

顧九思聽到「半貫」，心尖顫了顫。

他突然意識到，自己再也不能像以前那樣，無憂無慮的花錢了。

一個人心疼錢，是從什麼時候開始？

從他自己賺錢那時候開始。

顧九思瞧著那碗他自己根本喝不起的湯，過了好久忍不住摸了摸自己的臉。

「沒想到，」他感慨，「我最終還是走上了靠臉吃飯的路。」

木南：「……」

第二十一章　軍令狀

對於柳玉茹沉迷賺錢這事，顧九思無可奈何。

顧九思睡了一夜，他清晨醒來，頗哀怨地看了睡在身邊的柳玉茹一眼，琢磨半天，終於總結出來。

感情這事，不能勉強，隨緣隨份最好。總之人是他的，也不急在這一時半刻。

只是心裡總有幾分不甘，早上顧九思瞧著柳玉茹幫他繫腰帶，他面露愁容，唉聲嘆氣。柳玉茹察覺出來，於是今日主動踮腳親了親他，顧九思見柳玉茹主動，立刻伸手攬了柳玉茹的腰不放手。柳玉茹瞧他，笑著道：「郎君這是做什麼？」

「培養感情。」顧九思答得正兒八經。

柳玉茹被逗笑了，抬手擋了顧九思蹭上來的臉，笑著道：「哪有這樣培養感情的？」

「那怎樣？」

「當是花前月下，月老廟前，山盟海誓，互許終生。」

沈明的聲音從外面插了進來，顧九思和柳玉茹一起瞧過去，沈明往門口斜斜一靠，刀在手裡一抱，拖長了聲音道：「顧大人，有人找您。」

「找什麼找，」顧九思拉下臉，黑著臉道，「你給我滾出去，把人給我轟出去。」

「好。」沈明一口應下，轉頭就去轟人。

顧九思叫住他：「等等，」說著，顧九思放開柳玉茹，輕咳了一聲道，「誰來了？」

「哦，好像是范軒。」說著，沈明轉身道：「我去轟人。」

「等等！」顧九思趕忙叫住他，沈明腳步不停，顧九思急著道，「你給我站住！別冒犯大人！」

顧九思追著沈明出了院子，柳玉茹和屋內丫鬟對視一眼，笑了起來。

沈明領著顧九思進了前廳，范軒、周高朗、周燁等人正在前廳賞畫。周高朗同范軒聊著顧家大廳裡掛著的一幅山水圖，顧九思到了門口，頓了步子，整了整衣衫，這才進去，恭恭敬敬道：「見過兩位大人。」

說著，又朝著周燁行禮道：「見過周兄。」

「哦，顧大人，」范軒轉過身，抬手讓顧九思起來，坐到椅子上，又招呼著所有人坐下後，同顧九思道：「聽說你如今已經將望都今年需要籌備的銀子都籌備完了。我覺得十分驚奇，所以特來問問你。」

顧九思應了聲，明白這是范軒來問幽州債的情況，他將事情來龍去脈同范軒說了一遍後，范軒點頭讚賞道：「能想出這樣的法子，還能推行得了，顧大人果然非同凡人。」

說著，范軒想了想道：「那你覺得，這幽州債推行到整個幽州如何？」

「大人，」顧九思平穩道，「這一次幽州債之所以能發行，第一是強行逼迫富商購買了大部分，第二則是望都富饒，能有這麼多有錢人。若是放到其他縣鄉，怕是大家吃飽都不容易，哪裡又有錢買幽州債？而且，幽州債最關鍵的不是發行，而是未來怎麼還。今日我們發了幽州債，許期三年，每月償還利息，我們要保證幽州債的信用，這樣大家才會一直信任它。信任成了習慣，朝廷就會常年有這一筆借款，等以後，我們無需在幽州推行，而是大人能管多大，我們發行那一份就好。所以當務之急，不是讓各縣都來嘗試，這樣一來，朝廷借了這麼多銀子，日後若是還不上利息，就等於毀了這事。今日富商為何不願借錢於朝廷？那是因有管仲前車之鑒，咱們不可如此，應有個長久之計。」

范軒思索著，點了點頭。

他抬頭打量顧九思一眼，慢道：「這事既然是你提出來，你執行，我也就不多加干涉。如今關鍵不在此事之上，現下梁王已攻入東都，我們需得去東都救駕。若是能得東都，到時必然要與各方已經自立的藩王節度使僵持，得有長久打算。你那三十萬石糧草，可有著落了？」

顧九思聽著這話，面色沉了沉，抿唇道：「下官會儘快。」

「最遲年底，」范軒點著桌子，慢慢道，「我得見著糧食，否則心中難安。」

「下官明白。」顧九思聽出敲打，立刻應聲。

范軒見了他的樣子，笑了笑道：「不必緊張，你如今已經做得很好，我不過就是想知道，你能不能做到更好。」

說著，范軒瞧著牆上那幅山水畫，「這畫出自何人之手？」

顧九思愣了愣，他看了一眼，這畫應當是柳玉茹之前畫的，他見柳玉茹畫的好，便掛在廳裡。他有些臉紅，忙道：「內……內子畫的。」

「竟是夫人？」范軒愣了愣，隨後讚道，「夫人胸有溝壑，非一般女子啊。」

顧九思聽范軒誇柳玉茹，不知道怎麼回事，覺得比誇自己還高興了些。他頓時笑起來，應聲道：「確是如此，內子若為男兒，必為俊傑！」

聽到這話，旁邊周高朗忍不住笑出聲。

顧九思這才察覺，自己竟是不自覺誇起柳玉茹來。

周燁有些無奈，覺得平日看著聰明的人，怎麼一提自己媳婦就渾身帶著傻氣。他輕咳了一聲，同范軒道：「范叔叔，顧大人與夫人情深義重，愛妻心切，這才……」

「好事。」范軒點著頭道，「男兒對自個兒家裡如何，就瞧得出人品。會對家裡人負責，也就會對其他事負責，顧大人愛妻，這是極好的，我作為同僚，也十分欣賞。」

得了這話，周燁放下心來，顧九思和周燁跟著范軒周高朗在家中逛了逛，聊了一會兒後，這才送三人離開。

三人走後，顧九思在門口，吩咐木南去準備茶酒，等了一會兒，便見周燁去而復返。周燁有些疑惑道：「你怎的還站在這兒？」

「不是等著你回來嗎？」顧九思笑咪咪開口。周燁有些詫異：「你又知道我要回來？」

「猜著了。」說著，顧九思領了周燁回到院中，「走吧，酒已備好，喝一杯。」

周燁笑了笑：「你以後改名叫顧半仙算了。」

顧九思搖著扇子點頭：「倒也是個出路。」

周燁同他到了院子，兩人坐下來，周燁這才道：「我替你探了消息，其實幽州如今兵糧是足夠的，再多也只是儲備，范叔叔只是想試試你。」

顧九思點頭，周燁繼續道：「你也知道，范叔叔現在手下武將主要是我義父，剩下的以馬昌為首，領了一批人，和我義父分庭抗禮。而謀臣之中，也有張鈺、曹文昌、陸永等人。其中陸永主要負責管理錢糧，但他的年紀不小了，范叔叔如今已經在謀劃著培養一個後繼之人。這次你要是能拿到三十萬石糧食不錯，如果拿不到也無妨，你心裡不要有太大壓力。」

顧九思聽著，他分析著周燁的話，拱手道：「謝過周兄提醒。」

「哦，還有。」周燁笑了笑道，「我月中便要娶妻了，你陪我一起接親吧。」

聽到這話，顧九思愣了愣，隨後忙道：「恭喜恭喜，怎的這樣突然？」

「也不算突然，」周燁無奈道，「原先母親定下的親事，本來該是明年的事。但如今戰亂，姑娘家裡沒了，前些時日投奔了過來，母親覺得這麼住在家裡不是個事，便說先將親事辦了。」

顧九思點了點頭，卻是道：「你可見過？」

周燁臉色微紅，有些不好意思道：「見過了。」

「如何？」

「挺……也挺好。」周燁不好意思出聲。顧九思見周燁的模樣，便笑了，舉杯道：「那恭喜周兄了。」

等送走了周燁，顧九思站在門口，嘆了口氣。柳玉茹正打算出門，聽見他嘆息，便出聲道：「郎君怎在此駐門嘆息？」

「妳要去鋪子？」顧九思回頭瞧見柳玉茹梳整規整，柳玉茹笑了笑：「是啊，郎君與我同行？」

顧九思點了點頭，他伸手拉過柳玉茹，與她一起走到馬車前，扶著她上了馬車。顧九思又接著上車。兩人入車之後，柳玉茹才道：「你剛才嘆什麼氣？」

「只是有些感慨，」顧九思露出惋惜的神色，「覺得周大哥的日子，過得不大容易。」

「如何說？」

顧九思將周燁的情況說了說，柳玉茹有些奇怪：「娶妻是好事，你怎麼感慨起他不容易來？」

「這女子家裡人都沒了，」顧九思提醒她，「若是他乃周高朗親生的大公子，他母親又安能讓他娶一個這樣毫無背景的女子？如今他在軍中幽州官場中，雖然大家都知道他是周高朗義子，卻一直只是打打雜，沒有實權。如今又娶了這麼個女子，無非是他母親想告訴別人，這個兒子毫無野心。周大哥的母親，在忌憚他啊。」

柳玉茹愣了愣，聽明白顧九思的意思，不免沉默下來。

顧九思的確是比常人敏銳的，不過幾句話之間，已經摸透了周家那些不為外人所知的情況。柳玉茹平日和望都中女眷交道打得多，周燁家裡的事，自然也是知道一二。

周高朗一共一妻一妾，加上周高朗一共三子兩女。按照他這個身分，在當下已經算得上是不好女色了。而這三子之中，除了周燁，便是一個嫡子，一個庶子，而這兩人，嫡子不過十三歲，庶子不過十歲，與周燁年齡差距甚大。周高朗向來將周燁視若親子，若周夫人再不壓制一二，周燁有其他心思，這兩個孩子又怎是對手？

周夫人的想法不是沒有道理，可是對於周燁來說，養父沒有機會，親娘卻有了猜忌，這無疑讓他十分痛苦。

柳玉茹嘆息了一聲：「周大哥自己會想開，他既然沒同你說這些，你別當自己明白。」

「我知曉。」顧九思點點頭，他想著，突然高興道：「哦，還有，今日范大人誇妳畫畫畫得好。」

「他如何知道我畫畫好？」柳玉茹有些疑惑，顧九思笑了笑，將范軒來家裡的事說道起來。

柳玉茹聽了來龍去脈，最後的關注點卻是落在：「所以，你年末得湊出三十萬石糧食來？」

顧九思點了點頭，琢磨著道：「范軒準備出兵，到時候糧食便是最重要的，戰場上一個兵至少三個後勤才能供給，十萬軍隊，也就有四十萬人在戰場上，後面農耕勞作的人更少。滄州來的流民，我打算都安置下來，到郊外去將荒地開了，種下糧食，今年種，明年才有得吃。」

「那這三十萬石，你打算如何？」柳玉茹皺了皺眉頭，聽出顧九思避開了這個話題。

顧九思見她追著不放，嘆了口氣道：「妳別擔心，我想辦法。這三十萬石，重在考驗，不在數目，比起最後結果，范軒怕是更在乎我是怎麼弄到糧食的。所以咱們不能拿著幽州債籌集的錢在幽州境內買糧，這從整個戰局上來說，對范軒並沒有什麼幫助。可到底要怎麼籌……我再想想。」

兩人說著，便到了府衙，馬車停了下來，黃龍在外面道：「大人，到了。」

顧九思點了點頭，起身道：「我先去辦事，晚上回家。」

柳玉茹應了一聲，心裡還琢磨著，顧九思下了馬車，片刻後，他突然回頭，掀了簾子，露出帶著明亮笑容的臉，柔聲道：「記得想我。」

柳玉茹愣了愣，顧九思放下簾子，她聽到外面的人叫顧九思的名字，顧九思應了一聲，疾步跑去。

柳玉茹捲起車簾，看見顧九思的背影，他穿著藍色的官袍，看上去似乎比記憶中又高了些，少年氣中夾雜些許說不清的沉穩，靜靜瞧著他的背影，直到他消失在眼前，她還望了許久，印紅喚了她的名字，她才想起來——哦，該走了。

放下簾子後，柳玉茹琢磨著，怎麼看一個人的背影都能看呆了呢？

她心中覺得自己有些可笑，便從邊上拿了芸芸做的銷貨記錄，細細盤算著，花容冬季又該推出什麼新奇東西。

她一面琢磨著，一面到了店裡。

花容依舊是平日那副不鹹不淡的模樣，芸芸將她和專門負責調配胭脂香膏等產品的師傅聊後的結果和柳玉茹說了，隨後同柳玉茹道：「這些時日，有許多外地客商慕名而來，到我們這拿貨，他們拿貨的數量都很大。」

「我知道。」柳玉茹點頭道，「賣到其他地方的吧。」

「昨個兒我遇到一個從揚州過來的，」芸芸斟酌著開口，聽見「揚州」二字，柳玉茹手上動作頓了頓，她抬眼看向芸芸，芸芸猶豫著出聲，「他同我說，他是替他娘子來買，揚州那邊，咱們的貨價格要翻三倍有餘不說，還有人偽造仿冒。」

柳玉茹皺起眉頭。

她一直打探著揚州的消息，知曉近些日子，揚州已經平穩了。王善泉將揚州局面攬了個翻天覆地，過去的首富顧家倒了，與王家結怨的許多家也都是花錢買命，苟延殘喘。然而揚州商貿發達，生意總是要做的，日子總是要過的，有人倒下，自然有人起來，於是一時之間湧現許多新貴，這些人大多與王善泉有瓜葛，或是親眷，或是朋友，或是狗腿，總之如今揚州，已是王家的天下。

柳玉茹沉默片刻，終於道：「妳同我說這些，是如何想？」

「我想著，」芸芸小心翼翼道，「咱們賺錢是小，但若讓人砸了招牌，始終不好。夫人就算現在無力開店過去，也得想個辦法，讓人有法子從確定的管道買到咱們的貨。」

柳玉茹聽著芸芸的話，點頭道：「妳說得極是。」

說著，她想了想：「妳讓我想想。」

這樣一想，就想到了夜裡，柳玉茹其實明白，要讓人有確定管道買到花容的貨，要麼是她把店開過去，要麼是她指定一個商家，只讓對方賣。

讓她將店開到揚州那是不可能的，一旦開到揚州，勢必就要時常過去打理，時日長了，難保王善泉不會發現。

若是指定一個商家，指定誰、怎麼做，都是需要看過商議的，那也意味著，她必須去揚州一趟。

如今再去揚州，自然和當初逃難時不大一樣了。一路從官道讓護衛保護著過去，安全問題倒不是大事，只是……

柳玉茹猶豫著，她終究只是一個女子，這樣獨身一人四處闖蕩，始終還是太過出格。她不知道顧九思心裡怎麼想，更不知道江柔會如何想。

但事情掛在心上，到家裡時，顯得有些憂心忡忡。

顧九思瞧見了，以為她是累了，自告奮勇要幫她卸髮。

柳玉茹頭上的髮飾不多，但顧九思怕扯著她，下手又細又慢，他一面拆卸著柳玉茹頭上的髮簪，一面隨意和她聊著天道：「我今日想了，這三十萬石糧食，還是要去外面買才合適。咱們增發一批買糧食的幽州債，我再安排個商隊，去產糧多的地方買這三十萬石。」

「你打算去哪兒買？」

柳玉茹聽到這話，心跳頓時快了起來。

顧九思沉默片刻，握著柳玉茹的頭髮，垂下眼眸，許久後，他沉著語氣，開口道：「揚州。」

柳玉茹聽著這話，愣在原地。

顧九思見她愣住，以為她是想起往事，他伸出手，將人攬進懷裡，從背後抱著她道：「玉茹，別難過。」

他出聲道：「咱們總會回去的。」

「我有什麼可難過的？」柳玉茹回了神，苦笑了一下，「我娘已經在這兒了，我爹……命當如何就如何，我也沒什麼牽掛。」

「該帶來的，能帶來的，我都帶來了，」柳玉茹垂下眼眸，「剩下的，本也是該捨棄的。只要你在，揚州望都東都，哪兒都去得，沒什麼一定要回去的說法。」

顧九思聽著，抱著柳玉茹，低聲道：「無論如何，我都是要回去的。」說著，他不由自主收緊了手：「早晚有一日，我要回去手刃王善泉那狗賊。」

柳玉茹聽出顧九思語氣裡的憤恨。

她沒說話，只是轉過身抱住身後的人，寬慰道：「九思，早晚會有一日的。」

顧九思應了聲，他很享受柳玉茹主動抱著他的感覺。

於是他什麼話都沒說，蹲下身靠在柳玉茹身前，感受著片刻的寧和。

柳玉茹抬手梳理著面前人的頭髮，詢問著道：「你如今在望都當著官，總不能自己親自去做這些事，而且你沒經過商，自個兒去也不適合，商隊這事，你可找好人選了？」

「我只是初初有個想法。」顧九思嘆了口氣，「人選我還在想，先準備周大哥的婚事，還有三個月才到年末，咱們慢慢想吧。」

柳玉茹應了一聲，有些心不在焉。

第二日去了鋪子，柳玉茹在屋子裡打著算盤，想了許久後，她將芸芸叫了過來，同芸芸道：「妳最近可算過，外地來這兒採買的，主要是哪些地方？」

「其實主要是各州首府。」芸芸回話道，「來得最多的是青州、滄州、揚州、以及司州的人，各州大多都是州府來人，將貨分銷下去。」

柳玉茹點點頭，其實她們的帳目，都會登記客戶名姓身分，她心裡也大致有個印象，她確認了消息，點了點頭，芸芸接著道：「不過也奇怪，來的人裡，揚州一個州，卻比滄州和青州加起來買的數量都多，司州也不少，但和揚州比起來，還是不算多。」

「也不奇怪，」柳玉茹搖搖頭，「滄州和青州離咱們近，消息傳得快，自然就會過來。但是這兩州總的來說不算富裕，越是不富裕，消息流動越慢些。咱們賣這些沒用的東西，都是賣個名頭，她覺得這東西能給她體面，就會買，給不了，就不會。若是沒有氣氛，自然是買不了的。所以青州和滄州雖然來人，但不會太多。」

「那揚州隔著這麼遠，怎的就來這麼多人？」芸芸有些不解。

柳玉茹笑了笑：「妳瞧瞧這些商人來的時間就知道了。咱們幽州雖然離揚州不近，可咱們幽州這些官家卻與東都來往密切，而揚州買東西，向來是看著東都的。東都興盛的，揚州就喜歡。而司州雖然大官多，但是若算上老百姓，還是揚州富裕。所以司州的商人先來採買，揚州的才跟著過來。」

聽了這話，芸芸恍然大悟，忙道：「夫人說得是，以前咱們在揚州的時候，最體面的，不都是東都流過來的東西嗎？」

柳玉茹笑著沒說話，芸芸嘆了口氣：「也不知道何時才能回去了。」

「日後再說吧。」

柳玉茹搖搖頭，低頭翻著帳本，心裡琢磨起來。

長期讓那些商人在望都買，在其他地方賣，一來這些銀子白白給了他們，另外一來她不好管控，市面上也分不出真假，容易毀了花容苦心經營的口碑。如今最大的客戶都聚在揚州和司州，而這樣的東西本也是在稍稍富裕一點的人家中流通，之後再往下逐步滲透，所以她只要能在每個州的州府設一個點，就可以留住大部分客戶。每個州的人直接到州府來買，一來有了確認真假的地方，不至於讓人到處壞她口碑；二來也是個增加營收的法子。

柳玉茹左思右想，都覺得自己出一趟望都，打探一番消息和情況，找個合適的人將開分店的事定下來，才是最妥當的。然而她單獨出去，這事怎麼也開不了口。

她知道顧九思是個很好的男人，可是她卻不知道，顧九思的底線是在哪一步。

她心裡有著打算，便時時觀察著顧九思組建商隊的事。

按理來說，商隊這事，最合適的人選其實是周燁。但如今周燁要大婚，而范軒已經在前線開始用兵，他大婚之後最多停留七日，便得往前線趕過去主持後勤事務，是決計騰不出手來管這事的。

沒了周燁，要找一個顧九思信得過、熟悉生意、還熟悉揚州的人，太難了。

原本顧家帶來的人，固然是滿足了這幾條，可是那些人大多都是下人，要將採購三十萬石糧食這種重擔交過去，顧九思始終覺得有些不妥。

柳玉茹瞧著顧九思煩悶，等到了周燁大婚那日，顧九思才有了幾分笑顏。

那日顧九思早早起來，將自己認認真真打整了一番。他頗興奮，柳玉茹瞧著，不由得有些好笑：「又不是你成親，你高興什麼？」

「我頭一次陪人接親，」顧九思高興道，「我不得高興高興嗎？」

說著，顧九思有些感慨：「若是陳尋和文昌還在就好了。」

說到這，顧九思有些難過。柳玉茹輕輕握了握他的手，顧九思抬頭朝她笑笑，高興道：「我沒事，只是有點想他們。」

「我知道。」柳玉茹溫和道，「我們再找找陳尋，還有文昌的母親，終有見面的一日。」

顧九思點了點頭，而後外面來了人叫顧九思出去。顧九思高興道：「我走了，妳去女眷那邊，好好等著我。」

「說什麼胡話，」柳玉茹輕笑，「又不是咱倆成親。」

顧九思親了柳玉茹一口，轉身跑了。

柳玉茹搖著扇子，低頭笑了笑，轉身尋了印紅，便去了周府。

柳玉茹和周夫人還算熟悉，她去了之後同周夫人聊了幾句，周夫人便帶著她去瞧新娘子。這位新娘子姓秦，叫秦婉之，原先家在司州，也算小富，梁王行兵攻打東都時候，他們家恰好是戰區，秦家棄了家財逃到幽州來，路上又在滄州出了事，就留了這麼一個姑娘，歷經千辛萬苦來了幽州。

聽說也是碰巧，她來幽州的時日，剛好是周燁日日去等顧九思的時候，這姑娘見過周燁的畫像，瞧著周燁打馬過去，便整個人往馬前一撲，還好周燁騎術精湛，不然這姑娘怕也不是好端端坐在這兒，而是命歸黃泉了。

「她抓著小燁就問，認不認識周高朗大人的義子周燁，等小燁應了聲，她將手中信物一遞，報了自己的名，就暈了過去。」周夫人頗為感慨：「這兩人，也算是天定的姻緣了。」

「夫人說得是。」柳玉茹應聲，在珠簾外偷偷往裡瞧，可以看見侍女在替秦婉之戴上鳳冠。

倒是個清麗溫婉的佳人，只是約莫打小身在北地，比著柳玉茹多了那麼幾分不言而喻的剛強。

若說柳玉茹瞧著是南方柳絮溫婉可人，那這秦婉之瞧著，就是北地風沙吹過的柏楊，瞧著那身姿，立得格外挺拔。

柳玉茹多瞧了幾眼，周夫人笑著道：「妳若是喜歡她，這會兒無事，便陪著她多說幾句。」

柳玉茹應了聲，知曉周夫人是讓她陪著秦婉之，便起身過去進了內室。

這時秦婉之已經打整好了，就等著周燁來接親。柳玉茹坐下來，她打量著秦婉之，秦婉之抬頭瞧她，頷首道：「這位就是顧少夫人吧？」

「妳識得我？」柳玉茹含笑開口。

秦婉之點點頭：「周夫人同我提起過，對妳倍加誇讚，還說顧大人與周燁是好友，讓我多加往來。」

柳玉茹聽到這話，不由得笑了，覺著這秦婉之真是個實誠人。她柔聲道：「是呢，周大人與我夫君交好，日後妳也可以常與我走動。我自個兒開了個鋪子，專門賣些胭脂香膏之類的物件，今個兒妳大婚忙著，我便差人直接送到府裡置下了。」

柳玉茹說著，似是有些不好意思：「都是自己店裡的東西，妳別嫌棄。」

聽到這話，秦婉之笑了，她自然知道花容是什麼店，也知道柳玉茹送出來的自然是好的。她有些不好意思道：「讓妳破費了。」

柳玉茹搖搖頭，有了話題，便開了話匣子，姑娘家坐在一起，說來說去，便聊到夫君身上。秦婉之有些不好意思，小心翼翼道：「周公子……是個怎樣的人啊？」

「妳不是見過嗎？」柳玉茹搖著扇子，有些疑惑。

秦婉之搖了搖頭，小聲道：「他守禮，只說過一兩句話。」

說著，她有些羨慕道：「不像妳，成婚之前，還同顧大人見過兩面呢。」

柳玉茹愣了愣，她隨口同秦婉之說了一下自個兒和顧九思的事，還從沒想過會有被別人豔羨的一天。

她記得聽到要與顧九思成婚，那會兒想死的心都有了。這麼兜兜轉轉，居然有人羨慕她，不免覺得有些好笑。

她不由自主放柔了聲音，溫和道：「周公子是個極好的人，妳很快就知道了。」

兩人說著話，外面傳來鬧哄哄的聲音，喜娘進了屋，忙道：「來人了，快布置起來，女眷們趕緊跟我來，將門堵上，可別讓他們輕易進了門！」

柳玉茹還沒來得及反應，就被大夥拉著手抓壯丁一般，扯到大門口，她混在姑娘堆裡，聽見外面傳來顧九思的聲音，大聲道：「有什麼題目妳們趕緊出來，不然我們可就硬闖了！」

柳玉茹聽見顧九思的聲音便笑了，旁邊的姑娘開始翻書，這些姑娘先是問詩詞，問了上句，顧九思在外面答下句。

又問謎語，問了開頭，還沒結尾，顧九思就已經猜到謎底。

柳玉茹瞧著她們沒一個難得住顧九思，不由得有些無奈。

顧九思本來就是個記性好的，若是同他說背書這些，的確是很難考到他。猜謎這些東西，又都是揚州那邊愛玩的，望都這些謎語在揚州都老掉牙了，更是困不住他。

一連幾個問題，顧九思對答如流，姑娘們面面相覷，若是開門，顯得太容易些，不開門，又的確沒什麼理由。

而顧九思更是得意起來，高興道：「沒法子了吧？沒法子就趕緊開門，別耽誤時間啊。」

這時候柳玉茹不由得笑了，她從人群中走出來，柔聲道：「我來。」

顧九思站在門外，一聽這柔柔弱弱帶著笑的聲音，頓時心裡「咯噔」一下。旁邊所有人都覺得有些奇怪，跟著來的同僚不由得道：「顧大人，可是有什麼不對？」

沈明站在邊上嗤笑出聲，直接道：「他家夫人來了。」

一聽這話，所有人都笑了，顧九思面上有些訕訕，忙道：「她厲害著呢。」

柳玉茹站到門口，開口道：「郎君且聽好題目。」

顧九思立刻站正了，打定主意，柳玉茹對數字敏感，這必然是個算術題。

果不其然，柳玉茹開口道：「今日有馬車一架，自城東出發，馬車上有母雞三隻，向西往前，行十里一村，行五里第二村，再行十里第三村，再行五里第四村，如此類推。每到一村，於村中採買家禽。第一村得雞三隻，鴨三隻，鵝三隻；第二村得鵝三隻，雞五隻，兩隻；第三村得鵝兩隻，雞十隻，鴿兩隻；第四村得雞兩隻，鵝兩隻，鴨五隻；第五村得鴨五隻，鵝三隻，雞十隻；第六村得雞五隻，鴨五隻，鵝十隻……」

顧九思聽著題，飛快計算著現在有多少雞、多少鴨、多少鵝，等算到最後，柳玉茹頓了頓，突然詢問：「請問郎君，得雞二十隻時，馬車行了多遠？」

顧九思：「……」

「妳為什麼不問雞鴨鵝多少隻！」周燁愣了一秒，驟然開口。

裡面的女子們笑起來，柳玉茹搖著扇子道：「我也沒說要問這個啊。」

顧九思不說話了，他同周燁道：「周大哥，你讓讓。」

周燁有點懵，他退了一步，大夥兒見顧九思一臉沉穩，平靜道：「我有辦法。」

柳玉茹站在門口不遠處，抬頭瞧了瞧太陽，見外面沒了聲音，朗聲道：「郎君可想得出來？想不出來就下一題了。」

話剛說完，大門被人猛地一腳踹開，柳玉茹驚在原地，還沒反應過來，便被衝進來的人攔腰抗在了肩上，二話不說，朝著裡面就跑！

「周兄，快！」顧九思大喝一聲，招呼著人往裡衝進去。

柳玉茹大怒，拽著顧九思道：「顧九思！」

顧九思扭過頭去，瞧著柳玉茹氣急的臉，他覺得這人可愛極了，將她往角落裡一放，掃了旁邊一眼，周邊亂哄哄一片，周燁學著顧九思的模樣，進去搶人了。

「顧九思你……」

柳玉茹話還沒說完，顧九思便抬起袖子，用廣袖垂下來遮住他們，將人按在牆上低頭親了一口。

「別搗亂。」

顧九思說完這句，看見周燁扛了人從房間裡出來，大聲道：「九思，走了！」

顧九思應了一聲，吩咐柳玉茹一句：「等我回家。」

隨後跟著跑了出去。

周邊雞飛狗跳，大夥兒都追著周燁和顧九思跑了出去，只有柳玉茹還用團扇遮著臉，定定站在原地。

這混帳……

柳玉茹咬著牙，臉紅心跳，全然不敢在此時見人。

印紅找了半天，終於找到柳玉茹，她有些疑惑道：「夫人，妳用扇子擋著臉站這兒做什麼？」

柳玉茹閉著眼睛沒說話，過了好久後，她才慢慢放下團扇，長長舒了口氣道：「靜心凝神。」

說著，她領著印紅往外走：「去宴席吧。」

印紅跟在她身後，有些摸不著頭緒，她怎麼看柳玉茹的模樣，都不是靜心凝神的樣子。但她一個丫鬟，也不能說什麼，只能跟著柳玉茹去了宴席。

柳玉茹先去觀了拜堂的禮，這時候顧九思不忙了，他站到她身邊。整個大堂安安靜靜，只有禮官唱喝的聲音，柳玉茹便悄悄擰他，結果顧九思瞧著周燁拜堂，卻是反手握住她的手，小聲說了句：「乖。」

這一聲乖出來，柳玉茹紅了臉，便靜了下來。她自己都不知道是因為什麼。

她和顧九思一起觀完禮，顧九思便被拉扯著過去，他和周燁商量好，今日他替周燁擋酒。於是柳玉茹和夫人團在一起吃飯，就看顧九思在一邊喝個爛醉，鬧哄哄的。她有些不高興，正不樂意著，印紅便端了盤蜜瓜上來，同她小聲道：「夫人，剛才姑爺吩咐我，說端盤蜜瓜給您，免得您以為他不想著您生氣。」

柳玉茹聽到這話，不由得笑了。

一瞬間不氣了，手撚了蜜瓜，吃著覺得甜滋滋的。

一頓宴席吃完，柳玉茹跟著看完熱鬧，下人終於將顧九思送來了。

他醉到不行，被人扶著過來，柳玉茹瞧見，不由得有些無奈，扶著顧九思上了馬車，輕聲道：「喝就喝吧，喝這麼多做什麼？」

「我高興。」

顧九思迷糊著開口，他抬眼瞧見柳玉茹，看著柳玉茹低頭用帕子幫他擦著手，忽地笑了。

他伸手抱住她，蹭了蹭她的肩，高興道：「玉茹。」

「嗯？」柳玉茹漫不經心，知曉他是醉了，接著就聽他道：「咱們成親了，我好高興。」

柳玉茹看著他犯傻，頓時心軟了。

「你醉了。」她笑著道，「咱們倆早就成親了。」

「沒有，」顧九思搖著頭，「沒成親。不算的。」

他沒力氣，整個人靠在柳玉茹身上，反覆否認道：「那是、那是老頭子逼我的，沒成親呢。」

柳玉茹嘆了口氣。

他們兩人那時候成親，誰不是被逼無奈呢？

她拜堂時還想著，這是一場噩夢多好，夢醒了，她還能規規矩矩當她的柳小姐，然後如願以償嫁給她心裡守著的葉世安。

只是好在陰錯陽差，嫁給了面前這個人。

她不知道嫁給葉世安會不會更好，但想來，以葉家的規矩，她怕只是守在葉家後宅，規規矩矩的開枝散葉，替丈夫打理好後宅就完了。比起如今跟著顧九思，雖然大起大落，可她卻不知道怎麼的，竟是半點後悔都沒有。

她和顧九思依偎著，柔聲道：「不管是不是逼的，咱倆都成了，我都是要跟你一輩子。」

「我不要……」

顧九思的聲音有些含糊，柳玉茹愣了愣，心裡有些發苦。

時至今日，他莫不是還想著當初那些話，早晚要和她分道揚鑣？

柳玉茹心裡有些亂，就聽見顧九思道：「我要娶妳。」

他低喃著，「我要重新來……我要自個兒上門下聘，抱妳進花轎，和妳拜堂，給妳掀蓋頭，喝交杯酒……吉利的事，咱們一樣都不能落下……我要和妳一輩子、下輩子、下下輩子。」

顧九思同她十指交扣在一起，他用頭抵著她的額頭，聲音頓了頓，這一大串話說出來，他似乎有些累了，停下來休息片刻，接著道：「玉茹。」

「我疼妳，」他認真開口，「我會疼妳、寵妳，一直對妳好。妳別離開我。」

「我不會離開你。」柳玉茹的心軟成一片。她小聲道，「你放心吧。」

「我會對妳好，」他反覆念叨著，「讓妳知道什麼叫真正對妳好。」

柳玉茹發笑，馬車慢慢行著，她聽著顧九思的宏偉計畫，要怎麼對她好。

她拉扯著他進屋去，服侍著他上了床，幫他擦了身子，這才歇下。

顧九思這時候還念叨個不停，等柳玉茹上床了，顧九思拉著她，他睏了，但還是堅持說著：「我知道……妳不是待在後宅的人。妳心裡大著呢……會去好多地方，賺好多錢，妳不喜歡當顧夫人……」

柳玉茹愣了愣，她正想否認，就聽顧九思道：「我不在意的……」

「我可以當柳相公，妳想做什麼，就做什麼。妳想去賺錢，我幫妳賺……妳想出門，我讓人護著妳出……玉茹，」他握著她的手，似是有些難過了，「我不是顧九思了，」他沙啞著聲，「可妳得是柳玉茹啊。」

柳玉茹靜靜聽著，心裡突然湧現出幾分難受。

她聽出他音調裡的哭腔，如何不明白他的意思。

顧九思夢想當仁義俠士，駕馬踏花，在揚州風風火火傲了十八年。如今無論是國難還是家仇，都逼著他迅速成長。他從沒說過苦，也從沒喊過不甘願。家裡需要他有擔當，他就站起來有擔當。可是他心底裡，總是記掛著年少時那一份少年輕狂。

他做不到了，便想要她做到。

他說寵她愛她，就是想給她一方天地，讓她盡情做所有自己想做的，不必忍著讓著。

這何嘗不是因為這是他最想要的？

柳玉茹覺得心裡有些發酸，她看著面前介於少年與青年之間的面容，忍不住抱緊了他。

「九思，」她開口，聲音暗啞，「你是我一輩子的顧九思。」

顧九思拉著她，睏了，呼吸之間夾雜著酒氣，柳玉茹聽見外面淅淅瀝瀝的雨聲，看著面前人，探過身去，將唇輕輕貼了上去。

顧九思迷糊著睜了眼，看見貼在自己身前的姑娘，她睫毛輕顫，他分不清這是夢境還是現實，低低叫了一聲：「玉茹……」

開口的時候，他的舌頭輕輕觸碰在對方的唇上，雙方都顫了顫，柳玉茹僵住身子。

兩人都沒動，顧九思也被驚到了。片刻後，柳玉茹下意識想退，但剛動作，卻被顧九思一把攬住了腰。

那一瞬間的觸感讓他震驚中又夾雜了幾分說不出的迷戀，才知道有這樣的體驗。

他攬著她，慢慢收緊了手，加大力氣。他低頭去蹭她，一聲一聲低喃叫著她的名字：「玉茹。」

柳玉茹被叫得軟了身子，這感覺他的唇貼了過來，他似在顫抖，柳玉茹僵硬著身子，感覺顧九思在她唇上輾轉片刻，才試探著將舌頭探過去。

他的腦子清醒又迷茫，酒的味道順著他的舌頭竄到柳玉茹的嘴裡，若有似無的甜味，濕潤軟滑的觸覺，激得兩個少年人腦袋發暈。

顧九思忍不住翻過身，壓在柳玉茹身上。

夜雨落在窗外開得正好的海棠花上，海棠在雨中輕輕搖曳。纖細的枝葉似是不堪一折，在風雨裡展出萬千風情。

顧九思看著柳玉茹帶了水氣的眼，若有似無嗔怒地瞧他，他不由得笑了。

「得妳瞧這麼一眼，」他聲音喑啞，「無間地獄也去得。」

「我不要你去無間地獄，」柳玉茹攬著他的脖子，紅著臉，小聲道，「我要你好好陪著我。」

顧九思有些恍惚，他看著身下的人，哽咽片刻，才道：「好。」

那一刻，哪怕他還醉著，還迷糊著，他都清楚知道。

這輩子，若是離開了柳玉茹，他誰都不能要了。

經歷過這樣一個姑娘，又哪能再找得到一個這樣好的人？哪怕有了這樣好的人，哪能有這樣的心？

他低下頭去，含著她的唇。

他的動作溫柔又細緻，因許多話說不出口，不知道該如何表達。他只覺得，在這每一次觸碰、每一次親吻、每一次擁抱裡，自己那份難以言說的心意，似乎都無言地傳遞過去了。

兩人折騰到了深夜，等雨停了，才迷迷糊糊睡下。

等第二日早上顧九思清醒的時候，他瞧見整個床亂得不行，柳玉茹睡在他身邊，衣衫還亂著。

顧九思腦子懵了一下，嚇得往後一退，整個人滾了下去。

柳玉茹迷糊著睜了眼，撐著自己起身，衣服順著滑下去，露出消瘦瑩白的肩頭。

顧九思的目光不由自主落了上去，柳玉茹打著哈欠道：「郎君怎的摔下去了？」

「我……我……」

顧九思撐著自己沒跑，外面木南和印紅聽到聲音，知道他們起了，就準備進來，顧九思大吼一聲：「都別進來！」

這話讓所有人都愣了，柳玉茹也清醒了幾分。

顧九思盯著柳玉茹，又打量了幾眼，這才確認，柳玉茹衣服亂歸亂，還是在的。

顧九思腦子裡浮現出一些片段，他紅了臉，確認了幾遍，心裡才舒了口氣，他轉過頭艱難道：「我……我……」

「郎君昨夜醉了。」柳玉茹知道顧九思要說什麼，她低著頭，紅了臉，小聲開口。

顧九思連忙點頭：「對對對，我醉了。」

說完這話，兩人沉默下去，沒有人開口。

顧九思看見柳玉茹手撐著自己坐在床上，似乎是有些難堪，她紅著臉，一直看著窗外，過了好半天，顧九思慢慢冷靜下來，他突然覺得，其實這樣也沒什麼不好。

酒壯人膽，他不過是往前走了一步而已。

他輕咳了一聲，從地上站了起來，瞧著柳玉茹道：「妳……妳沒生氣吧？」

柳玉茹低著頭，搖了搖頭。顧九思努力回憶著昨晚說的話，坐到柳玉茹身邊，低著頭道：「妳沒生氣就好……咱們倆是夫妻，許多事都是早晚的。」

柳玉茹低低應了一聲，臉紅到不行。

顧九思咬了咬牙，回身將柳玉茹一把攬到懷裡。

柳玉茹將驚叫聲吞下去，怕外面的人聽見，顧九思抱著她，感覺她更是害羞，這才鎮定了幾分，慢慢道：「昨個兒是我猛浪，但是我說的話都是真心的。做的事，也是想做的。」

「嗯。」柳玉茹紅著臉，小聲道：「我知道。」

「玉茹，」他抱著她，認真道，「咱們雖然成了婚，可我不想是因為成婚我們才在一起。我們慢慢來，我若著急唐突了妳，妳不舒服便告訴我，我會改，好不好？」

「哪裡會唐突？」柳玉茹低著聲，「郎君想做什麼，做就是了。」

顧九思聽著這話，低笑：「我做了，妳心裡不樂意，又記掛上我。妳向來是個小騙子，妳當我不知道？」

「我才沒有……」

柳玉茹急急否認，顧九思笑出聲，卻沒多說什麼反駁她，應聲道：「好好好，不是小騙子。妳就是自個兒都不知道自個兒想要什麼，行了吧？」

「我……」

「玉茹，」顧九思抱著她，認真道，「別解釋，也別多說。許多事是說不出口的，妳我心裡明白就好。」

柳玉茹沉默下來，顧九思平靜道：「妳過往的日子我知道，妳騙得了自己一時，可騙不了自個兒一輩子。我不急，咱們倆好好過日子，妳始終是顧夫人，只是我們每往前走一步，就是咱們感情更好一分，好不好？」

柳玉茹沒多說，點了點頭。顧九思替她捋了髮，這才笑著叫人進來。

大家看了小夫妻，抿唇笑了笑，什麼都沒說，只是讓兩人洗漱。

柳玉茹從鏡子裡看見顧九思穿上官袍，她垂下眼眸，顧九思正要往外走去，她突然道：「九思。」

顧九思頓住步子，隨即聽柳玉茹開口：「我去替你買糧。」

顧九思愣了愣，她站起身，看著顧九思，眼神認真：「你不用再重新湊幽州債，你將現在已有的錢交到我手裡，我就拿這個本錢出去，回來時候，必多帶三十萬石糧食回來給你。」

顧九思呆呆瞧著她，柳玉茹卻是笑了。

「你不是說要我當柳玉茹嗎？」她神色平靜，「若不是想著規矩，想著你，其實柳玉茹骨子裡，就是這麼個人。」

愛錢愛折騰，敢立八百萬軍令狀，願為愛人和自己的事業跋涉千里，也無懼風雨的人。

第二十二章　糧謀

顧九思聽到這話有些懵，他忙道：「我自個兒有辦法，妳若是為了我……」

「我不是為了你。」柳玉茹坐下來，同顧九思商量道：「在商言商，若你不是我夫君，我早就上門同你談這筆生意了。顧大人，」柳玉茹瞧著他，認真道，「你現在持著這麼多錢，總要找個人打理的。你在官場上的確擅長，可是經商一事，卻未必有這份能耐。你能用的人，大多沒有這個才幹，有這個才幹的，你也不能放心。何不就讓我去，你付我一部分傭金，大家一起賺錢呢？」

顧九思聽著，他看著面前柳玉茹認真的神色，片刻後，輕輕笑開：「妳要多少？」

「你給我本金，盈利的百分之十，盡歸我所有。」

「那要是虧了呢？」

「若是虧了，」柳玉茹答得認真，「虧多少，我補多少。一時補不上，就拿一輩子補。」

顧九思沉默了，許久後，他苦笑道：「柳玉茹，沒妳這麼做生意的。誰都不敢說自個兒一定能賺，妳這樣立軍令狀，有點傻。」

「我也不是瞧著誰都傻，」柳玉茹笑了笑，「只是因你是我相公，這錢出了事，你得負這個責，我得給你安排條路。」

顧九思聽著這話，忍不住彎了嘴角，但他輕咳了一聲，卻是道：「既然我是妳相公，那這事我就得從私人角度管一下妳。妳要出去，我不攔著，可是妳得跟我說明白，妳要怎麼出去，什麼計畫，怎麼個行程路線，我得確保妳出去沒事，才能讓妳過去。」

「玉茹，」他抬手摸著她的髮，柔聲道，「妳別覺得我管著妳，只是這一點上，我的確讓不得步。」

「我怎麼會覺得你管著我。」柳玉茹笑了笑，「這麼多錢交到我手裡，若我是個自個兒的命都保全不了的人，你怎麼又能放心？」

「你先去縣衙吧，」柳玉茹抬手替他理了理衣衫：「我會把我的打算都寫清楚給你。你也不用想著我是你夫人，若覺得這個法子可行，就將錢交給我，我來操作。若覺得不行，那就罷了。」

顧九思應了聲，笑了笑道：「那我先走了。」

兩人說完，顧九思便自個兒出了門。

他走在路上，木南跟在後面，見沒了柳玉茹的影子，木南有些不安道：「公子，你真打算讓少夫人一個人出去啊？」

「不然呢？」顧九思有些無奈：「我還能攔著不成？」

「少夫人一個女子……」木南斟酌著道，「她自個兒出去，終究還是有些不妥當吧？」

「她若能安排好，我不會攔她。若安排不好，我自然會勸阻。但她終究是個人，」顧九思瞧了木南一眼，卻是道，「你說若你我選了一條路，別人都說不好，逼著你不能做，你我如何作想？」

「凡事都逼著我，」顧九思認真道，「便是我父母，我也是容不得的。我寧願不要這份為我好，也不想處處受人牽制。」

「那若是少夫人安排不好，又要執意出行呢？」

木南接著詢問，顧九思苦笑起來。

「我又能怎麼辦？」他嘆息出聲，「只能想辦法，跟著她去了。」

好在柳玉茹比他們所料的都要優秀太多。

柳玉茹想了幾晚上，終於將行程安排寫清楚，交給顧九思。

她詳細打聽了如今各州的情況，將此行目標城市列舉了一番，根據各城市的情況，最後準備了一支護衛隊伍。

她甚至將所有開支預算都列了出來，又將打算如何買糧寫清楚，甚至連預期的收益都分析了一番。顧九思看了，不由得有些感慨，其實在此之前，他沒想到柳玉茹能做得這樣好。

她規劃一條路線，幾乎將所有危險區域都規避開了，留下的都是目前比較平穩的城市。

路線相對來說並沒有什麼危險。護衛的人員安排，也足以讓她解決所有能想像的危機。

而她買糧的法子，更是別具一格，讓顧九思想都沒想到。

柳玉茹在反覆買賣幽州債的過程裡，對市場有了諸多瞭解。她開始明白市場的基本原則，如果有人大量收購幽州債，貨少又同時加價時，所有人都會拚命想要收購幽州債，幽州債的價格便會隨之高漲；若是有人大量賣出幽州債，市面同時湧現出許多幽州債，價格就會自然降低。

人們對一件商品的「感覺」，是價格漲落的關鍵。

所以柳玉茹的計畫中，她會先到一個小城，這個小城要滿足三個要求：第一不大不小，剛好是他們金額可操控範圍內；第二糧食價格在中等乃至低位，總之絕不是高位；第三政府管控力度低，不會過分干預市場。

而後柳玉茹會先在一夜之間不問價格收購所有糧食，並表示會繼續購買，如此一來，所有人都會開始購買糧食，以圖賣個高價，等所有人從各地開始買糧屯糧時候，柳玉茹再將原先的糧食慢慢流入市場上，賺低買高賣的價差。這時候糧食價格會逐步回落，等回落到正常位置乃至低位後，她再買走市面上的六到七成。

顧九思看得明白，柳玉茹這個手段，和如今城中富商炒幽州債的手法如出一轍，都是先將價格炒高，暗中在高位賣出去，接著等價格回落，再出手繼續買入。

「這樣的話，不如妳從望都帶點糧食，」顧九思看了柳玉茹的法子，琢磨著道，「妳在糧食回落到正常價格後，直接五萬石砸下去，糧價必然暴跌，這時候妳再全部買回來，不是更好？」

「不行。」柳玉茹搖搖頭，果斷道：「這樣一來，動靜太大，一定會驚動官府。我之所以在價格調整後，也只買六到七成糧食，就是不想糧食短時間就影響到民生，這樣一來，官府便會以為這是戰亂時自然現象，不會有太多關注。」

顧九思點點頭，幾句話裡，他就聽明白了，這件事上，柳玉茹比他想得周全得多。

經商這事，他不比柳玉茹擅長，於是他便看了看柳玉茹在後勤護衛上的安排，猶豫片刻後，終於道：「沈明妳帶過去，我再同周大哥那裡借幾個人，確保萬無一失。」

柳玉茹應聲，在保命這事上，自然越周到越好。

「到了揚州，」顧九思斟酌著道，「妳別自個兒冒頭，讓人替妳。」

「我明白。」柳玉茹點頭。

當日夜裡，柳玉茹和顧九思睡在床上，顧九思一夜未眠，柳玉茹察覺他輾轉，轉過身去，從背後攬著他道：「怎麼還不睡？」

「我在想，」顧九思睜著眼，好半天終於道，「我同妳去吧。」

聽了這話，柳玉茹忍不住笑了：「你同我去了，官不做了？」

「我想想辦法。」顧九思琢磨著道，「我去找范大人……」

「九思，」柳玉茹的聲音柔柔響起，「我以後要去好多地方的。」

「做生意的，其實最重要的就是每個地方和每個地方資訊的不對等。波斯的香料在波斯不過普通物品，到東都來就價值千金。我若是將生意做下去，日後野心越來越大，不可能一直在家待著。你陪我去了這一次，下一次呢？下下次呢？你還有事要做，」柳玉茹的手覆在他的手背上，勸著道，「你現在剛在官場起步，得了范軒賞識，別為了家裡這些事功虧一簣。你若是要跟著我去，我便不去了。」

聽到柳玉茹說自個兒不去了，顧九思沉默下去，片刻後，他嘆息一聲，只能道：「罷了，就這樣吧。」

第二日顧九思送著柳玉茹出城，說好送到城門口，又說多送一里。便是一里再一里，等送出十里遠，柳玉茹終於忍無可忍，掀了馬車車簾，同顧九思道：「行了，回去吧，別跟著了。」

顧九思愣了愣，低頭道：「哦。」

柳玉茹瞧見顧九思失魂落魄的模樣，有些不忍。她自己都不知道，這人以往那麼活蹦亂跳不可一世的人，怎麼今個兒成了個離了自己就不行的。

她嘆了口氣，四處張望了一下，同顧九思招了招手。

顧九思湊過去，柳玉茹捧著顧九思的臉，當著所有人的面，輕輕親了他的臉一口，隨後道：「若是想我了，便寫信給我。」

說完，她迅速回到馬車裡，放下簾子，故作沉靜道：「行了，走吧。」

顧九思騎著馬，瞧著商旅隊伍遠走。他瞧了許久，終於回了家。

當日晚上吃飯，蘇婉和江柔見柳玉茹沒回來，不由得有些奇怪，蘇婉小心翼翼道：「玉茹呢？」

顧九思這才開口道：「哦，忘了同妳們說了，玉茹近來都不會回來了。」

「你們吵架了？」江柔的動作頓了頓，顧九思搖頭道，「朝廷有些事要玉茹去辦，她自個兒先走了。」

說著，顧九思從懷裡掏了一封信遞給江柔，「玉茹讓我交給您的，說是她不在的這些時日，店裡勞煩您多費心。」

「朝廷能讓她去做什麼？」江柔皺著眉頭，不滿道，「她一個姑娘，這時候這麼亂，能去做什麼？」

「妳不也是女人嗎？」顧九思下意識反駁，江柔一愣了愣，就聽兒子理直氣壯道：「別人能做，她就不行了？沒這個道理的。」

「你這孩子，」江柔忍不住笑了，「有了媳婦忘了娘，當初是誰哭著鬧著不娶的。」

「小時候不懂事，」顧九思一臉坦然，「長大了，知道什麼是好的，不行？」

說著，顧九思擺了擺手，站起身來，「算了，我同妳們說不清楚，總之玉茹沒事，你們放心好了。」

說完，他便回屋裡。

他坐到書房裡，屋裡冷清清的，他發了許久的呆，木南端著湯進來，瞧著顧九思的模樣，笑著道：「公子在想什麼，這樣出神？」

顧九思聽到這話，回了神，搖了搖頭道：「無事。」

說著，他翻箱倒櫃開始找紙。木南有些奇怪：「公子在找什麼？」

「之前咱們是不是進了一批印了桃花的紙？」

「是。」木南從櫃子裡尋來給他，見顧九思拿著紙回到位子之上，他狐疑瞧著道：「大人是要寫信嗎？」

「嗯。」

木南聽到這一聲，有些不確定道：「給……夫人？」

「昂。」顧九思認認真真寫著信。

木南沉默片刻，慢慢提醒：「公子，少夫人今個兒才走的吧？」

顧九思筆尖頓了頓，似是被人窺探到心事。

他忍不住抬頭瞪了木南一眼，怒道：「就你話多！」

這封信是在柳玉茹離開那天寫的，卻是在柳玉茹下榻第一個城市當天到。

柳玉茹落腳的第一個城市，是滄州的蕪城。

她當初路過滄州時，記憶裡是綿延的黃沙，乾裂的土地。而蕪城是滄州的州府，與柳玉茹記憶中截然不同。

蕪城很大，城牆很高，周邊一望無際全是平原，外面青草依依。與望都並沒有太大差別。沈明對於滄州比她熟悉得多，於是商隊跟著沈明，由沈明交涉著進入了滄州。

這一次顧九思準備了假文牒給柳玉茹。他如今當著望都縣令，雖然是個八品小官，卻也是個官，弄一個假文牒對他來說是手到擒來的事。

柳玉茹和沈明等人拿著假文牒入了城，隨後找了一家客棧下榻。柳玉茹一入城就開始四處打量物價，瞧著所有人的服飾言談。

對於柳玉茹而言，這些行走過的人，其實都是行走的銀子，他們每個人值多少錢，在柳玉茹心中明碼標價。

穿著、舉止、談吐，絕大多數都會彰顯出這個人的生活習慣，知道了對方的生活習慣，自然會猜出對方的收入。

所有人都覺得，柳玉茹對數字有種天生的敏感。

每個人都知道高賣低買會賺錢，可最難的一步，就是確定什麼時候算高賣，什麼時候算低買。

而柳玉茹面對這種問題，彷彿有預知能力一般，她總能揣測出最合適的價格。所有人都以為這是偶然，可柳玉茹卻慢慢察覺，這或許和她從年幼時就愛看別人臉色，關注周遭，不無關係。

她有一套揣摩價格的法子，以小見大，這種事誰都學不來，所以只能親自走一趟。

她打聽了一個晚上，進入房裡，顧九思派來的信使到了。

柳玉茹接過顧九思的信，還是有些詫異的，她以為是出了什麼事，所以信來得特別快。於是她連忙開了信，看見信上第一頁，只寫了一句話：「妳什麼時候回來？」

她瞧了日期，發現是她出來那日寫的，也就是說她前腳才出門，顧九思就開始琢磨她回來的事了。

她哭笑不得，翻開第二頁，看見顧九思那算不上好看，只能算是規規矩矩的字落在紙頁上：「千重山，萬重山，山高水遠人未還，相思楓葉丹。」

柳玉茹瞧著信，不由得笑了。看第一句時，她還想著，顧九思果然還是樸實，要不再請個詩詞的老師，免得想表達感情就只會說大白話：我想妳了、我很高興、哈哈哈哈哈哈。這樣以後往上升遷，怕是要被人瞧不起的。好在第二頁就轉了話風，終於有了幾分讀書人的酸調子。

柳玉茹瞧著信，想了想，決定等事做完了，有什麼要報告的，再同顧九思商議。

她停留在蕪城，第一日先去打探消息，幾乎走訪了所有糧店和胭脂店，胭脂店裡大多放著花容的貨，價格有高有低，真假摻和著賣。

柳玉茹花了一日的時間，摸清了蕪城的底。糧價是差不多的價格，沒有太大波動，而胭脂鋪良莠不齊，有一家謝氏香鋪，在蕪城頗有名望，無論是價位裝修，都與花容貼近，而且裡面的貨全是真品，柳玉茹問過，這些都是他們老闆從望都親自帶回來的，因此價格要高上許多。

柳玉茹心裡有了主意。

這一次主要是來買糧，次要是搞清楚各地花容銷售的情況，看適不適合用代理售賣這種方法來買貨。如果適合的話，她再在當地挑選出合適的代理人選，等回了望都，組一隊人過來談這事。因此她也沒出面和謝氏細談，瞭解了情況，就回了客棧。

等到第二日，柳玉茹便吩咐下去，商隊裡的人全都扮成商人，去蕪城各大糧商買糧。速度要快，而且都放下話來，要買更多。

安排好的人下去，柳玉茹就在茶館裡坐著喝茶，打聽著周邊的資訊。

等夜裡回來，所有人已經買到了一千石糧食，而且城中糧商都答應，會從各地調糧。

柳玉茹看著外面的景象，一言不發，沈明看了柳玉茹一眼，不由得道：「妳瞧什麼呢？」

「半年之前，」柳玉茹笑著回頭，慢慢道，「我曾來過滄州。」

沈明點點頭：「我聽說過。」

「那時候到處都是流民。」柳玉茹嘆了口氣：「我和九思被關在城門外，親眼看到有人殺人奪財，乃至易子而食。如今蕪城裡也有流民，可你瞧瞧，同樣是滄州，蕪城的富商，卻還能調糧來賣給我們。」

「所以我說，」沈明冷著臉，「這些富商狗官狼狽為奸，都該殺。」

「沈明，」柳玉茹搖搖頭，「你若是為一人仇怨，那自然可以快意恩仇。可是若你想著的是一批人，乃至一國，那就得往更高處走。你以為九思喜歡當官嗎？」

柳玉茹苦笑：「不也是為著，想讓更多的人過好一點？」

沈明沒說話，這些時日，越瞭解這對夫婦，他便越是明白，過往對著許多人的認知都是偏見。

他不說話，柳玉茹喝了口茶，平淡道：「明日再去買糧。」

柳玉茹每日都讓人出去，不斷加價買糧食。無論價格如何往上，柳玉茹都照收不誤。如此不足四日，城中突然掀起了買糧的熱潮，家家戶戶都去各處收糧，過來換銀子。而這時柳玉茹又讓人聯絡了當地的錢莊，拿了一部分錢出去放貸。

柳玉茹不要肉、不要菜，只要粟米和麵，於是一時之間，這兩樣東西的價格比其他食物貴上很多。蕪城所有人聞風而動，做起買糧的生意來。

糧食少，價格自然就水漲船高。大多數人其實不明白糧食是怎麼漲起來的，卻也發現，哪怕不賣給柳玉茹，城中也有人高價收糧，於是放心大膽開始收糧食。

柳玉茹趁著大家四處買糧的勁頭，又將之前買的糧食，悄悄小量多次投放到市面上。大家逐漸發現糧食多起來，但是許多人還是瘋狂買入囤積。

柳玉茹算著時間，同所有人道：「糧食暫時不收了。就這樣吧。」

柳玉茹停止收糧，而許多人為了賺錢在高位收購了很多糧食，糧食一時之間沒了去處，尤其是做生意的人，流動斷了，自然就慌了。

開始有人將糧食降價出賣，於是糧價迅速往下跌，整個城裡收糧的人害怕起來，柳玉茹看著價格一路往下，甚至跌破了最初他們來到燕城的價格，這時候下屬芸芸來詢問柳玉茹道：「夫人，是不是該出手了。」

柳玉茹瞧著外面的人的神色，抿了口茶，「今日先買一千石。」

柳玉茹讓入手的數量，一直小於每日出手的數量。

沒有人知道柳玉茹是如何計算這些價格的，柳玉茹每日遊走在茶樓酒肆，看上去完全不在乎這些事的模樣。

大夥兒看著糧價一跌再跌，心裡都有些慌，芸芸忍不住道：「夫人，糧價再跌下去，官府怕是要參與了。」

柳玉茹瞧著人，點點頭，卻是道：「再等一日。」

夜裡柳玉茹回去瞧帳本，看著之前他們放貸出去的錢，算著這些利息，應當已經到了商人平衡的極限。

果不其然，到了第二日，市面便有人坐地賣糧，也有人對錢莊提議，用糧食等物品抵債。

柳玉茹讓沈明同錢莊打招呼，她放出去的錢，都可以用糧食抵債。

她給了一個價格，這個價格，恰恰比市面稍高一點點。

而後柳玉茹又讓人出去收糧，這時候屯糧的人在貸款的緊逼下早已開始拋售，柳玉茹不買空，每家買五成，這樣下來，不過一日，柳玉茹就買足了蕪城的目標。

她不敢耽擱，裝了糧食便立刻出城，毫不猶豫讓人把糧食直接送回望都。

蕪城購了五萬石，柳玉茹算了距離，如果走陸路糧食損耗巨大，蕪城離海的距離不算太遠，她乾脆讓人從陸路繞海運，送回去給顧九思。

送回去時，印紅提醒柳玉茹：「夫人，之前姑爺寫了信給您，您也帶個話啊。」

柳玉茹清點糧食清點了一夜，腦袋有些懵，聽了這話，才反應過來，忙同回去的人道：「帶個話給大人，說讓他別太想我，這次我出門時間長，他習慣習慣就好了。還有，讓大人記得，我打聽了消息，梁王布防森嚴，這仗一時半會兒打不完，讓他為明年早做準備。」

聽到這話，沈明憋了笑。印紅有些無奈，忙勸道：「夫人，再多說幾句。」

柳玉茹想了想，這才想起來：「哦，還有，讓大人找個師父，多練練字。他那字如今規矩是規矩了，還是難看得很，別當了官就鬆懈了讀書。」

印紅：「……」

沈明在旁邊哈哈大笑。

芸芸滿臉無奈。

柳玉茹也顧不得旁人想什麼，擺了擺手，便讓人去了，而後她往馬車裡一鑽，倒在馬車上，說了句：「時間緊急，趕緊趕路吧。」

說完便直接睡了過去。

這些糧食帶著柳玉茹的話，穿過高山越過大海，終於在半個月後到達望都。

顧九思得知糧食來了，便知道柳玉茹的信來了，大清早親自出去迎接，黃龍和虎子跟在後面，忙道：「大人慢著點，糧食跑不掉的。」

顧九思沒理會，一路直奔到縣城門口，看見柳玉茹商隊的旗子，衝到了為首的人面前，著急道：「張叔，信呢？」

帶隊的張叔是是顧家原來的家僕，柳玉茹掙了錢，便將顧家以前從揚州帶到望都的人都找了回來。張叔看著顧九思著急的樣子，不由得笑了：「公子別急，當時情況太匆忙，少夫人買到糧食就帶著我們趕緊出了蕪城，然後清點了一夜讓我們離開，沒來得及寫。」

「信沒寫，口信總有吧？」顧九思皺著眉頭，有些不高興。

張叔趕緊道：「口信有的。夫人吩咐了三件事。」

「什麼？」顧九思高興起來，眼睛都亮了，忙道，「夫人是不是想我了？」

「不是，夫人說，她這次出門時間長，您別太想她，習慣習慣就好了。」

顧九思聽著這話，笑容僵了。後面虎子和黃龍趕了過來，就看張叔毫無眼色，接著道：

「夫人還說，她在外面打聽了消息，梁王布防森嚴，仗一時半會打不完，您得早早為明年做準備。」

「還有呢？」顧九思失去了笑容，皺起眉頭，但還是抱著一線希望。

三個吩咐，總要有一個是關於他的吧？

「夫人最後還加了一句，」張叔笑著道，「讓您找個師父，教您練練字，說現在您的字雖然規矩了，但還是很難看，讓您別當了官就鬆懈了讀書。」

顧九思的臉徹底黑了。

他板著臉，沉默著沒說話。張叔感慨道：「公子，夫人真的很關心您啊，出門在外，還記掛著您讀書的事，真是難得一見的賢妻。」

顧九思默不作聲，雙手攏在袖間，看了張叔背後的商隊一眼，淡道：「張叔辛苦了，家裡備了宴席為您老接風洗塵，我府衙中還有事，先走一步了。」

說完，顧九思轉身就走，看上去有些惱怒。

張叔愣了愣，心裡有些慌，同旁邊的木南道：「木南，公子這是……」

「沒事沒事。」木南擺擺手：「您別擔心，這事和您沒關係，公子是生自個兒的氣呢。」

說著，木南追了上去，笑著同顧九思道：「公子，您別走這麼快，商隊很快要回去了，您好歹留個口信給夫人啊。」

「我留給她做什麼？」顧九思板著臉，冷著聲道：「她不想我，我為什麼要想她？公事公辦就好了。」

「反正她出了門，一點都不惦記我。」顧九思音調裡帶了幾分委屈，「她心裡還有我這個丈夫嗎！」

柳玉茹這時候正在青州的州府和人談著生意，她喝著茶，聊著天，一個噴嚏就打了出去。對面的商人愣了愣，隨後道：「柳老闆，您是不是身體不適。」

柳玉茹有些不好意思，趕忙道：「也不知道怎麼，突然覺得鼻子癢。」

「這麼突然打噴嚏，怕是有人想您的。」對面的商戶笑著道，「柳老闆出來經商，家裡人大概一直掛念著吧？」

聽到這話，柳玉茹不由得笑了。

她驀地想起顧九思那句樸實無華的「妳什麼時候回來」，心裡柔軟又溫和，聲音忍不住輕了幾分。

「是呢。」她柔聲道，「我家裡那位，怕是一直掛念著我。」

顧九思說歸說，最後商隊回去的時候，還是老老實實交了一封信過去。

那信十分厚實，放在手裡沉甸甸的，交到商隊手裡時，所有人都笑了，顧九思板著臉，面對所有人意味深長的笑容，他已經習慣了。

柳玉茹接到信時，剛離開青州州府，正往下一個城市行去。青州比滄州富饒得多，三十萬石糧食，她湊足了十五萬。

這時候，滄州才後知後覺反應過來糧食減少，糧價突然漲了起來。但所有人並沒有發現這些事的關聯性，有些聰明人後知後覺意識到事情似乎有人刻意布局，但對於當時的大多數人而言，也不過是覺得，戰亂了，糧食又漲價了，僅此而已。

而青州甚至還未察覺這一切，柳玉茹似乎只是偶然經過，偶然遇到了糧價的起伏，然後又偶然離開。

她不過是一家想要開胭脂鋪分店的老闆，誰都想不到，這青滄兩州這樣大手筆的糧價起伏，會和這個說話時笑得溫柔甚至帶了幾分靦腆的小姑娘有什麼關係。

大家都關注著幽州與梁王的戰局。范軒領著人攻打梁王之後，並州和涼州也少量出兵騷擾。然而梁王早有對策，一時竟沒攻打下來，於是雙方僵持著，梁王以皇帝之命下了對范軒的「討賊令」，而范軒則是洋洋灑灑寫了一篇「伐梁賊文」。

這篇檄文並非文采飛揚，但對仗工整，大氣磅礴，用詞尖銳甚至有那麼點刻薄，據聞梁王看到的時候，在大殿裡吐了血。也不知道是氣的還是急的。

大家關注這些事，給了柳玉茹充分的發揮空間。於是柳玉茹整夜整夜忙得昏天暗地。

柳玉茹接到信那天，她趕了一天的路，有些疲憊，腦子嗡嗡的，什麼都沒想，就坐在床上，看顧九思的信。

這次的信沒有上次輕佻，沉穩了許多。

他先是告訴她，這次那篇《討梁賊文》的檄文是他寫的，說他有好好讀書，讓她不要擔心。

隨後他寫了家裡的事，寫了蘇婉如何、江柔如何，寫了她的店鋪，甚至寫了周燁和秦婉之。

他寫了在望都的改革，說他如何整頓城中地痞，安置流民。他說他開拓了好多荒地，讓那些流民在那裡耕種。每一個人都能領到地，第一年繳納產糧七成，隨後逐年遞減，等到第十年，就歸屬於他們。而流民第一年購買米糧和生活的錢，就從幽州債的錢裡出來，等明年的他們開始交納糧食，就是幽州債的收入。他說他算過了，這樣一來，幽州債的利息就澈底抵上了。

他說了許多，大多是他的政事。還說了一些細節，說他自己跟著那些農名下地一起開荒，揮舞鋤頭的時候被所有人笑話。

說原來種水稻的泥裡有蟲子，趴在腳上還會吸血，嚇了他一大跳。

柳玉茹靜靜看著，蜷縮在床上，看著這人的話，腦海裡居然能勾勒出他做這些事的樣子。

她想他大概是黑了一些，也應該會再長高些，說話做事應當沉穩許多。

她甚至能想像到他跟著百姓去田裡種地的模樣，想一想，就覺得這個男人越發窩在了心裡。

她瞧著他的信，慢慢有了睏意，等到了最後，她才看到最後一句話。

「幽州債的利息我已經解決，三十萬石也已過半，剩下的我可以從北梁買來。妳莫擔心，早些回來。」

柳玉茹愣了愣，那一瞬間，她腦海中突然閃現了極為荒唐的想法。

他這麼拚命安置流民、用幽州債賺錢，填補幽州債的利息，甚至親自和北梁交易，是不是都是……想讓她不要太擔心。

他想著她遠走各地，是為了替他收糧，為了解決他的燃眉之急，於是他想了所有辦法，讓她不用操心。

她不知道自己這個想法是自作多情，還是就是事實，然而看著紙上的字，她還是覺得有種溫暖湧上來。

忍不住將紙頁貼在胸口，深深呼了一口氣。

這是她這一輩子，頭一次遇到的，對她這麼好的人。

過去對她這樣好的人，只有蘇婉。只是蘇婉身為母親，雖然有心，但性子太懦弱，根本幫不了她太多。大多數時候，是她幫著蘇婉，為她頂天立地。

她習慣了做別人的依靠，習慣了立若參天大樹。而這個人，卻是頭一個努力為她遮風擋雨的人。

她心中感動無以復加，在暗夜之中，突然特別想念顧九思。

然而天南海北不見，她沒有辦法，只能站起身坐到桌邊，她猶豫了很久，想寫點什麼給他，卻又怕對方窺探到自己的心意，覺得太不矜持、太過輕浮。

於是她捏著筆，琢磨又琢磨，才開始寫信。

她將自己身邊的事一一描述，等寫完了，發現事無鉅細，也不知該寫些什麼了。

第二日早上，她將信交給了帶著糧食回去的商隊。張叔拿了信愣了愣，發現柳玉茹給他的信也是沉甸甸的一遝。

柳玉茹看見張叔的詫異，有些臉紅。

她故作鎮定扭過頭，將髮絲撂到耳後，輕咳了一聲，「張叔，路上小心。」

張叔回過神來，笑呵呵道：「少夫人放心吧，信一定帶到的。」

柳玉茹又吩咐了幾句，商隊才回了望都。

信就這麼一來一回，兩人藉著商隊往來，慢慢熬過了秋天，又熬過了深冬。

柳玉茹終於在一月到了揚州，這時候三十萬石糧食已經到手了二十七萬，甚至她還額外多賺了五十萬兩。

八百萬本金出來，不過四個月，就賺了二十七萬石糧食和五十萬兩白銀，這樣的能力讓整個商隊嘆為觀止。

柳玉茹到達揚州，印紅瞧著揚州的城樓，不由得有些不安，她小心翼翼道：「少夫人，如今錢糧都差不多了，要不咱們收手回去吧？」

柳玉茹看著揚州城，她瞧著這個生活了十七年的地方，靜靜看了許久，卻是道：「來都來了，不帶點東西走，豈不是白來一趟？」

「況且，」柳玉茹笑了笑，平和道，「還差著糧食呢。」

說著，柳玉茹吩咐沈明道：「沈明，走吧。」

柳玉茹進了城，她這次沒有輕舉妄動，文牒上的假身分叫柳雪，她故作臉上有疤痕，帶了帷帽，四處看了看。

揚州城的商戶明顯換了批人，除了一些不賺錢的小生意，賺錢的生意大多都換了老闆。她家原來的商鋪也換了人，讓沈明去打聽，才知道顧家逃了之後，柳家因著受了牽連，柳宣將家產全都充給了王善泉，才撿了條命，帶著一家老小出了揚州，也不知道去了哪兒。

柳玉茹聽到這個消息，瞧見商鋪裡打著算盤的人，還是她家的老帳房，猶豫片刻，讓沈明去對面買了一壺酒送去給老帳房，便領著沈明走了。

沈明看著柳玉茹在城中遊走，同柳玉茹道：「妳這是在找什麼？」

「王善泉和普通官家不一樣，」柳玉茹平淡道，「這人沒有底線，手段毒辣，咱們要早做防備才好，在揚州行事，首先要把出逃的路規劃出來。」

說著，柳玉茹停在三德賭坊前，她朝著沈明揚了揚下巴，同沈明道：「你去裡面，放一百兩銀子在桌上，說要同老闆賭。他們會讓你進後院，到時候你說你家主人要見他，讓他到隔壁酒樓找我。」

沈明愣了愣：「妳跑到這兒來賭錢？」

柳玉茹有些無奈，用扇子拍了沈明一下，不滿道：「去。」

沈明撇撇嘴，往裡面去了。

柳玉茹去了對面酒樓，包了一間房，坐在窗邊，靜靜瞧著賭場外面。

沒多久，賭場外一陣喧鬧，一輛馬車停在門口，許多人簇擁上去，叫著「洛公子」。她尋聲朝著馬車看過去，就見馬車裡探出一隻手搭在侍從手上，隨後一個長得十分秀氣的男人從馬車裡探出身子。

他穿著一身湛藍色的袍子，五官十分精緻俊美，面上帶笑，手中提著一把紙扇。從整體來看，似是個普通書生，但他眉宇之間卻帶著股說不出的邪氣，怎麼看都讓不能讓人單純將他與「書生」聯繫。

旁邊人殷勤伺候著他進去，對方神色慵懶地走進去。到了門口時，他頓了頓步子，朝著柳玉茹的方向看了過來。

柳玉茹驚覺此人敏銳，但她沒躲，憑欄而望，似是哪家小姐出遊，隨意打量著周遭。對方靜靜注視著她，過了片刻後，他板著臉，轉過身，不大開心一般進了賭場。

這人進了賭場後，柳玉茹讓印紅將小二叫了進來，同小二打聽著道：「你可知城中有位洛公子？」

小二得了這話便笑了：「洛公子原名洛子商，是節度使王大人的幕僚，如今揚州城半個歸他管，有誰不知道呢？」

柳玉茹有些詫異，但也立刻明白，一個這樣年輕的人，能悄無聲息成為王善泉手下第一紅人，接管半個揚州，絕非等閒之輩，她抓著小二，立刻將這洛子商的消息打聽了一遍。

但這洛子商來得突然，所有人只知道他是在顧家倒之後出現的，就是他代替王家謀劃了整個揚州城商家的清洗，他在揚州說一不二，王善泉對他言聽計從。然而這個洛子商從哪來，過去做什麼、哪裡人，所有人一無所知。

柳玉茹心裡有些發沉，她直覺覺得，這個洛子商，或許和顧家的關係千絲萬縷。

她抓著小二又問了一會兒，基本摸清了揚州的情況。這時候，沈明領著楊龍思走了進來。

楊龍思看著柳玉茹，面前女子一身水藍色長衫，帶著帷帽，看不清面容身段，只能看得出是位身高中等、頗為清瘦的女子。

他朝著柳玉茹點了點頭：「柳小姐。」

柳玉茹抬手，刻意壓低了聲音，同楊龍思恭敬道：「楊先生請。」

楊龍思坐到柳玉茹對面，開門見山道：「不知小姐請我過來，有何貴幹？」

「妾身聽聞，揚州有白天的官，也有夜裡的神，揚州白日官府管，夜裡龍爺管，不知這話可說得真切？」

「道上朋友謬贊，」楊龍思平靜道，「說得誇大了。」

「倒也不儘然。」柳玉茹開口道，「至少夜裡的碼頭，得歸龍爺管，是吧？」

楊龍思聽到這話，便明白了柳玉茹的來意。他直接道：「妳要找我借船？」

「龍爺，」柳玉茹平靜道，「妾身聽聞，您在道上向來是個講規矩的人。答應的事，赴湯蹈火，也定會做到，妾身敬仰龍爺俠義之名，因此特地過來，想同龍爺借一條船。這條船停在碼頭，掛個名，但是由妾身的人管，什麼時候出發，裝什麼東西，龍爺疑慮一律不要過問。」

楊龍思聽到這話，卻是笑了：「柳小姐，您這要求，往大了，可是得讓楊某賠上身家性命的，倒不知柳小姐，打算出多少價來做這事？」

「我打算在揚州做一筆生意，可以分龍爺這筆生意利潤三成。」

「您說做生意，至少要告訴我是什麼生意吧。」

「龍爺，」柳玉茹輕輕笑了，「賭大小的時候，賭一邊總有輸的時候，要是兩邊一起賭，便絕無輸的可能了，您說是吧？」

聽到這話，楊龍思神色認真起來。

柳玉茹抬手從袖子裡拿出權杖，上面寫著「幽」的字樣。

楊龍思看著權杖，聽著柳玉茹道：「我只是個生意人，生意的內容，很快你就知道，不過是買些物資，但我買得多些，所以需要一條船。這筆生意成了，錢財是小，但是我可以許諾，無論是幽州還是揚州，都有您的位子。」

楊龍思看著權杖，沒有說話。

過了許久後，他慢慢道：「我在揚州待得好好的，為什麼要想著法子在幽州押寶？」

「龍爺，幽州已對梁王用兵，最遲年後就會打下來，等幽州打下梁王，平亂是早晚的事。若揚州換了個人管，那又是換了片天。換天的時候，龍爺覺得，自己還能穩穩當當嗎？」

「今日我找龍爺辦的事，自然替龍爺規劃了後路。您找艘外地人的船給我，我買下來，用他們的戶口，您就當什麼都不知道。正常計畫下，我不會出事。若當真出了事，您就查幾個人交差，算監督不力就是了。」

柳玉茹替楊龍思謀劃著出路。楊龍思皺著眉頭，許久後，他疑惑道：「就算幽州平了亂，揚州也不一定換人管。」

「若是范大人進了東都，」柳玉茹肯定道，「王善泉必定人頭落地。」

「為何？」楊龍思疑惑出聲。

「您可知《討梁賊文》那篇檄文出自何人之手？」

柳玉茹平靜提醒，楊龍思搖了搖頭，柳玉茹喝了口茶，淡道：「顧九思。」

楊龍思猛地睜大了眼，瞬間明白過來。

若這篇文出自顧九思之手，那顧九思自然在幽州混得極為不錯，以顧家和王家的家仇，又怎麼容得下王善泉？

楊龍思沉默下來，柳玉茹喝著茶，靜靜等著楊龍思的抉擇。

片刻後，楊龍思開口道：「我找一艘船給妳，之後的事我都不會管，錢妳走賭場賭輸進來，我不用妳利潤三成，給我十萬兩，一分都不能少。」

「若是十萬兩，日後你需得將揚州的消息及時報過去。」柳玉茹冷靜開口：「我會在這裡開一家胭脂鋪，你從胭脂鋪那邊的人同我聯繫。」

「好。」楊龍思平穩道：「日後妳若要找我，三德賭場後門敲三下，連續敲三次。」

柳玉茹點頭，兩人迅速談好之後，楊龍思便站起身，離開前他突然道：「小心洛子商。」

「嗯？」柳玉茹抬頭。

楊龍思淡道：「這是位為達目的不擇手段的陰狠人物，當年顧家的事，就是他一手策劃。」

聽了這話，柳玉茹猛地睜大了眼，她不敢做聲，怕自己做出什麼不理智的事。

等楊龍思走出去，她才猛地站起身，她將沈明叫進來，咬牙道：「你去替我查一個叫洛子商的，不管什麼手段，都給我查清楚，這人哪來的、做過什麼、和顧家什麼關係！」

她就說，當年王榮調戲她逼顧九思出手，想用這個案子去扳東都的江尚書。這樣的計謀，怎麼看都不像是王家的手筆。

那時候她以為是王善泉老謀深算，如今看來，怕是這個洛子商的手筆！

沈明見著她的神色，有些疑惑道：「這洛子商怎麼了？」

「你不是愛殺狗官嗎？」柳玉茹淡淡瞧他，「這次就讓你知道，什麼叫真正的狗官。」

第二十三章　洛公子

柳玉茹下了令，沈明便去查了。

而柳玉茹沒有多少時間耽擱，她摸透了整個揚州的情況後，便故技重施，開始高價收糧，炒高糧食價格。她讓手下人偽裝成好幾波人，在揚州城內四處詢問糧價，然後散播著糧價飛漲的謠言，於是沒有幾日，糧價便迅速漲了起來。

初到揚州這幾日，印紅一直十分擔心，心始終懸著，等到事情和過去一樣平穩下來，她才舒了口氣，同柳玉茹道：「還好一切順利，前幾日我可擔心死了。咱們本來也就打算買三十萬石糧食，也不差多少，姑爺會想辦法解決，您一定要冒這個險，也不知是求什麼？」

「我在其他地方妳不覺得是冒險，」柳玉茹抬頭笑笑，「怎麼來了揚州，就覺得是冒險了？」

「其他地方能和揚州一樣嗎？」印紅理直氣壯道：「王善泉可狠毒啦。」

聽到這話，柳玉茹笑了：「若是其他州的節度使知道咱們做什麼，不會比王善泉良善。」

柳玉茹抬手替自己描著眉毛，淡道：「咱們做的事，回回都是刀尖上走路。滄州青州我都走過了，沒道理揚州這塊肥肉我放了它。況且，妳以為我只是收糧？」

柳玉茹看了看鏡子裡的自己，語氣平和：「打仗看似比的是武力，實際上打來打去，打的不都是錢？我若能把揚州刮一層皮，日後揚州就會安穩許多，不給幽州添亂。」

印紅愣了愣，她沒想到柳玉茹還有這樣的想法，她小心翼翼道：「夫人，其實吧，這些都是那些爺們兒的事。您不用多管。」

聽到這話，柳玉茹愣了愣。

其實印紅這種話，過去她常聽，甚至於偶爾會說說，然而如今不知怎麼的，竟是許久沒有這樣的念頭了。她瞧了印紅一眼，過了片刻後，才慢慢道：「那就算是為著郎君，也當多做些。王善泉欺顧家至此，我來了揚州，若不出口氣，總覺得心中過不去這個坎。」

印紅聽著笑了，她幫柳玉茹揉著肩：「夫人還是小姑娘脾氣，您打小就這脾氣，如今還是不變，要是蘇夫人知道了，怕是要生氣的。」

「所以呀，」柳玉茹轉頭瞧了印紅一眼，「別讓她知道，不然我可找妳麻煩。」

印紅趕忙點頭，兩人像小時候一樣玩鬧著笑起來。這時候外面傳來了通報聲，是沈明回來了。

沈明一進門就灌了口茶，隨後道：「我可是跑遍了整個揚州，總算知道這洛子商哪來的了。」

柳玉茹一聽，趕緊回頭，忙道：「哪來的？」

「其實誰都不知道，但我到處問，皇天不負有心人啊，我遇到一個老頭，住在城隍廟裡，是個乞丐，他和我說，這個洛子商，長得特別像以前一直住在城隍廟一個小乞丐。那小乞丐是一個老乞丐在廟門口撿的，取名叫來福。」

聽這名字，印紅忍不住笑了，小聲道：「這不是狗名嗎？」

「都是窮苦人家出生，」沈明瞪了印紅一眼，「妳以為個個熟讀詩書？還不就想給孩子取個有福氣的名兒。」

「後來呢？」柳玉茹打斷沈明的話，接著道，「那小乞丐怎麼了？」

「老乞丐把這孩子養到六歲就死了。這孩子在城隍廟住到十二歲，突然不見了。那老乞丐和我說，現在這洛子商，和那孩子長得特別像。」

「不過是長相相似，你怎麼篤定這是洛子商？」柳玉茹皺了皺眉頭，沈明喝了口茶，接著道，「妳聽我說啊，長相相似當然不足以斷定。可後來城隍廟裡有個乞丐認出來了，想攀親戚，跑去認親，結果當天晚上來了一批殺手，城隍廟裡那批乞丐全死光了。他不在，這才逃了。」

柳玉茹和印紅露出驚駭的神情。沈明挑了挑眉：「夠狠吧？」

「那他殺這些人做什麼？」印紅不能理解。

柳玉茹卻是明白了：「因為王善泉之所以如此高看洛子商，就是聽說洛子商乃貴族名門洛家之後，師從名士章懷禮，當初洛子商是以這個名頭拜見王善泉，成為他的幕僚。後來他一直為王善泉出謀劃策，王善泉四年前當上節度使，正是他入王家一年之後的事。如果說王善泉能當上節度使都是此人一手策劃，那麼他如今的地位，也就可以理解了。」

「名門名師，這是他的資本，若讓人知道他本是個乞兒，就算不會動搖他的根基，也是麻煩。只是都是當年如親如友的人……」柳玉茹嘆了口氣，「能下如此狠手，真是心腸歹毒至極。」

然而說著，柳玉茹卻又不能理解：「那如此看來，他和顧家並無什麼瓜葛，他為什麼要針對顧家？」

「或許，」沈明琢磨著道，「其實他並不是針對顧家，只是顧家是他必須走的一步呢？」

柳玉茹沉默著，仔細想了想，當時那樣的情況，王善泉以顧家立威，似乎是一件必要之事。

她深深吐出一口濁氣，隨後道：「繼續查吧，這點消息不夠，他必定還有其他消息。」

沈明應了聲，將茶放下，隨後道：「那我出去再查。」

等沈明出去後，柳玉茹突然想起來：「妳說，如果當時那些乞丐全死了，那這樣性命攸關的消息，這個乞丐為什麼會和沈明說？」

印紅愣了愣，柳玉茹猛地反應過來，同印紅道：「讓沈明別查了，被人發現了！」

印紅聽到這話，忙跑了出去。

柳玉茹琢磨片刻，立刻吩咐其他人道：「除了還在城中做事的人，其他全都退到城外碼頭，準備隨時離開。」

大家應是，柳玉茹便帶著人匆匆忙忙收拾行李。

她一面收拾，一面琢磨。沈明是如何暴露的，如今查沈明的是什麼人，洛子商難道這麼神通廣大，她才開始，就已經查上來了？

她心中有些慌亂，但還是讓自己迅速鎮定下來。

她想了想，現在最關鍵是切斷自己和沈明的線，別讓人順著沈明查到自己身上。

於是她讓沈明自己找地方留宿，近期別隨便來找自己。而後將人都分開，各自做各自的事情。

她退到城外旅館中住著，每日去城內喝茶聽曲，以打探消息。

糧價如期開始漲著，柳玉茹看著糧價，逐步小量出手，將糧食買回去。同時讓屬下準備好許多私下交易的地方。所有人不能理解培養一批私下負責交易的人是做什麼，柳玉茹便笑笑，也不說話。

而這個時候，洛子商的案頭放滿了揚州的糧價報告。

「糧價為什麼漲這麼快？」洛子商喝著茶，詢問旁邊站著的下屬。

下屬沉穩道：「聽說是有很多從各地買糧的人，買得多了，就漲得快了。」

「突然有這麼多人買糧食？　。」

「是。」

洛子商皺了皺眉，將文書一扔，淡道：「查一查人都是哪兒來的，這瞧著不正常。」

「那需要管嗎？」下屬忐忑地看了洛子商一眼，洛子商想了想，「揚州如今才剛恢復正常，這些商戶都是王大人的親戚，也不好動。先下令讓糧食限售，外地人不得購糧，本地人每人每天購糧不得超過五斗。」

「那價格需要壓下去嗎？」下屬詢問道，「如今糧價價格高，許多百姓都靠買賣糧食賺錢了。」

洛子商猶豫片刻，隨後道：「壓價商家怕是不願意，就留在這個價位吧，但不准再漲了。」

下屬應是。

第二日，命令就到了揚州城各大商戶手裡。柳玉茹還在茶樓裡喝茶，便接到了消息，她安排的人都著急了，來找她道：「夫人，揚州官府來這一齣，咱們怎麼辦？」

「不是早就準備好了嗎？」柳玉茹轉頭瞧了張叔一眼，放下茶杯，笑著道：「咱們不是專門搞了幾個私下交易點嗎？讓他們去收糧，我們不從糧商那裡買了，教著老百姓，從糧商那裡買糧食，再賣到我們這裡來。我們這邊兩石起步買賣，十天收一次貨，所以他們必須組隊來做這些。每個組隊的人都有獎賞，這樣一來，百姓就會購買更多的糧食，價格自然繼續升高。等我叫停，就一天之內把咱們手裡的糧食能清多少清多少出去。」

「但糧食大多在糧商那裡，」張叔皺著眉頭，「我們一直收散戶的糧食，得收多久啊？」

柳玉茹笑了笑：「糧商是傻的嗎？老百姓從他們手裡買糧，賣給我們賺錢，老百姓可以私下交易，他們不可以？」

「放心吧，」柳玉茹淡道，「商人有的是法子獲益。只要你們保證咱們收錢收糧的管道別被發現被抓就行了。」

張叔應了聲，按著柳玉茹的話去做。果不其然，民眾私下流通，糧食價格漲幅更高了些。沒多久，那些糧商就主動來談，要將糧食私下賣給他們。

而這一切洛子商渾然不知，等到他發現時，柳玉茹已經將所有糧食放下去，糧價開始飛速下跌。

這時候，揚州商戶中有幾家也意識到這是有人做局。但大家都沒說出來，這種悶聲發大財的機會，聰明人都不會說。

洛子商也是在抓到一個炒糧的人之後，才意識到一切已經不可控制。而柳玉茹看著糧食到了低點，便讓人快速收糧。

他們只差兩萬石，所以柳玉茹秉持的就是能收多少收多少，收完上船就走。

洛子商派人私下混做炒糧的百姓去打聽情況，等情況搞清楚後，洛子商陷入沉思，下屬道：「公子，是不是要把這些人都抓起來？」

洛子商沉默許久，突然笑起來：「有意思。」

他抬眼看向前方，慢慢道：「原來他竟是這個意圖，我到現在才反應過來。」

「公子？」旁邊的人不解，洛子商淡淡瞧了一眼，隨後道：「他們這樣聰明的主謀，肯定不會在城裡住給自己找麻煩。現在立刻出去，將城外客棧都封了，所有人留下，然後去找城門口的士兵，把近來頻繁出入城內外的人的名單給我一份。」

「公子，城外的客棧……是不是太多了一些？」

洛子商想著，笑了笑：「對方帶著這麼多錢來，不會委屈自己，去把最好的幾家查封了。如果還有餘力，再多封幾家。」

下屬應聲。

這時候，柳玉茹派人裝點著貨，印紅陪著柳玉茹，埋怨道：「夫人，您這吃也吃不好，住也住不好，好歹要去住個還行的客棧啊，您就租個破房子住，算什麼啊？」

柳玉茹清點著糧食，淡道：「這就是妳傻了，對方要是發現咱們做的事開始查人，肯定想著咱們有錢，要住好的。進出城門的名單一對，好客棧一封，咱們就完了。」

印紅聽了，點頭道：「明白了，那咱們還是住最破的客棧好了。」

印紅說著，轉頭看了不遠處的茅屋一眼。

這種晚上睡覺還漏風的地方，一般人真想不到這裡面睡了個財神爺。

柳玉茹讓人裝著糧食，同時派人盯梢城門，洛子商的人剛出城門，柳玉茹便收到消息，她讓所有人停下，自己回屋中住著，假作什麼事都沒發生過。

洛子商領了人搜查客棧。

他們住的地方離搜查的地方不遠，城外的客棧大多聚在一起，分成幾個區，他們的宅子就藏在最邊上，印紅聽著外面的動靜，同柳玉茹道：「夫人，不會查到咱們吧？」

「查到又如何？」柳玉茹神色平靜，「我們不過是遠道而來找親戚的，找到又怎麼樣？」

印紅聽了，深深呼吸，這才慢慢緩過神來。

她纏著柳玉茹又將口供對了一遍，這個背景故事柳玉茹已經同她說了許多次了：柳玉茹原是揚州一位富家小姐，前些年家裡遷徙到滄州，因為災禍家中出了事，便回到揚州來投奔她在滄州遇到的情郎，當初她與那情郎私定終身，約定好對方來滄州娶她，結果對方回了揚州，卻是一去不歸，如今遭遇災禍，她便親自尋來，但卻一直找不到，城中客棧費用高昂，就住在城外，於是日日往來於城中尋人。

柳玉茹將所有細節描繪過，大家爛熟於心。對於柳玉茹沒描繪過的事，印紅只有三個字：不知道。

但柳玉茹還是不放心，便同印紅道：「如果他們將咱們分開，妳就裝暈便是了。」

外面有響動，印紅從窗戶往外看，見洛子商的人抓了許多人，往城裡帶去。

洛子商站在前方，一一瞧著路過的商戶。

他掃視著這些人，隨意同他們搭著話，問兩句，便讓人過去，看上去到不是個難纏的。

他讓人抓了五個商戶，隨從跟著他道：「公子，是回去審還是在這兒審？」

洛子商沒說話，他注視著這一大片客棧，許久後，突然道：「你說，這麼聰明的人，我猜著他會如何，他會不會也想著我會如何。如果他猜到了，還會住在好的客棧嗎？」

隨從有些茫然，洛子商突然笑了笑，卻是道：「走，我們逛逛吧。」

洛子商騎著馬，領著人在客棧區域一家一家看過去。

印紅瞧著洛子商領著人去而復返，心裡慌得不行，柳玉茹抬手拉住她的手，淡道：「別慌。」

說著，她給了旁邊的沈明一個眼神：「要是情況不對，就將人斬了，直接硬闖上船。」

沈明點點頭，領著人撤了下去埋伏著。

洛子商一路觀察著這裡的宅子，隨意挑選宅子敲門進去。

他看上去彬彬有禮，倒不讓人厭煩，被敲開門的屋主見著他，都慌忙下跪，他隨意聊兩句，就接著到下一戶。

等到了柳玉茹的房屋前時，印紅微微顫抖，柳玉茹深吸一口氣，握著她的手道：「他若敲門，妳就出去，告訴他我在午睡，不便見外男。他若強行見我，妳便說來請示我。記好了，」柳玉茹抬眼瞧她，「我只是個滄州來的大家閨秀，其他什麼都不是，一個普通投奔親戚的姑娘什麼樣，咱們就是什麼樣。」

印紅咬牙點了點頭，這時候外面傳來敲門聲。

印紅站起身往外走了出去，柳玉茹躺到床上，閉著眼睛，逼著自己冷靜下來。

她也不知道怎麼的，這一刻竟然不覺得害怕，甚至有種隱約的熱血沸騰的感覺，似是棋逢對手，越發興奮。

印紅在前院開了門，洛子商站在門口，笑咪咪道：「這位姑娘，在下揚州官府中人，奉命緝拿要犯，可否通報主人，讓在下進門喝杯熱茶？」

「我家主子尚在午睡，您稍等。」印紅說著，關了門，進了屋子。

柳玉茹從床上起身，整理了衣物妝容，這才讓印紅將人請了進來，而後她手持團扇，用團扇遮住半張臉，走了出去。

洛子商在屋中等候片刻，見到柳玉茹，他眼神微暗。

柳玉茹朝他盈盈一福，柔聲道：「見過公子。」

洛子商笑了笑，卻是道：「在下在外見這房屋簡陋，未曾想卻內藏明珠。小姐舉止文雅，看上去並非小門小戶，怎的住到這種地方來了？」

「讓公子見笑了。」柳玉茹垂著眼，不敢瞧他，似是有些害怕道：「妾身打從滄州來，盤纏用得差不多了，便歇在這樣的地方。」

「滄州到揚州也算遠行，」洛子商打量兩人一眼，「二位姑娘就這麼自個兒走過來了？」

「如今戰亂，我們兩位小女子，又怎會只有兩個人？」柳玉茹嘆息道，「奴家雇了人護著過來，到了揚州地界，才將人散了去。」

洛子商沒說話，他瞧著扇子，瞧著柳玉茹。

柳玉茹言行舉止看上去就是一個普通閨秀，神色怯懦，甚至不敢與他對視，可不知道怎麼的，洛子商卻總覺得有些怪異。他一貫相信自己的直覺，便多問了幾句：「姑娘來了揚州，怎的還住在城外？」

「城中物價高昂，」柳玉茹垂著眼眸，似是有些不好意思，「奴家錢帛不多，只能住在城外。」

「姑娘來揚州，是做什麼的？」

「尋人。」

「尋到了嗎？」

「尚未。」

「哦，」洛子商點頭道，「您尋這人有什麼特徵，要不我幫妳找找？」

「若是如此，那就太好了。」柳玉茹面露欣喜之色，「我所尋之人是位書生，生得極為俊俏，叫葉曉之，公子可認識？」

「姓葉，生得極好的人，我倒是認識一位。」洛子商搖著扇子，笑著道，「可他既不單純只是位書生，也不叫葉曉之。這樣吧，妳不若與我進城去，我幫妳找找人。」

聽到這話，柳玉茹愣了愣，洛子商抬眼瞧她，似笑非笑：「怎麼，姑娘不樂意？」

「公子，」柳玉茹低聲道，「奴家雖然落難，卻也知道男女有別，今日奴家隨您走了，這算怎麼回事？您打算如何安置奴家？」

說著，柳玉茹瞧了洛子商一眼，眼裡帶著忐忑和幾分打量：「總不能去公子家吧？」

那一眼瞧得洛子商頭皮發麻，他突然反應過來，自個兒要是真帶個女人回去，怕不只這個女人，所有人都要多想一下。

無憑無據，他不能隨便抓人，如今揚州才穩定下來，如果再這麼亂抓人，怕是再也沒有人敢來揚州經商，揚州以商貿為主要收入，王善泉若是得知他這樣做，怕是會大怒。

尤其是抓這樣一個女子，以王善泉好色本性，怕會以為他是為了女色。

洛子商琢磨片刻，又詢問柳玉茹一些滄州細節，柳玉茹均對答如流，洛子商找不出言語中破綻之處，沉默片刻後，他不由得覺得，自己怕是太過多疑，這麼一個柔弱女子，又能翻得起什麼風浪。

他笑了笑，溫和道：「是在下唐突了。」

他起身道：「在下告辭。」

柳玉茹紅著臉點頭，印紅送洛子商出去。

等洛子商走了，印紅回了屋中，頓時癱坐下來：「嚇死我了，夫人，如今沒事了吧。」

柳玉茹坐在位子上，手微微顫抖。

同洛子商對峙，她也是怕的，但怕也要頂著。如今裡裡外外這麼多人瞧著她，她若露怯，那所有人便失了主心骨了。

沈明從暗處走出來，她深吸一口氣，同所有人道：「歇一歇吧，沈明你去看看外面有沒有盯梢的人，等入夜後，我們便走。」

沈明應了聲，出去查看。

柳玉茹盤算著這一次的收穫。

揚州遠比青滄二州富饒，商貿發達，揚州這幾日，收穫便是青滄二州合計之數。有了這筆錢和糧食，顧九思在望都就不用再操心了。而這筆糧食和錢之後所帶來的損失，對於揚州來說一時不會顯現，但到明年就會有所端倪。到時候對於王善泉來說，也是一種壓制。

沈明逛了一圈，回來時卻是提了個人。

柳玉茹先戴上面紗，這才讓人進來，沈明將人往柳玉茹面前一扔，靠在邊上道：「盯梢的人沒見著，見著個鬼鬼祟祟在家門口晃的。」

柳玉茹抬眼，看向地上正爬起來的人。

她帶著面紗，瞧見地上的人，覺得有幾分面熟，隨後便聽地上的人恭恭敬敬道：「小姐，奴才乃葉家家僕，特奉我家公子之命前來，想請小姐喝杯茶。」

聽到這話，柳玉茹這才想起來，這是原先在葉世安身邊服侍的人。

柳玉茹沉吟片刻，卻是道：「我不方便入城，不知公子可方便出城？」

「我家公子不能出城，」對方認真道，「公子說，聽聞小姐在打探洛子商之事，又與顧家大公子有關，他有顧家重要之事稟報，若小姐願意，可入城一敘。」

聽得這話，柳玉茹抿了抿唇。

如今開船在即，此刻入城，風險便會高上很多。

然而葉世安既然開口說此事與顧家有關，想必的確是十分重要之事。

她沉吟片刻，卻是道：「我可否派人入城，與公子詳談？」

「公子說，此事事關重大，非本人不能見。」

這話難住了柳玉茹，沈明立刻嘲諷道：「一定要讓人入城去，怕不是個套吧？」

「葉公子不是這樣的人。」柳玉茹開口。

她看了看天色，琢磨一下帶口信進去來回的時間，她想了想，終於道：「我這就跟你入城見你家公子，但我們只有兩個時辰的時間。」

說著，她扭頭看向沈明，同沈明道：「你讓幾個人到糧倉和兵器庫附近，準備好油和炮仗，然後你再親自帶一隊人馬，埋伏在城門口，若是遇到鎖城的情況，便讓人點了糧倉和兵器庫，動靜弄大點，越大越好。等城中亂起來，便強行闖門出去。」

「是。」沈明應聲。

這樣的準備他們已經做過很多次了。

任何一個州的官府都是無法容忍他們的行為的，一旦被發現，必然是鎖城追捕的命，他們對於危機早有了應對方案。

柳玉茹將所有事安排好，讓印紅準備好看情況開船，接著便戴上帷帽，跟著那位家僕進城。

「公子身邊很多人盯著。」那人到了城門口，便道，「奴才不能跟您再待在一起了。公子在臨湖茶館牡丹閣，勞您在海棠閣訂一個房間。」

柳玉茹點頭，那人便離開了。

柳玉茹入城，按著要求來到臨江茶館，訂了海棠閣。

臨湖茶館比鄰湖邊，最大的好處就是能夠欣賞湖邊風景，柳玉茹剛推開門，就看見葉世安坐在裡面。

她愣了愣，隨後鎮定地關上門，葉世安起身，恭恭敬敬行了禮，「見過小姐。」

柳玉茹明白，這是沒認出她來。

畢竟她戴了這麼大個帷帽，換她爹親自來，也未必能認出來。

她不由得笑了笑，將帽子解開，露出精緻溫和的面容，瞧著葉世安，溫和道：「葉哥哥，好久不見。」

葉世安瞧見柳玉茹便呆了，片刻後，他驚詫出聲：「玉茹妹妹！」

「是我。」

柳玉茹看著葉世安，他看上去清瘦了許多，依舊是過往溫潤如玉的君子風度，眉宇之間卻難掩憔悴之色。

「長話短說吧，」柳玉茹立刻道，「我今夜要走，至多有兩個時辰可以耽擱，您特地讓人尋我過來，可是有什麼事需要我援手？」

聽到這話，葉世安認真起來，「顧老爺還活著。」

柳玉茹驚詫，「你說什麼？」

葉世安將話重複了一遍。

「顧老爺還活著，就在葉府，」葉世安看著柳玉茹，「我本以為妳是顧九思的手下，沒想到居然是妳親自來了。來了也好，我也可以放心將人交出去。妳立刻安排人手，今夜我們一起走。」

柳玉茹花了許久才消化了這個消息，隨後忙道：「我公公如今在葉府，身體可有大礙？」

「他腿受了傷。」葉世安平穩道，「所以到時候需要人揹出來。葉府如今四處都有人盯著，我身邊也都是人，到時候我會先動手處理乾淨，然後快速出城，妳在外面安排接應，一切都得快。」

柳玉茹應聲，隨後道：「你也要走？」

「對。」

「你家人怎麼辦？」

「葉家如今只剩下我和韻兒，韻兒如今在王府，到時候我會提前通知她，我們在城門口匯合。」

柳玉茹愣了愣，她忍不住問：「你……你其他家人呢？」

「當初出事，叔父帶著其他家人跑了，我家留了下來，王善泉為了殺雞儆猴，斬了我父親，母親當夜自縊。王善泉為了未來牽制我叔父，留了我與韻兒。」

這一串話柳玉茹聽他說得十分平靜，柳玉茹端了茶，手微微顫抖，葉世安目光看向樓外湖面，神色平靜，不帶半分波瀾：「韻兒貌美，王善泉垂涎已久，父母死後便上門來求娶韻兒做他的妾室，他私下派人與韻兒說，若她不應便殺了我，韻兒為了保全我，便答應下來。我當時忙著父母喪事，未曾對她多加關注，於是就被王善泉一頂小轎接進府中。」

柳玉茹聽到這話，呼吸幾乎停了。

她與葉韻一起長大，縱然當年初接觸葉韻，是想著要藉著葉韻與葉家多加接觸，可人心都是肉長的，閨中多年，葉韻與她是手帕之交，那姑娘向來高傲，清貴世家的嫡女，眼高於頂，以往常同她說著，這揚州青年才俊都入不了她的眼，她要去東都選婿。

就這麼一個人，居然給王善泉那老頭子當了妾！

她心中怒血沸騰，卻又說不出話來。葉世安抬眼看她，淡道：「我知妳與她關係好，妳先別太難過，且冷靜一些，今日我們便將她接走，日後殺了這些相關之人，我會再替她尋個好人家。」

「你說得是。」柳玉茹吐出一口濁氣，努力鎮定下來：「你先回府中準備，今夜黃昏，你便與韻兒出城來，我在城外接應你。」

「好。」葉世安應聲道：「多謝。」

他這一聲多謝，平和又疲憊，柳玉茹聽出話裡的艱難，一想到當年葉世安意氣風發揚州魁首的模樣，便覺得有些難受。

「葉哥哥……」

她沙啞出聲，想勸幾句，卻又不知該說什麼。勸多了唐突，可不做聲，瞧著這人一人扛著所有的樣子，她又覺得，太苦了。

葉世安靜靜站著，等著她的下一句。柳玉茹閉了眼，終於還是撿起帷帽，同葉世安道：「我先出去準備，黃昏見。」

說完之後，柳玉茹便戴上帷帽，匆匆轉身下去。

沈明站在樓下，見柳玉茹下來了，忙跟上去，小聲道：「如何？」

柳玉茹走在前方，她走得很快，神色冷峻，壓低了聲音道：「你按原計畫部署下去，我們今晚要帶葉世安和他妹妹走。他們出城怕是要有危險，我在城門口接你們，你看情況行事。」

沈明在揚州城廝混這些時日，早已知道葉世安是誰，他應了一聲，便和柳玉茹分頭行動。

柳玉茹往城外走去，其實她有很多疑惑，比如顧朗華是怎麼逃脫的，洛子商到底是什麼人。可是來不及多問了，如今首先要救葉家兄妹和顧朗華出來，而後再問葉世安也不遲。

柳玉茹出了城，便立刻到碼頭，找到了印紅和芸芸。

所有的糧食已經裝點在船上，之前他們便已經運出五船糧食出去，他們租了船，將糧食分散，從揚州運到離揚州最近的青州碼頭，再由青州商船一路運送到幽州。

如今這是最後一船糧食、銀子，以及人，這樣大批的銀子不好放在其他人的船上，只能自己帶走。而最重要的，還是人。

她出行來，加上後續跟著過來的，一個商隊將近七百多人，全都在這艘船上。她必須要保證他們的安全，等葉世安出來，怕是會驚動洛子商，到時候洛子商追上來，如果讓他們被波及，便是她的罪過了。

柳玉茹到了船邊，找到芸芸，同芸芸道：「你們即刻出發，不要耽擱。今日糧價波動，等到晚些糧價消息出來，洛子商怕會猜出我要離開，所以你們必須現在走，不能耽擱。除此之外，再立刻派人聯繫熟人，替沈明還有其他沒回來的人準備文牒路引，不要去幽州的，其他去哪都行，替他們在其他商船買下船票。再準備四個人的文牒路引給我，一位男性老人，外加兩女一男。」

芸芸看柳玉茹臉色，便知道情況緊急，也不多問，點頭明白了要什麼之後，便去找人。

他們在揚州碼頭混跡了一月，芸芸早已經和各個商隊打好了關係。她出去走了一圈，帶了一堆人回來，這些人將他們的文牒路引交給芸芸，然後由柳玉茹將這批人的文牒路引給了他們。

他們每個人都得了一筆對於他們來說不菲的報酬，柳玉茹同他們道：「各位，你們到幽州後，我們會包下你們食宿，不出一個月就替你們安排好回家的路，放心。」

站在前方老者連連道謝，但實際上光是今日芸芸給他們的錢就已經很多了，日後能給最好，不能給也無所謂。

柳玉茹點點頭，交換好文牒，便讓芸芸上了船。印紅跟在柳玉茹身後，柳玉茹同她道：「妳也走。」

「夫人……」印紅有些焦急，「妳要他們先走就罷了，至少讓我留下啊。」

「妳留下能做什麼？」柳玉茹有些好笑，「妳武功蓋世還是怎麼的？趕緊走吧，別拖累我。妳好好看著船上，確保這些銀子到望都就好。」

柳玉茹說完，抬頭看向幽州的方向。

「這時候還管什麼錢啊！」印紅有些恨鐵不成鋼：「我說別來揚州別來揚州，來了拿了這麼多銀子，要是出了事……出了事……」

印紅眼裡帶了紅，柳玉茹笑了笑：「我若此刻同妳走了，便不會出事。印紅，我不是莽撞行事，」柳玉茹握著印紅的手，認真道，「妳信我，只是如今我有一定要帶回去的人，要耽擱一會兒，妳先回去吧，我不會有事。」

「上一次是這樣，這一次還是這樣，」印紅咬了咬牙，「您什麼時候才讓人放心！」

「我若足不出戶，妳大概就放心了。」

「夫人，開船了。」芸芸在後面出聲。

柳玉茹拍了拍印紅的手，便將她推往船的方向，回頭吩咐人。

印紅咬了咬牙，終於還是上了船。柳玉茹回頭看了一眼，船揚帆起航，柳玉茹看了看天色，算了算時間，轉頭同她單獨留下的人道：「你從陸路去，抄最快的路趕回望都，讓顧大人到廣陽接我。」

對方應了聲，「是。」

從陸路快馬加鞭、日夜不停急行，消息快則兩日，至多三日就能到望都。廣陽在揚州與望都的中間點，顧九思若是快一些帶人來，最多五日便可抵達。

柳玉茹站在碼頭，將時間重新算了算，領著剩下幾個侍衛，帶上文牒路引，便趕回揚州城門口。

揚州城門前商客來來往往，有許多簡陋的茶鋪搭了棚子，在這裡迎接商客歇腳。

柳玉茹帶了帷帽坐在茶鋪裡，將路引文牒交給屬下，讓他們進城去找到其他人，把所有路引文牒發下去，並傳了她的口令，今夜若是能趁亂跑出來的，便直接跑出來，按照路引要求走，找到安全地方歇下來，讓人帶消息回望都，她會派人拿到路引過去接應。

若是跑不出來的，就在揚州待著，他們之前在揚州買了宅子，全都在裡面待好，等揚州重開城門，至少要等三日，三日後若是無事，再出城，先南下到安全地方，同樣讓人傳消息回去，她也會讓人來接。

吩咐好後，柳玉茹留下一個侍衛待在身邊，坐在茶鋪裡喝茶等著葉世安。

而這個時候，葉世安收拾好了東西，將顧朗華扶進馬車中。他看了看天色，消息已經由他的人傳到了葉韻手中，他早已經在王府內部收買了人，等到黃昏之後，葉韻可以從王府運出外面的泔水桶中混出來。辦法噁心是噁心了點，但能出來便好。

葉世安算著時間差不多到了，喝了口茶，同侍衛道：「動手吧。」

他們早已經摸透了探子的位置，只是一直偽裝不知道，得了這句話，葉家潛伏在暗中的暗衛立刻動手，悄無聲息到了那些探子背後，當場抹了脖子。

葉世安換了粗布外衣，戴了笠帽，臉上貼了黑痣，不仔細看，誰都想不到這是葉家公子葉世安。

他駕著馬車往外走出去，暗衛潛入人群跟在後面，馬車噠噠往前，混合著喧鬧聲，彷彿揚州再普通不過的一個下午。

而這個時候，洛子商正審完早上提回來的一批商人。

他從旁邊的人手裡接過帕子，擦著手上的血，淡道：「這批人都不是，拖到郊外處理了，跟家裡人報個信，就說遇到山匪沒了吧。」

「那屍體……」書童有些猶豫。

洛子商淡淡看了書童一眼：「這還要我教？」

書童連忙應聲：「奴才會處理好。」

洛子商站在庭院裡，思索著道：「糧價波動這麼大，對方本金不少，怕是後面有官府支持。今日糧價如何？」

洛子商詢問著，旁人趕緊將今日打聽來的糧價消息給了洛子商。洛子商看著這些糧價，從早上到下午，糧價足足漲了三文，這是糧食降價以來頭一次回漲，洛子商皺了皺眉頭，隨後道：「今日交易得頻繁嗎？」

「公子，」專門打探糧價的侍衛道，「今天下午時分，許多人手中的糧食都賣光了。」

「賣光了？」洛子商猛地回頭。

侍衛應聲道：「是，我問了許多人，他們都打算明日再收糧去賣，自個兒手中都空了。不是一個，是許多人，都空了。」

洛子商沒說話，沉默片刻後，猛地反應過來：「不好，他們要跑！你們立刻派人去碼頭，將所有船封死，誰都不准走！」

說著，洛子商急急出門，著急道：「我這就去找王大人要鎖城令。」

洛子商駕馬一路疾馳，葉世安低頭駕著馬車，與洛子商擦肩而過。

洛子商狂奔到王府，下馬進了府中，便找王善泉要了鎖城令，隨後急急出門。

他剛入府，葉世安買通的雜役便立刻將消息傳到葉韻耳中，同葉韻道：「小姐，洛公子方才來了，看上去很急。」

葉韻正在內間收拾東西，聽到這個消息，動作頓了頓，隨後壓低了聲道：「來做什麼？」

「聽說是來要鎖城令。」

得了這話，葉韻猛地抬頭。

她心跳得飛快，拚命思索著，洛子商這時候要鎖城令是做什麼？

莫非他發現葉世安要走了？葉世安要走，必然是殺了洛子商的人的，若是今日出不去，他們兄妹倆危矣！

葉韻咬著牙，外面人催促道：「小姐，我們得趕快，公子在等我們！」

「不去了。」

葉韻猛地抬頭，她蹲下身，從床板下拿出匕首，抬頭同外面人道：「妳去告訴公子，讓他別等我，自己走，我後來。若我來不了，便讓他替我報仇。」

「小姐……」

「快去！不然誤了消息，」葉韻將匕首藏到枕下，低喝道，「我要了妳的命！」

聽到這話，丫鬟不敢耽擱，匆匆走了出去。

葉韻深吸一口氣，看著妝檯上的金銀首飾。

王善泉納她不足三月，與其他妾室不同，她出身名門，又年輕貌美，哪怕對王善泉沒什麼好氣，這個老頭子也當是她的傲氣，對她頗為偏愛，葉韻不知道這份寵愛會到什麼時候，但不管什麼時候，她都覺得噁心。

葉韻走到桌前，找了最鋒利的一隻金釵，插入髮中，而後穿上了王善泉最愛的一件輕紗薄衣，躺進被子裡，同侍女道：「去叫大人，說我病了，要他一定過來。」

站在外間的侍女愣了愣，不敢多問，便去找了王善泉。

聽到葉韻病了，王善泉愣了愣，不由得道：「夫人是如何病的呀？」

侍女低著頭，小聲道：「奴也不知，就見夫人穿了紗衣，躺在床上，讓奴婢來請大人。」

得了這話，王善泉頓時明白過來。這哪裡是病了，明明是勾引，是情趣。

王善泉心猿意馬，葉韻頭一次朝他低頭，他心裡不由得樂開了花，也來不及多想，便急忙趕了過去。

王善泉進了房中，隔著薄紗，看見美人躺在床上，一手撐頭，側臥著瞧他。一雙眼裡滿是純情，白皙的大腿露在紅紗之外，美得動人心魄。

王善泉呼吸一窒，卻是裝著傻道：「韻兒這是何意啊？」

葉韻笑了笑，眼裡彷彿帶了勾子，勾了勾指頭道：「大人，您過來些，我有好東西要同大人分享呢。」

王善泉腦子來不及多想，迫不及待撲了過去，葉韻咯咯笑起來，翻身將王善泉壓到床上，柔聲道：「大人，您閉上眼，我來。」

「來，快來。」王善泉閉上眼睛，急促出聲。

「好。」葉韻柔聲回答。

與此同時，她一隻手從旁邊拿了軟枕，另一隻手探到枕下，而後毫不猶豫拔了匕首，又狠又快扎進王善泉心窩！同時將軟枕狠狠壓在王善泉臉上，死死將他的聲音壓進枕頭裡。

王善泉猛地睜眼，迅速掙扎起來，葉韻不知道哪裡來的爆發力，整個人的重量壓在那枕頭上，另一隻手握著刀，瘋狂再刺了進去。

一刀接一刀，床上被鮮血染紅，葉韻見王善泉沒了動靜，終於泄了氣，直接從床上滾了下來。

她渾身染血，坐在地上，愣了片刻。

王善泉瞪大雙目，躺在床上，死死盯著床頂。可能至也死不能明白，一個柔弱的女子，怎麼有這樣的膽量。

葉韻整個人都在顫抖，可還是得咬牙起來。

她踉蹌著起身，從櫃子裡翻出葉世安讓人準備的下人衣衫，迅速換上之後，從窗戶爬了出去，隨後大喊了一聲：「不好了，王大人遇刺了！」

喊完之後，葉韻便迅速跑開，朝著後院衝去。

她要快一點。

再快一點。

王府內部人仰馬翻，許多人叫嚷著：「快，找洛公子！找洛公子來！」

王府迅速派出人，第一時間去找洛子商。

而洛子商帶著兵馬，朝著城門疾馳而去。

葉世安遠遠看見洛子商，他咬了咬牙，立刻同身邊的人道：「馬上將馬車駕出去，帶顧老爺出城門，我等小姐！」

侍衛不敢耽擱，立刻駕著馬車來到城門前，葉世安藏在暗處，見洛子商駕馬疾馳而來，手中石子飛出，洛子商的馬受驚而起，葉世安迅速離開。

也就是這片刻耽擱，顧朗華的馬車便排到了城門前。

洛子商衝到城門時，顧朗華的馬車剛出城。

「鎖城令在此，」洛子商來不及去攔已經離開的人，只能帶著兵馬堵在城門前，大喝道，「所有人都停下，誰都不得往前！士兵立刻關上城門，違令者斬！」

葉世安捏緊拳頭，柳玉茹坐在城外茶鋪，聽到這聲大喝，她放下茶杯，用手絹抿了抿唇。

第二十四章　揚州亂

得了這話，所有人呆住了。

就在這時，人群中爆發出一聲怪異的驚叫：「不得了啦，官府要殺人啦，要屠城啦！」人群亂了起來，擠著就要上前，洛子商環顧四周，讓士兵豎起長矛，怒道：「誰敢上前，就地格殺！」

得了這話，眾人這才安靜下來。

葉世安藏在暗處，他看了遠處一眼，便見葉韻的侍女急急趕了過來，低頭來到葉世安身邊，小聲道：「小姐說，讓您先走。」

「她在哪裡？」

「小姐知道洛子商鎖城，說她想辦法。」

葉世安咬了咬牙：「她能有什麼辦法！」

說著，他深吸了一口氣，暗中叫來暗衛，吩咐道：「趕緊去找小姐，不惜一切代價，將小姐帶過來！」

「那您……」

「我不用管！」

葉世安抬眼看向暗衛：「保護小姐，知不知道！」

暗衛不敢多說，應聲出去。

葉世安看了周圍一眼，所有人和洛子商僵持著。就在這時，人群裡猛地爆發出一聲驚呼，一批蒙面人突然衝向那些官兵，二話不說，抬刀就砍！

「快走！」

「衝啊！」

「揚州要亂了，出去再說！」

周邊驚叫四起，一片混亂，葉世安再也安耐不住，朝著城門衝去。

洛子商立在馬上，從人群中立刻捕捉到葉世安，大聲道：「抓住他！」

所有人湧向葉世安，然而就在這時，遠處一聲巨響，火光沖天而起。

「公子，」旁人著急同洛子商道，「是糧倉的方向。」

隨後第二聲巨響再次傳來：「公子，是兵器庫的方向。」

「敵襲，敵襲！」

也不知是誰叫了起來，這時揚州城內的居民紛紛跑了出來，朝著城門趕來。

「開門，大人，求求您讓我們出去吧！」

百姓慌成一片，士兵和葉世安糾纏在一起，沈明帶著人暗中和士兵周旋，護著葉世安往外走去，洛子商從旁邊搶了弓，不管不顧指向葉世安。

「大人，」遠處士兵老遠奔來，駕馬衝到洛子商面前，大聲道，「王大人遇刺了！」

洛子商手微微一顫，箭疾馳而出，葉世安趕緊側身躲開，便被旁邊的大刀猛地砍在手臂上。

好在沈明及時架住那刀，沒有砍得太深，沈明一腳踹開那人，拉著葉世安就往外衝去，「走！」

「大人，」士兵將洛子商圍住，「您得趕緊回去，不能在城門耗了！糧倉兵器庫必須加派人手，不能全耗在這裡。」

天大的事，都不如此刻王善泉遇刺重要。

王善泉就是揚州的天子，這時候，無論是為了安撫人心還是穩住局勢，他都必須回去處理。

洛子商咬了咬牙，立刻道：「立刻給我追過去，別放過那人！」

吩咐完，洛子商便帶著人駕馬往王府衝回去。

沈明帶著葉世安且戰且退，洛子商一走，士兵都散了，加上此時人流巨大，又都是百姓，大多數士兵也落不下刀。

沈明將葉世安往外一扔：「趕緊走！」

葉世安踉蹌著衝出去。他將刀扔了，捂著受傷的胳膊，混在人流裡往前衝。

這時一輛馬車停在路邊，葉世安正焦急跑著，就聽一個女子清朗的聲音道：「上來吧。」

葉世安回過頭，看見柳玉茹駕馬在車上，帷帽被捲起來，露出溫和又沉穩的笑容。

葉世安心裡頓時舒了口氣，連忙上了馬車，低聲道：「多謝。」

「裡面有衣服，將衣服換了。」柳玉茹開口。

葉世安便發現馬車裡果然有一套湛藍色的布衫，還有傷藥和繃帶，葉世安也不多問，照著柳玉茹的安排，將傷藥倒在傷口上，纏上繃帶，而後換上衣服，一面換一面道：「方才那位公子留在後面，無礙吧？」

「沒事，」柳玉茹放心開口，「他以往流竄慣了，對付官府很有經驗。他們衣服裡面都穿其他衣服，等會兒把臉上的布一扯、外衣一脫、刀一扔，混在人群裡誰都認不出來。你不用擔心。」

聽到這話，葉世安稍微放心了些，又道：「顧老爺呢？」

「已經離開了。」柳玉茹淡道：「我讓人護送他走陸路，文牒路引全都是現成的，洛子商也沒發現他的存在，只要咱們倆沒事，他便不會有事。」

「玉茹……」葉世安開口，似是有些為難，柳玉茹抬眼看他，知道他要說什麼，冷靜道，「我們等會兒是搭別人的船，到了碼頭，若是韻兒到時候來了，就走。若是沒來，我們也得走。」

葉世安咬了咬牙：「到時候，我自己留下。」

柳玉茹沉吟不語，她知道自己改變不了葉世安，她沉默著，思索著還有沒有其他辦法。

兩人一路駕著馬車到了江邊，這時候江邊已經亂成了一片，商隊在和士兵爭執，士兵不讓開船，商隊自然不肯應允。

在碼頭的人都是外地商客，和城內百姓不同。上一次王善泉血洗揚州商家，已經讓所有商客戰戰兢兢，只是為了錢財，大著膽子過來做買賣。如今要扣船扣人，誰不發慌？

士兵本身就不待見這些商人，說話多有輕蔑，兩方人談判一番，士兵不耐，商人又怒，情緒在碼頭蔓延，柳玉茹扶著葉世安下來，便要領著他上船去。

「不用。」葉世安果斷道，「玉茹，妳先上船吧，我在這裡等韻兒，若是她不來，我不可能走的。妳不必陪我，莫要耽擱了妳。」

柳玉茹抿了抿唇，不說葉世安三番五次幫了她和顧家，就說她與葉家的淵源，她也不能眼睜睜看著葉世安留在這裡。

她深吸一口氣，終於到：「葉哥哥，這樣吧，你身上有傷，而且目標太大，認識你的人太多了。你先上船去，我在這裡等著，韻兒來了，我帶她上船。若是船開了，我們沒上來，你再下來等我們。」

聽到這個理由，葉世安沉默片刻，抿了抿唇，終是上了船。

柳玉茹是大家閨秀，過往除了熟識的人，見過她的人不多。可他卻是揚州出了名的青年才俊，就這麼站在這裡，簡直像是黑夜裡的一盞燈，全身上下寫滿了「快來抓我」。

葉世安上了船，柳玉茹就站在碼頭口等著，沒多久沈明也趕了過來，他看了柳玉茹一眼，擦了一把臉道：「妳怎麼還在這兒？」

柳玉茹看著旁邊爭吵著的士兵和商家。

因為不准開船，商家和士兵鬧得越來越厲害，天已經澈底黑下來，淅淅瀝瀝下著小雨，柳玉茹從邊上店家買了把雨傘，撐著傘往碼頭入口處走去。柳玉茹瞟了一眼，見商人領頭的那位壯漢正和官兵怒吼著，壯漢是北方口音，脾氣暴躁，官兵被他吼煩了，拔了刀，怒道：「吼什麼吼？讓你們不能出海就是不能出，你同我吼什麼？你是蔑視朝廷，活得不耐煩了嗎！」

「你們這些商人，盡幹些低買高賣的缺德事，和你們說話是抬舉你們，你們別把官爺惹急了，惹急了把你們一刀一個砍了，百姓還要拍手稱好！」

聽得這話，柳玉茹站在一旁笑了，她聲音溫婉，淡道：「所以，半年前揚州血鏽未盡，又打算再送新魂了嗎？」

「你這婆娘胡說什麼！」那官兵見柳玉茹只是一個女子，發怒衝了上來。

沈明趕忙攔住了官兵，賠著笑道：「官爺，這只是個小姑娘，您別一般見識。」

柳玉茹做出害怕的神情，連連道歉。

所有人見著前面的人低聲下氣，心裡都窩了火。

柳玉茹嘆了口氣，勸道：「大家也都別爭執了，說也沒用的，各自回船上吧，我去等我家人了。」

說完，柳玉茹便施施然離開。

官兵看著那些商人，冷笑道：「一群人還沒有一個小姑娘有見識，聽見沒，說了也沒用！」

大夥兒不再說話，但這句話印在他們心裡。柳玉茹看了身後所有人的臉色一眼，低聲同沈明道：「你過去加把火，看他們打不打算一起對抗官府，如果要，你幫著他們想著辦法，等會兒船要一個接一個有序開走，必須有人指揮，不然不等官府抓人，就先撞了。這裡面要有人做個指揮帶個頭。」

「明白。」沈明點點頭，心裡有了盤算。

這半年動盪以來，所有人膽子大了許多，大家說是做生意，但這樣天南海北做生意的商家，誰不是見過刀見過血的？

揚州過往做的事，永遠是商人心裡一道邁不過去的坎，如今無緣無故被困在這裡，大家都害怕。

此時碼頭上有數千人停靠在岸，大家有船有護衛，又大多不屬於揚州，只要離開了，就是天高任鳥飛。

這些走南闖北的爺，在自己的地盤個個都是被貢著的，如今本就不安，又被官兵羞辱，柳玉茹的話落在他們心裡，讓他們澈底沉默下去。

說了沒用，那什麼有用？

所有人心裡都有答案。而沈明剛過去，便看見幾個商隊的領事在說話，沈明抱手在胸前，笑著道：「我說，大家要不合作一下，商量著怎麼走吧？」

柳玉茹觀望了一會兒，看著沈明和其他人一起離開，便知沈明是和這些人商量去了，便沒有再理會他們，站在渡口入口處，看著城內不斷有人湧過來。

這些人都是從城裡跑出來的，他們的來到加重了碼頭的騷亂。柳玉茹撐著雨傘，一身素衣，沉穩地站在原地，自身彷彿圈出一片天地，從容安靜。

柳玉茹看著人群之中，有一個女子頭上蓋著衣服，被人護著，擠在人群裡走來，而不遠處，洛子商駕著馬，帶著人，急急追了過來。

他回了王府，吩咐了所有事，將王府三公子王靈秀推出來安定人心後，便立刻趕往碼頭。

他心裡清楚，葉世安不會碰巧在這天出走，糧價主謀一定與葉世安有往來，所以兩人才會在同一天如此巧合行動。而葉韻也絕不是一時激憤殺了王善泉，要殺早殺了，何必等到現在，就是為了逼他回來拖住他。

洛子商的人一過來，那些一直緊繃著的商人澈底安耐不住了，他們早已在商議，此時一不做二不休，由著最初與官兵商量的大漢帶了頭，砍殺了一個守在錨邊的官兵，強行開船。

大漢是個有能耐的，他指揮著所有人，逐步開船。柳玉茹看見葉韻急急趕過來，然後看見暗衛帶著她突然拐進了暗處，柳玉茹抬眼看去，見洛子商騎在馬上直接過來，明顯是有目標的。

柳玉茹迅速朝著葉韻躲藏的地方過去，走到葉韻面前，葉韻身邊的侍衛下意識就要拔刀，柳玉茹即刻出聲：「是我。」

葉韻愣了愣，柳玉茹將外衣脫下來，攏在葉韻身上，把文牒和路引給她，迅速道：「往後數第十三條船，妳哥在上面等妳。妳從這房子後面繞過去，第五個巷口對著船，中間有一條路，妳出現洛子商肯定會看到，所以到時候我會吸引洛子商的注意力，他和我說話時妳就立刻上船。」

「妳……」

「快走。」

柳玉茹轉過身，撐著傘走了出去。她走在人群裡，逆流而去。

而洛子商駕馬衝到渡口，他方才看見了葉韻，可一瞬之間又不見了。但他知道，葉韻一定在這裡。

此刻官兵和商人的侍衛澈底衝突起來，船一艘接一艘在指揮下有序開走，他的指揮怒吼在這片混亂中失了效果，人太多了，他的馬無法進去，他乾脆翻身下馬，朝著人群裡擠去。

他剛才看到了葉韻，只要抓到葉韻，就能抓到葉世安！

他朝著前方衝出去，奮力擠開人群，就是這時候，有人突然輕輕撞了他一下，隨後傳來一聲熟悉又詫異的驚呼：「呀，洛公子？」

洛子商回過頭，便見淅淅瀝瀝雨中，女子一身素衣，撐傘而立。她的笑容與周邊格格不入，溫婉平和。

洛子商皺了皺眉：「妳是？」

柳玉茹抬起手，遮住半邊臉，柔聲笑道：「又見面了。」

看見這半邊臉，洛子商這才反應過來：「是妳？妳在這裡做什麼？」

「要找的人沒找到，本打算離開，結果今日太亂了，就打算回去了。」

洛子商點點頭，轉頭道：「既然如此，小姐先行，在下還有要事，告辭。」

說著，洛子商便打算要走，柳玉茹見葉韻還差一點就能上船，情急之下，一把抓住洛子商的袖子：「洛公子。」

洛子商回過頭，眼神中帶了殺氣，而這時柳玉茹的傘撐在他的頭上，溫和道：「夜深雨重，妾身住所不遠，這傘公子拿著吧。」

洛子商微微一愣，柳玉茹將傘交到洛子商手中，微微一福身，便轉身離開。洛子商瞧著她的背影，有那麼瞬間恍惚，旁邊侍衛忙道：「公子？」

「繼續找。」洛子商扭過頭去，冷聲道：「立刻調兵過來鎮壓這些人。」

說著，洛子商收了傘，在人群中繼續找著人。

柳玉茹走到邊上，迅速繞到船對面的房子裡等候著，當船快要起錨時，柳玉茹看准了時機，迅速朝著船邊衝了上去。葉世安站在船頭，見到柳玉茹過來，他忙伸出手，將柳玉茹一把拉上去。

而這時，洛子商在碼頭之上驟然回頭，他看見大船慢慢離開岸邊，而大船之上，女子一襲素衣立於船頭，旁邊站了個青年。

青年身形與葉世安極像，而那女子在片刻前才同他打過招呼！

洛子商腦海中迅速閃過與柳玉茹交談的種種。

茅屋中女子持著團扇含羞一笑，渡口前女子持傘而立氣度從容。

這是雨天，她卻沒有外袍，只有一件單衫。

她方才才說，自己要回去了，卻在那條船上，而她身邊那人，像極了葉世安。

她一個女子，家中無人，尋的是滄州認識的情郎，如今找不到情郎，又怎麼會離開？

而她一個千金，之前還見著奴婢，如今身邊怎麼就空無一人站在碼頭，而她撞他那一刻，怎麼這麼巧這麼準？

所有線索串聯在一起，洛子商猛地反應過來。

「攔住那艘船！」他暴喝出聲：「快！」

然而已經來不及了。

他身邊的人手根本來不及攔住一艘已經揚帆起航的大船，周邊早就亂成一片，他根本叫不動其他人。

他奮力擠開人群，朝著那船衝去。而柳玉茹也看見人群中的洛子商，她瞧著他的模樣，便知對方是意識到了真相。

她稍稍一愣，未曾想過對方居然發現得這麼快，但如今已經上了船，洛子商也拿她沒什麼辦法，她便站在船頭，含笑看著洛子商朝著船追過來。

她不知道對方能不能聽到她的聲音，便抬起手，遙遙朝著他作了一揖，朗聲道：「洛公子，後會無期。」

「妳給我站住！」洛子商被逼停在岸邊，暴喝出聲。

然而柳玉茹卻是擺了擺手，轉過身入了內艙。

葉世安和她一起進了內艙，葉韻坐在裡面，她脫了外袍，身上還染著血，看見葉世安和柳玉茹進來，葉韻愣了愣，猛地撲了過去，抱住葉世安，顫抖著喊，「哥……」

「莫怕。」葉世安拍了拍葉韻的背，沉穩道：「哥哥在。」

葉韻閉上眼，下唇輕顫，她什麼都沒說，許久後，卻是爆發出了驚天動地的哭聲。

葉世安一時手足無措，他抬起頭，看了柳玉茹一眼。柳玉茹搖了搖頭，只是做了個「噤聲」的姿勢。

葉世安沒辦法，只能僵著身子，任由葉韻哭著。等葉韻哭夠了，柳玉茹扶著葉韻上了床，便去睡了。

葉世安和柳玉茹都有些睡不著，兩人乾脆去了甲板，雨下過了之後，船行駛得安穩許多。柳玉茹和葉世安吹著夜風，她笑了笑道：「後面打算去哪裡？」

「去了幽州，便待在幽州吧。」葉世安看著前方：「范叔叔是個好官。」

「我都忘了，」柳玉茹笑起來，「你父親與范大人淵源頗深。」

葉世安笑了笑，有些苦澀。柳玉茹嘆了口氣，看著面前的人，這人和顧九思不同。顧九思會哭，會將話說出來，坦白赤誠，從不遮掩。而這人自幼以棟梁之訓教養長大，他容不得自己露出半分狼狽軟弱。她想要安慰也無從下手，片刻後，只能笑著道：「說起來，韻兒似乎對你誤解頗深。我記得以前韻兒同我說，你心裡只有仕途，是個冷心冷情的哥哥，如今看來，倒是她誤會你了。」

「倒也不是誤會吧。」葉世安低頭看著夜裡翻滾的水面，淡道，「相比其他人，我的確不知道如何同妹妹相處，我打小沒怎麼陪過她，只知道她若出事，我護著她便夠了。這是信念，也是責任。」

「有你這樣的哥哥，其實已經足夠了。」柳玉茹笑了笑，「小時候我經常想，我怎麼沒有你這樣的哥哥。」

「小時候，」葉世安有些好奇，「妳不覺得我木訥？」

「怎會如此覺得？」柳玉茹詫異。葉世安抿唇笑了：「韻兒說的，說我沒勁兒。」

「那你可就不瞭解她了，」柳玉茹笑出聲來，「她常常同我們吹噓你有多厲害。」

若不是葉韻小時候把葉世安說得如此完美，她當年也不會起那樣的心思。

她想起那時候的心思，不由得覺得有些好笑。

葉世安看著她的表情，知曉她是想起往事，不由得道：「妳與顧九思還好吧，他可曾欺負妳？」

提起顧九思，柳玉茹忍不住帶了笑容。抿唇道：「你覺得呢？」

「那大概是不成了。」葉世安點點頭，他猶豫片刻，終於道，「其實，此事是我辜負了妳……」

「不不不。」柳玉茹忙擺手，笑著道，「當是我謝你不娶之恩才是。」

葉世安愣了愣，柳玉茹才覺得這話有些不大對勁，趕緊解釋，「其實你也看出來了，我的性子不是什麼大家閨秀。當初只是裝的，我若嫁入了葉家，其實是欺騙了自己，也欺騙了大家。」

「嫁給九思，」柳玉茹笑了笑，似是有些不好意思，「我覺得很高興。不用守那些規矩，也不用遮遮掩掩。雖然一開始我是挺不高興，可是你若接觸他，便知道，他真的是極好極好的人。」

想了想，柳玉茹覺得這話還是不對，她又道：「我的意思是……」

「我明白，」葉世安知道她是怕他不高興，打斷她道：「其實於我心中，妳和韻兒都如同我的妹妹。若沒有耽擱妳姻緣，妳過得好，我便放心了。」

葉世安嘆了口氣：「少時的朋友，如今也沒剩下幾人，玉茹，」他認真開口，「我希望咱們都能好好的。」

柳玉茹聽到這話，抿了抿唇，點頭道：「對。好好的。」

船靜靜前行，夜裡無風無月，柳玉茹扭過頭去，那一瞬間，她突然想起顧九思。

很想很想。

柳玉茹走後第三日，洛子商便用鐵腕手段穩住了揚州。柳玉茹的人都走得差不多，卻還是有一個人不慎被洛子商抓了出來，他嚴刑拷打了一夜，終於搞清楚了來龍去脈。

洛子商聽完柳玉茹如何入揚州、如何興風作浪、如何離開揚州，面色鐵青。

他不敢相信，再三詢問：「她身後當真沒有其他人？」

「沒有……」被捆著的人喘息著道：「柳夫人原在望都就是風雲人物，不是普通女子。」

洛子商沒有說話，沉默著站起身同旁邊人道：「殺了。」

說完，他走了出去，進入書房，他坐在位子上，拿著口供一直沒動，腦子反覆想像著柳玉茹是如何在背後謀劃一切，從青州、滄州，到揚州。

他感覺血管中熱血沸騰，有種莫名的快感湧上來，他將手搭在旁邊的紙傘之上，慢慢吐出那個他才知道就深深牢記的名字：「柳玉茹。」

而這個時候，顧九思坐在府衙之中，他執著筆，抬起頭，看著上前通報的人道：「你再說一遍？」

「夫人讓船載著錢糧和其他人先回來了，她讓您帶人去廣陽接她。」

顧九思緊握著筆，克制著情緒，艱難道：「她為什麼留下？」

對方看出顧九思的怒氣，不敢說話，顧九思抬眼，冷聲道：「說話！」

「夫人說是救人。」

「她如今和誰在一起？」顧九思捏緊了筆，覺得自己的情緒已經瀕臨極限。

「葉……葉世安葉大公子。」

聽到這個名字，顧九思終於忍不住，猛地摔了筆，怒喝出聲：「她胡鬧！」

顧九思摔完筆，大夥兒沒一個人敢說話。

顧九思急急走出去，一面走一面叱喝：「她要救人不會讓別人去救？她一個女人，手不能提肩不能扛，能救什麼人？葉世安一個大男人，還要她去救？」

顧九思一面說，一面卻是從屋子裡開始拿行李，同時同侍衛吩咐道：「調一隊人馬給我，吩咐黃龍幫我守著望都，準備好行李盤纏路引，這就出發。」

所有人沒說話，只是低著頭做事。大夥兒都感覺得出來顧九思憋了口氣，至於憋什麼氣，其他人不清楚，木南卻是知道的。

木南不敢說話，低頭悄悄瞪著回答的人。

救人就救人，一定得把救誰說出來？

但話已經說出口了，也沒有辦法，木南跟在顧九思身後，聽顧九思吩咐調人：「望都軍營裡最好的精銳借調一百人過來。」

既然是救人，人不能帶太少，可也不能太多，太多軍隊出行，青州怕是不容易過去。一百人恰是一個商隊長途跋涉之數，倒也不會過分引人注目。

如今時間緊急，必須輕騎趕往。

如今他在望都頗有威望，若是放在以前，人是決計叫不動的，然而他將望都治理得欣欣向榮，望都上下都服氣，軍隊裡的人軍餉夠了、兵器好了，更是對他感恩戴德。於是一百輕騎很快就借了出來，顧九思準備好，帶了木南就往城外趕。

木南跟在顧九思身後，直覺這人憋了氣，他駕馬和顧九思持平，小聲道：「公子，您別生氣了。」

顧九思沒說話，打著馬一路往前，好久後，他才淡道：「我沒氣。」

木南不敢再說話，一行人策馬疾馳，顧九思看著天邊明月，心裡有些難受。

其實他知道自己在氣什麼，可這樣的話他又不能說出來，都是自己的妻子了，他還要和一個外人去掙柳玉茹心裡的位置，心裡也覺得丟分。

可是這情緒控制不住，他知道柳玉茹是怎麼嫁給她的，過往他不在意，在意起來，就總會想起當初柳玉茹哭著同他說那一句「我本該嫁給他的」。

那時候她語氣裡那份絕望隱忍，時至今日，他仍舊記得。

柳玉茹心裡有葉世安。

對於柳玉茹而言，他和葉世安是完全不同的。葉世安曾是她最仰慕的男人，而他顧九思在柳玉茹心中，與其說是男人，不如說是責任。

她對他所有的愛意，所有感情的表達，都穩重又平靜，就像一條涓涓流淌的河水，沒有半點波瀾。

和他內心那份炙熱與波瀾截然相反，而這樣的平穩，絕不是愛情。

顧九思深吸一口氣，木南一直在旁邊觀察著，察覺到顧九思的動作，趕緊道：「公子，您沒事吧？」

「你話怎麼這麼多？」顧九思有些不耐煩了，打馬超了過去，怒道，「離我遠點！」

船行了四天，船停靠港口進行補給。這時候已經到了青州，船剛靠岸，柳玉茹便發現有一行新客上來。

這些人大概有十幾人，均配著刀刃，這些人雖然客客氣氣，但是舉手投足間卻帶著股肅殺之氣。柳玉茹在船艙上見了，沉吟片刻，便到了甲板裡，同葉韻和葉世安道：「我猜是洛子商派的追兵來了，我們下船，換陸路趕路。」

葉韻和葉世安沒有多說，立刻收拾行李，同柳玉茹一起下船。

他們剛下船，那些人便開始在船上打聽他們的客房。而柳玉茹三人一路狂奔，入了城後，柳玉茹便去買了一輛馬車，她讓兩人上去，葉世安忙道：「我在這裡，怎麼好讓妳一個小姑娘駕車？」

「你受了傷。」柳玉茹笑著道，「韻兒又不會駕車，我駕車也是應當的。」

葉世安搖了搖頭，卻是固執道：「又不是什麼重傷，我不能讓妳駕車。」

柳玉茹有些無奈，只能道：「那你趕一段路，我趕一段路，我們換著來就好了。」

葉世安這才應了，柳玉茹便拉著葉韻上了馬車。

柳玉茹明顯察覺洛子商的人在追他們，對方是追蹤的好手，船上沒抓到人，他們很快就查到了他們離開的方向，又找到了買馬車的地方，隨後開始不斷追捕。

為了刻意躲避他們的搜捕，加上葉世安身上的傷的影響，柳玉茹打了幾次轉，終於甩開他們。這樣一耽擱，到達廣陽時已經是十日後了。

葉世安的傷勢一直沒有好好醫治，一路耽擱下來，傷口發炎灌膿，駕著車時從馬車上直直摔了下來，還好地上沒有什麼尖銳石頭，撿回一條命，柳玉茹見這情況，知道若是再趕路怕是不行了，只能帶著葉世安去了鄰鎮的醫館。醫館裡的人替他清了膿，又開了藥，葉世安尚且昏迷著，柳玉茹和葉韻兩個人也累到極限，迫不得已，只能歇在小鎮。

柳玉茹不敢停留在醫館，她揣測著，若她是洛子商，到了這個時候，必然會重點讓人排查醫館。於是她就讓葉世安和葉韻休息在馬車裡，她自己在馬車外，宿在城外，方便隨時逃脫。

她夜裡睡不安穩，半夜時分，她突然被馬蹄聲驚醒，回過頭時，便看見有人朝著他們過來。

對方目標明確，明顯是衝著他們來的，應當是找到了確切消息。柳玉茹沒有遲疑，立刻同車裡的葉韻大喝道：「護好妳哥！」

說完她便揚了鞭子，馬飛快衝了出去。葉韻在馬車裡抱著葉世安，感覺馬車因為過快的速度搖搖擺擺，她一隻手抓著葉世安，另一隻手抓著窗戶，努力維持自己的平衡。

而柳玉茹聽著後面的馬蹄聲，根本不敢停歇，柳玉茹回頭看了追過來的人一眼，他們騎馬，他們是馬車，雖然還有一段差距，但這樣下去，被追上是遲早的事。

於是柳玉茹趕緊道：「把豆子撒出去！能扔的都扔了，調料全都拿在手裡準備著，他們若靠近，妳就從後窗將調料撒出去！」

葉韻應了聲，一手抓著昏著的葉世安，一隻手抓了抽屜裡的豆子撒了出去。

那是他們之前買在車裡吃的零食，豆子滾落在地，葉韻又開始扔衣服。這些東西對於那些疾馳中的馬而言都是障礙物，為了躲掉這些東西，那些人的速度減緩了不少。

然而豆子和衣服扔完之後，沒多久他們又追上來，雙方拚命追逐，跑了不知多久，那些人終於趕了上來，葉韻就開始扔銀子，拿東西砸他們。

而這時對方離他們已經很近了，葉世安在劇烈的動盪中慢慢醒了過來，他感覺到旁邊的動靜，有些不安道：「怎麼了……」

「哥哥！」葉韻慌張出聲，「我們被追上了！」

葉世安聽到這話，撐著自己掀起車簾，他輕咳兩聲，隨後道：「這樣不行，我下去攔住，妳們先走。」

「不……」

葉韻還沒來得及攔住葉世安，葉世安就從旁邊抓了劍滾下馬車，只留了一句：「快走！」

柳玉茹不敢回頭，駕著馬車狂奔，她清楚知道，如今的情形，她和葉韻兩個弱女子留下來沒有任何作用。

葉世安一個人試圖擋住那氣勢洶洶的十幾人，然而對方明顯意不在他，由著幾個人纏住他便朝著柳玉茹追去。葉世安焦急地跟上，雙方纏鬥在一起，其他人從兩邊包抄，靠近柳玉茹。

柳玉茹看著那些人追過來，咬著牙，只知道駕馬快衝。

而這時，顧九思領著人，漫無目的走在官道上。

「公子，」木南打著哈欠道，「咱們都已經換了三波人了，這麼大半夜的，夫人肯定休息了，不會來的。」

顧九思沒說話，他算著柳玉茹從南方來，因此廣陽城的南門是她最可能進入的城門，所以他到了廣陽之後，不分白天黑夜讓人輪班在城門附近搜索。

他已經來了兩日，都沒有見到柳玉茹，可他也不能做什麼，只能靜靜等著。

他駕馬漫無目的的往前，突然聽見聲音。

顧九思頓住步子，讓所有人噤聲，皺眉道：「是不是有什麼聲音？」

木南靜靜聽了一會兒，隨後道：「好像是打鬥聲？」

顧九思毫不猶豫，駕馬衝了出去。

柳玉茹打著馬車，往廣陽衝。葉韻焦急地看著外面，手裡拿了匕首，顫抖著聲道：「玉茹，我覺得這馬車很不平穩。」

柳玉茹不敢說話，只是打量著旁邊的人，旁邊的人已經追上她們，但不敢貿然上前，因為她駕車速度太快。於是對方側了身，抬手用刀去砍馬腿，柳玉茹觀察著他們的動作，在他們砍過來時，她猛地一拉馬，馬高高揚起，跳了過去。

這一番動作十分驚險，隨時可能會翻了過去，柳玉茹心跳得飛快，頭上冒著冷汗。

對方一次沒有得逞，便再次衝來，此時她們已經被團團圍住，左邊的人砍馬，右邊的人就朝著柳玉茹砍過來，柳玉茹下意識躲開，馬腿被當場橫砍過去，馬跪了下去，馬車翻滾，柳玉茹被甩到地上，葉韻腦袋撞在車壁上昏死過去。

柳玉茹剛從地上抬頭，就看見刀光朝著她直直過來。

她感覺刀朝著她冰冷而來，從未這樣近距離面對過生死，一瞬之間，周邊一切放緩放慢，在那一刻，想到了蘇婉，想到了柳宣，想到了人生許許多多的人，最後想到了顧九思。

腦子裡一片空白，那一刻居然想著，她若死了，顧九思怎麼辦。

她不知道為什麼會有這樣的想法，或許是顧九思在滄州揹著她走在乾裂的土地上，哭著同她說柳玉茹你不能死的影響太過於深刻，至於生死之時，她想起的，居然還是他。

她在片刻間決定迎接死亡，然而就在刀鋒即將觸碰到她那一刻，一把長劍破空而來，將對方猛地扎穿，柳玉茹下意識回頭，卻被人一把拉上了馬，攬住了腰。

她側過頭，就看月光下，青年白衣玉冠，明豔的眉目帶著張揚的笑意。

「瞧瞧，還是得我來。」

他的語調裡帶幾分調侃，柳玉茹呆呆看著他，顧九思一手抓韁繩，將她護在懷裡，另一隻手從腰上抽了扇子，抬手便是一扇子劃破偷襲之人的脖頸。

鮮血和月光同時落在他的臉上，他神色未變，目光從旁邊落回她臉上，唇邊梨窩放肆深陷，他瞧著她的模樣，高興道：「傻愣著做什麼，叫夫君呀。」

「你怎麼在這裡？」

柳玉茹終於反應過來，顧九思護著她，連斬兩人，調轉馬頭，便領著她退出戰局。

顧九思出現時，木南便領著人衝到葉世安面前，護住葉世安和葉韻，顧九思這邊幾十人，對方只有十幾人，顧九思不用出手，追殺著柳玉茹的人便節節敗退。

顧九思帶著柳玉茹到了安全的地方，這才道：「我一直等著妳，夜裡剛好路過，聽見聲音，便趕過來看看。」說著，他笑著道，「沒想到，真的是妳。」

柳玉茹還停留在生死一線的驚恐之中，她一面與顧九思說話，一面回頭看著戰局，發現對方被顧九思的人追著打以後，這才放下心來，轉頭瞧他，這麼一瞧，她就愣住了。

他的手還環繞在她的腰上，側著臉，靜靜看著她，他那寶石一樣的眼裡，全都是她的影子，一眼看過去，就讓她挪不開目光。她覺得裡面情緒紛雜，可對方卻又十分克制，兩人就這麼靜靜對視著，過了好久後，他才出聲，沙啞道：「瘦了。」

柳玉茹心裡有些酸澀，又帶了幾分莫名的安寧，這個人來了，她便什麼都不怕了。她很想在此刻抱抱他，卻又覺得不合時宜。便低下頭去，小聲道：「在外奔波，自然是要瘦的。」

「既然這麼奔波，為何不早些回來。」

「遇到些事情，」柳玉茹想了想，隨後忙道，「有一件事我先知會你，我遇到公公了。」

聽到這話，顧九思猛地抬頭，急切道：「他如今可……」

「他沒事。」柳玉茹搖搖頭，「我已經安置好了，你放心，事情比較複雜，你知道情況就好，等明日歇下來有空再慢慢說。」

說著，她又將目光轉到前方去，雙方實力相差太大，那些殺手剛交鋒沒多久，便撤了回去，木南帶著葉世安與葉韻朝著顧九思和柳玉茹走來，葉韻昏了過去，由木南揹著，而葉世安也帶了傷，走路一瘸一拐。

葉世安見著顧九思，勉力行了個禮，顧九思翻身下馬，同葉世安回了個禮，隨後恭敬道：「世安兄一路辛苦，這些時日，內子給您添麻煩了。」

這話說得葉世安愣了愣，覺得有幾分微妙，卻又不敢多說，忙道：「是我給夫人添麻煩了才是。」

「先別說這些了，」柳玉茹看葉世安臉色煞白，又看見旁邊葉韻已經昏過去，由人揹著，趕忙道，「趕緊安排馬，送韻兒和葉公子回去吧。」

木南應了聲，將自己的馬給了葉世安，葉世安帶著葉韻，木南和其他人共騎，一行人往城內趕了過去。

趕回廣陽，柳玉茹看出葉世安臉色不對，她知道這慣來是個逞能的，便時刻盯著葉世安，顧九思漠然地看了她一眼，突然打馬加快速度，超過葉世安，直直往前衝去，讓柳玉茹看不到葉世安。

柳玉茹皺起眉頭，有些擔憂道：「我覺葉哥哥臉色不對，要不換木南去照顧韻兒吧。」

「他怕是不肯，他慣來是講名節的，若不是自己撐不住，不會把自個兒妹妹隨意交托給其他人。」顧九思聲線平淡，過了片刻，他又道：「就一段路，妳莫擔心了。」

柳玉茹應了聲，心裡仍是放心不下。她已經疲憊到極點了，但連日奔波留下來的不安感讓她依舊警惕著。

等到了顧九思早已定好的地方，葉世安揹著葉韻進了屋，他剛把葉韻放到床上，轉過頭同顧九思道：「勞煩顧公子……」

話沒說完，葉世安再也支撐不住，往前倒了下去。

柳玉茹一直盯著他，他的身體一晃，柳玉茹便趕緊伸手過來，將他扶住，隨後同顧九思道：「快叫大夫過來！」

顧九思看著柳玉茹扶著葉世安的手，沒有說話，只是上前將柳玉茹擠開，自己將葉世安一隻手搭在肩上，扛著葉世安到了另一邊的床鋪放下，轉頭同木南道：「去催催，大夫怎麼還不過來？」

說完之後，顧九思便坐在一旁，不再說什麼。

而柳玉茹則焦急許多，只是她面上不顯，故作鎮定著指揮著一切，她先是去了葉韻那邊，仔細看過葉韻的傷勢，隨後又到了葉世安這邊，她看了看葉世安，不敢上手去碰，只能詢問旁邊替葉世安清理著傷口的木南道：「他可還有其他傷？」

「還有許多暗傷，」木南嘆了口氣，「都是小口子，倒沒什麼大礙，就是多。」

柳玉茹點點頭，也沒多說。

過了一會兒，大夫匆匆趕了過來，大夫分別替兩個人診脈，隨後同顧九思道：「那位小姐撞到了頭，應當沒什麼大礙，睡醒後好好休養幾日就好。這位公子嚴重得多，他原本的傷口沒處理好，如今身上又有新傷，現在高熱不退，若是明日高熱退了，倒也沒什麼。若是高熱不退，怕是凶險。」

說著，大夫寫了藥方，同其木南道：「我先開帖藥，你們好好照看著。」

柳玉茹聽了大夫的話，心裡不由得有些發沉。她害怕葉世安出事，如今葉韻的家人只剩下葉世安，若是葉世安出了事，葉韻該怎麼辦？

然而如今也沒有辦法，柳玉茹站在一旁看著葉世安，沒有半點睡意。

顧九思走到柳玉茹身後，淡道：「回去睡吧，這裡有木南照顧，沒事的。」

柳玉茹點點頭，她應了聲，跟著顧九思出了屋。

夜裡風冷，顧九思走在她身側，替她擋著風。

柳玉茹木木的，滿腦子都是葉世安的事情，心裡全是擔憂，一時顧不得周邊。

顧九思同她一起進了屋，她做事有些遲緩，顧九思看出來，有心問顧朗華的事情，卻知道不合時宜。柳玉茹既然不急著說，必然是因為顧朗華的事已經處理結束，如今葉世安生死未卜，問這些未免太不近人情。

顧九思嘆了口氣，只能道：「妳別想這麼多，先洗漱，睡一覺。」

柳玉茹懵懵懂懂的，點了點頭，隨後上了床。

其實她很睏了，可是卻完全睡不著，葉世安的生死壓在她心頭上，讓她高度緊張。從去揚州以來，她一直睡得不太安穩，每日睜開眼睛，就掛念著那麼多人的性命，等一路從揚州被追殺出來，更是時時刻刻高度緊張，如今葉世安生死一線，葉韻昏迷不醒，她整個人滿腦子都是繃緊的，又麻木又不安。

顧九思熄了燈，躺在她身旁，柳玉茹背對著他，她無法入睡，但下意識想著，顧九思也是連日奔波，怕吵到顧九思睡覺，於是不敢動彈，就在夜裡睜著眼，想著葉世安到底能不能過了今晚。

若是過不了……

她心裡驟然難受起來。

她已經失去了很多。

過去的家人、好友，一一離開，如今還要面對葉世安的離開嗎？

柳玉茹思索著，憋了好久後，她還是悄悄下了床，披了一件衣服，便打算出去。然而才悄悄開了門，就聽到顧九思聲音平淡響起：「去看葉公子嗎？」

柳玉茹僵了僵，片刻後，她嘆息道：「我睡不著，總想著萬一他出了事……」說著，她的音調有些艱澀：「出了事，最後一面，我當在才好。」

顧九思沒說話，好久後，他起身披了衣服，「我隨妳過去看著。」

「你休息吧，」柳玉茹嘆了口氣，眼裡帶了些疼惜，「你也累了。」

顧九思不語，他繫好衣服來到柳玉茹面前，從旁邊提了燈，替她掌著燈道：「走吧，我同妳過去。」

兩人提著燈走在長廊上，往葉世安的房間走去。柳玉茹感覺這個人走在身邊，為她擋著風，心裡突然就放開了許多，她突然很想和顧九思說說話，說心裡的難受、焦慮、不安。可她一貫忍耐，又什麼都說不出來。

顧九思察覺旁邊人的情緒湧動，轉頭看了她一眼，見她低垂著眉目，便握住她的手，平和道：「天塌下來，我總是在的。」

柳玉茹一陣鼻酸，低著頭，帶著鼻音，應聲道：「我知道。」

兩人走進房裡，葉世安還躺在床上，葉韻躺在另一張床上，兩人到了之後，柳玉茹坐到旁邊的位子上，靜靜看著葉世安。

若此時是一個人看著葉世安，她大約會害怕。她其實膽子並不大，也不夠堅強，她害怕面對生死別離，只是老天要逼著你面對時，避無可避，只能迎頭上來。

然而如今她還有一個人，顧九思站在她身後，靜靜陪著她，她驟然感受到一段感情所帶給人的慰藉和力量。

葉世安高熱得有些迷糊了，斷斷續續喊著許多人的名字，他爹、他娘、葉韻，他叔父……

他含糊著說著什麼，柳玉茹靜靜看著他，突然很想和顧九思說些什麼，她苦笑起來，低聲道：「他這個人啊，一輩子就是活得心思太重，凡事都往自己身上攬，小時候就是這樣，長大也沒變。」

顧九思坐下來，柳玉茹靠在顧九思身旁，顧九思身體僵了僵，片刻後，他抬起手搭在柳玉茹的肩上。

柳玉茹慢慢道：「你知道以前我為什麼想嫁給他嗎？」

「為什麼？」

「因為小的時候，他每次出遠門，都帶禮物給葉韻，我羨慕極了，我也想要這樣的哥哥。我同葉韻說了這事，後來也不知道為什麼，之後他只要出遠門，總記得帶一份禮物給我。」

「我那時候覺得，這個人對人太好了，我若嫁給他，應當是極好的。」

「他真的是個很好的人。他也好，葉韻也好，都是好人。」

柳玉茹的聲音有些哽咽。

雖然相交不深，然而在她年少時光裡，這個恪守禮節的少年，卻是為數不多的光彩。

顧九思或許難以明白，對於一個感情貧瘠的人而言，所有感情都那麼珍貴。葉韻給過她一顆糖，她就能牢記在心；顧九思為她過個生日，她就能生死相隨。

其實她也明白，葉世安於她，不僅是故交，還像年少時的某些標誌。顧家北遷，柳家流亡，葉家家破人亡，揚州已不是她記憶中的揚州，大榮也不是她以為的大榮。

亂世所帶來的惶恐與不安，一直埋藏在心底，她始終克制忍耐著這些情緒，卻終於在逃亡十幾日、自己差點死去、葉世安生死不明、葉韻昏迷不醒時，全爆發出來。

她內心翻滾，怕葉世安第二天睜不開眼，可這種害怕，不僅僅是對葉世安這個人的感情，更多的是，若是葉世安死了，柳玉茹的過去或許就澈底沒了。

她其實很想和顧九思說這些，直接說我害怕、我惶恐、我難受。

可她說不出口。

太漫長的時間裡教會她的沉默和偽裝，讓她無法將內心那些東西直訴於人。只能撿點腦海中的東西，與顧九思慢慢訴說。

說著說著，心裡終於慢慢平和下來，這時候她才察覺，顧九思一直沒有回應，她有些奇怪，抬頭瞧他：「為什麼不說話？」

「為什麼要說話？」

「我心裡難受，」柳玉茹苦笑一下，言語輕描淡寫，似是無事，「就想同你聊聊天。」

顧九思沉默著，似乎有些抗拒這些話題，然而他抬眼看著姑娘琉璃一樣的眼，突然就明白她此刻的感覺。

她累了。

她害怕。

顧九思心軟下來，嘆了口氣，過了很久，他努力開口道：「我小時候很討厭他，因為我爹總拿他和我比，我又比不過。」

柳玉茹聽到這話，輕笑出聲，顧九思抬眼看著前方，慢慢道：「我希望他好好的，今夜別出事。」

「那是自然的。」

「不然，我真的就一輩子都比不過了。」

聽到這話，柳玉茹愣了愣，抬頭看他，顧九思垂下眼眸，繼續道：「妳也別擔心了，靠著我睡吧，等會兒若是他醒了，我叫妳。」

柳玉茹應了聲，靠在顧九思肩上，感覺顧九思的溫度從衣衫透到她身上，她靜靜靠了一會兒，低聲道：「顧九思。」

「嗯？」

「謝謝。」

「嗯。」

得了回應，終於睡了過去。

第二十五章　心安處

其實在來的路上，他生了十天的悶氣。本以為見到人了能擺擺臉色，可看見柳玉茹的那一瞬間，他突然覺得，沒什麼比這更讓人高興了。

喜歡一個人，是瞧見對方，就覺得什麼都好，什麼都能原諒。

只是這份高興維持不了多久，就在對方的眼神裡敗陣下來。

其實他也知道，葉世安如今情況兇險，她擔心是正常的，所以他一直克制著自己。可是心裡總有那麼幾分難受，或許是因為她語氣裡那份熟稔，又或許是因為他知曉著過去諸多事情。

比如他知道柳玉茹的字和葉世安是相像的，又比如他知道柳玉茹的筆觸和葉世安是相似的，再或者當他看見柳玉茹和葉世安站在一起，那平和沉靜的模樣，都是如出一轍。

這是葉世安留在柳玉茹生命中的印記，她用了那麼多年去模仿、靠近這個人，一念之差嫁給了他。籠統算來，他與葉世安在柳玉茹心中的差距，或許不僅僅是幾年而已，而是責任與感情的差距。

他看著柳玉茹瞧著葉世安的眼神，甚至會有那麼一瞬間覺得，柳玉茹這一輩子或許都不會這麼看他。

可是這些想法他不能說出來，只能是克制著自己，靜靜坐在柳玉茹身邊，讓她依靠著沉睡，等著葉世安醒來。

等到天亮時候，葉世安迷迷糊糊醒了過來，他剛出聲，柳玉茹便驚醒了，她葉世安身邊，著急道：「葉哥哥，你可還好？」

葉世安茫然著睜眼，好半天才沙啞出聲：「水。」

顧九思倒了一杯水，將葉世安扶起來，給葉世安餵了水，柳玉茹去外面叫了大夫，大夫過來，重新診治了一番，「沒什麼大礙了，就著之前的方子每日服藥就好了。」

聽到這話，柳玉茹才舒了口氣，她緊繃的神經突然鬆下來，忍不住往後退了兩步，顧九思抬手扶住她，葉世安見狀，忙道：「玉茹是不是累了，趕緊去休息吧？」

「沒事，」柳玉茹搖了搖頭道：「我去看看韻兒。」

然而顧九思卻一把抓住她，柳玉茹回頭看著顧九思，顧九思垂著眼眸，神色平淡：「葉韻沒什麼事，醒來我讓人叫妳，妳先回去休息。」

柳玉茹頭腦有些發暈，還是有些不安，但她也明白顧九思說得對，她正打算點頭，顧九思卻以為她還打算逞強，二話不說直接上前一步將人扛到肩上。

柳玉茹驚叫一聲，葉世安和旁人都看呆了，柳玉茹被他扛著走出房間，這才反應過來，紅著臉道：「你這是做什麼？快放我下來！」

顧九思抿著唇不說話，只是快步走出去，一腳踹開房門，將人往床上一拋，隨後翻過身鎖門。

柳玉茹被這一連串動作嚇得有點傻，顧九思沉著臉沒說話，脫了外衣到床上來，半跪在床前一把抓住柳玉茹的腳，替她脫了鞋子。

然後他解了床簾，轉頭看向坐在一旁的柳玉茹。

雖然還是青天白日，但床簾一落，光線暗了下來，兩個人在狹窄的空間裡，溫度有些高。

顧九思靜靜看著柳玉茹，柳玉茹知道顧九思不高興了，她小心翼翼道：「你可是不高興了？若是有什麼不高興，便同我說，我若不對，都會改。」

顧九思沒說話，他背對著柳玉茹躺下，淡道：「睡了。」

柳玉茹看著他的背影，知曉他是不高興得狠了。她躺在床上，明顯知道顧九思並沒有睡。顧九思背對著她，看著床簾，一直睜著眼。

他也不知道自己在等什麼，就是這麼等著。

而柳玉茹看著床頂，其實她很累。

這十日來，連日的追殺、奔波、逃命，昨夜葉世安生死一線，她的神經都緊繃著，整個人睏極了。可是如今顧九思不高興，她心裡也掛念著，思索著顧九思不高興的原因，可疲憊讓她很難思考。

顧九思察覺她沒睡，知道是掛念著自己，心裡又心疼了些，咬了咬牙，轉過身，將人攬進懷裡，狠狠親了一口，冷著聲道：「先睡吧，這架睡醒再同妳吵。」

柳玉茹聽到這話，忍不住笑出聲，也不知道怎麼的，心裡頓時放鬆了許多。被這個人抱著，就迷迷糊糊睡過去了。

而顧九思抱著柳玉茹，突然知道為什麼戀人都喜歡這個姿勢，這個姿勢有一種神奇的力量，心裡再難受、再生氣、再委屈，它都可以悄無聲息的安撫下去。

他也是許久沒睡好，聽到柳玉茹的呼吸聲，忍不住迷迷糊糊睡了。

兩人一覺睡醒，已經是下午的事了。柳玉茹睜開眼睛，發現她還靠在顧九思懷裡，她的精神好了許多，便靜靜打量著顧九思。

幾個月沒見，顧九思明顯清瘦了，面上有了青年的模樣，下巴上還帶著青色的胡渣，看上去有些憔悴。

然而仍舊是好看的。

柳玉茹瞧著他的眉眼，竟挪不開目光了，她躺在他懷裡，感覺周邊一切都遠離了。她開始認真琢磨顧九思的想法，他為何生氣呢？

因為她照顧葉世安嗎？

可葉世安昨夜重傷，她擔心不是常理嗎？葉世安三番五次救他們，顧九思不該是這樣小氣的人。

況且葉世安還救了顧朗華，他們感激也是應當。

不過她對葉世安，的確是不僅僅只是感激。葉世安對於她而言，是友人，是兄長，這樣超出了感激之外的情緒，顧九思怕是察覺了，他一貫如此敏銳，加上以前她和葉世安本有婚約，顧九思不喜，也是人之常情。

她心裡慢慢明白了顧九思的意思，不由得笑了笑，她將頭靠在顧九思胸口，這個動作讓顧九思醒過來，他瞧見柳玉茹依偎在胸口，心裡暖了暖，下意識想去撩開她的頭髮，卻在半路僵住，清醒了許多。

他又板了臉，收回手便撩了床簾站起身走到桌邊喝水。

他喝著水，又想著柳玉茹是不是想喝水，想遞杯水給柳玉茹，又拉不下臉，還好柳玉茹這時捲起床簾，從床上下來。

顧九思見她走過來，也不說話，自己走到水盆前，手鞠了水往臉上潑，潑完之後，他抬頭，就看見柳玉茹遞給他的帕子。

他頓了頓，隨後還選擇拿自己的袖子擦了把臉，轉過身去。

他在屋子裡看了一圈，終於選擇跑到案牘邊，坐下開始看沒處理完的文書。

柳玉茹知道他鬧脾氣，也沒說話，穿衣洗漱之後，便走到顧九思旁邊。

她先是靠在顧九思肩上，顧九思頓了頓手中的筆，隨後假裝她不存在，也不理她。柳玉茹靠了一會兒，見顧九思不回應，想了想，便站起來轉到他身後幫他揉肩。

顧九思被這個動作擾得寫不了字，便抬手推開她，低聲道：「妳別糊弄我。」

「郎君說的奇怪了，」柳玉茹笑著道，「我幫你揉揉肩，怎麼是糊弄你呢？」

顧九思悶悶不樂，低聲道：「我還要批文書呢。」

「那我力道小些，不妨礙你。」

顧九思抿了唇，還是不高興，柳玉茹想了想，終於道：「既然你覺得我打擾你，那便罷了，我先去看看葉哥哥和韻兒。」

說著，她起身往外走去，顧九思捏緊了筆，在她身後道：「都說他沒事了，妳還去看什麼？」

「郎君說的奇怪了，」柳玉茹回頭瞧他，笑盈盈，「就算沒了大事，小事也有，我心裡惦記著他，怎麼能不去了。」

柳玉茹轉身提了步，笑著道：「郎君好好辦公，我先過去了。」

「柳玉茹！」顧九思摔了筆，低喝道：「妳給我站住！」

柳玉茹聽到這話，腳步不停，還走得更快了些。

顧九思見她真的不停步，愣了片刻後，趕忙站起來，追著柳玉茹衝了出去，焦急道：「柳玉茹，妳給我回來！不准去！」

說著，他急急追到長廊上，剛轉過轉角，就看見柳玉茹站在長廊邊，笑咪咪等著他。

她披了狐裘披風，雙手抱著暖爐，似乎早就料到他會追上來，笑著道：「郎君不是嫌我煩嗎？」

顧九思不說話，他看著柳玉茹的笑，心裡頓時明白柳玉茹其實是知道他在氣什麼的。只是她想先磨了他的脾氣，讓他消了氣，再以退為進來同他談。

她向來是個聰明人，這法子是好的，效果也是有的，可一想著事事都隨了她的願，她怕是得意壞了，顧九思就不高興了。

他見不慣她這從容平穩的樣，總覺得只有自己一個人在這份感情裡患得患失忐忑不安小心翼翼，她還能像個沒事人一樣，就覺得不公平。

柳玉茹知道他在想事，便笑著沒說話，等著他下一步動作，然而不曾想，這人卻是三步併做兩步來到她身前，他來得太快，氣勢太凶，她還沒來得及反應，只說出了一個「你」字，對方就一把按住她的頭，低頭親了下來。

這吻氣勢洶洶，唇舌長驅直入，攪得她頭暈目眩。

這是在長廊上，雖然下人已經退開了，也覺得心裡發慌。她驚得連連後退，他卻是逼著她往前，一手按著她的頭，一手扶著她的腰，根本容不得她反抗。

她頭一次知道顧九思有這樣強勢的時候，全然容不得半分拒絕，她又慌又怕，亂了分寸，心跳裡多了幾分說不清的情緒，那一貫平靜的心裡，終於起了幾分波瀾。

等吻完的時候，她的臉紅透了，根本不敢睜眼，睫毛微微顫著，靠在柱子上，整個人看上去讓人憐愛極了。

顧九思瞧著她的模樣，心裡舒暢了許多，感覺手下觸摸之處輕輕的顫抖，忍不住笑道：「還是會怕的，若妳再不給我回應，我真要當妳是菩薩了。」

「你……」柳玉茹艱難睜開眼，不敢看他，瞧著庭院裡，顫聲道，「你不當如此的。」她有些腿軟，整個人靠著他的力道撐著，聲音變了音色，一貫溫婉的音調裡還帶了些顫，彷彿含了哭腔。

然而她努力故作鎮定，顧九思看著她，感覺身下發緊，忍不住咽了咽口水，一時之間，之前的氣悶一掃而空，他垂下眼眸，遮住自己的神色，沙啞道：「是我不對，進去吧。」說完，他將手滑落下來，握住她的手，低聲道：「是我抱妳，還是妳自己走？」

「我……我自己走。」

柳玉茹緊張出聲，顧九思應了聲，沒為難她。兩人手把手走進去，有種尷尬莫名縈繞在兩人身邊。

等進了屋裡，顧九思關了門，替柳玉茹卸下外面的狐裘，柳玉茹縮了縮，顧九思頓了動作，片刻後，他才道：「方才嚇到妳，是我的不是。」

柳玉茹沒說話，顧九思走上前將她抱進懷裡，他的溫暖讓她慢慢緩過來，放鬆下來，小聲道：「那兒是長廊，郎君猛浪了。」

「嗯。」顧九思低聲道：「是我不是。」

柳玉茹不說話，兩人靜靜抱了一會兒後，顧九思察覺她放鬆下來，才慢慢道：「我只是太生氣了。」

「我照顧葉公子，是因他情況危急，我自幼相識之人，如今還在的已然不多，此番回到揚州，物是人非，對於過往之人，我更加珍惜。可沒考慮到你情緒，是我不對。」

柳玉茹見他情緒穩定，抬起手抱住他，柔聲道：「你莫要生氣。」

「玉茹，」顧九思平靜開口，「我生氣的不是這個。」

柳玉茹愣了愣，抬眼看他，顧九思放開她，目光落在她身上，平靜道：「我一路上在想，對於妳而言，我算什麼，他算什麼，妳捨命救我，是因為我是妳夫君，若我不是妳夫君，妳還能捨命救我嗎？」

柳玉茹看著顧九思，顧九思覺得這些話說出來有些難堪，他扭過頭去，語調沙啞：「葉世安是不是妳丈夫，妳都願意捨命救他，那我呢？他之餘妳，妳說是兄長，是朋友，是故人，可是這個人，妳給得太多，也做得太多。我知道妳的字和他相似，我知道妳的畫和他相仿，我知道妳過往想嫁給他，我知道妳過去喜歡他，我告訴自己這都是過去，但現在呢？」

顧九思說著，閉上眼睛。

他原就知道喜歡這事，給人甜也給人苦，可喜歡柳玉茹以來，他是頭一次感到苦了。

他不是能藏事的性子，低聲道：「現在，妳也喜歡他吧？若不是喜歡他，妳又怎麼能豁出性命去救他？」

柳玉茹沒說話，她看著面前的青年閉著眼說這些，察覺他的難過，心裡有些發慌。她忙道：「九思，我喜不喜歡他並不重要，我與你已經是夫妻……」

「怎麼不重要！」顧九思猛地回頭，高喝出聲，「我喜歡妳，妳喜不喜歡他，如何不重要？」

他這話說出來，讓柳玉茹愣了。他的眼睛清明又乾淨，眼裡帶著少年的執著固執，無論如何都要求一個答案。

柳玉茹看著他，其實她是知道他對她的喜愛的，可這是他頭一次說這樣的話，她以為這些話不用說出口，可真等說出口來，她覺得有一種無聲的喜悅蔓延開來。然而這喜悅中又夾雜了些許說不清道不明的惶恐，她扭過頭不敢看他，顧九思上前一步，握住她的手，咬牙道：「今日既然說開了，那就說清楚，妳心裡，他算什麼？我算什麼？妳喜不喜歡他？」

柳玉茹聽他步步逼問，彷彿一個孩子一般固執，她也不知道為什麼，心裡突然平穩下來。

他若憋著氣，她倒是無法，說開來，她反倒不懼。柳玉茹靜靜地看著他，平靜道：「你說的喜歡，是什麼喜歡？」

「全心全意交付給這個人，一生一世只有這個人的喜歡。」顧九思認真開口，柳玉茹沉默了一會兒，慢慢道：「若我喜歡他，你當如何呢？」

「若妳喜歡，」顧九思握著她的手微微顫抖，他聽著這話，心裡刀絞一般疼，可他還是得說下去，艱澀道，「若妳喜歡他，他也喜歡妳，我自當成全妳，我不會多做糾纏，妳於我顧家有恩，我至此將妳做恩人看待，這一輩子對妳好，護妳周全。」

「若他不喜歡妳，我也守著妳，等妳再遇到喜歡的人，我還是會對妳好，護妳周全。」

柳玉茹聽到他的話，覺得心裡某個地方驟然塌陷下去，他的眼神太認真，讓人覺得，這樣一輩子的誓言也是能當真的。柳玉茹注視著他，忍不住再問：「若我喜歡你呢？」

「若妳喜歡我，」顧九思勉強笑了，「我這輩子都愛妳疼妳，將妳當作心頭肉，眼中珠，把妳當成我的命，陪妳白頭到老，護妳一世安穩。」

聽到這話，柳玉茹忍不住笑了：「那我喜不喜歡你，你都要護我一輩子，我喜不喜歡你，又有什麼差別？」

「這也是沒辦法的事情，」顧九思苦笑，看著面前因為這話高興極了的人，無奈道，「妳喜不喜歡我，我都喜歡妳，又有什麼辦法？」

柳玉茹微微一愣。

她讀過許多話本，聽過許多戲，戲文裡海誓山盟，卻都沒有一句話來得這麼動人。

妳喜不喜歡我，我都喜歡妳，這又有什麼辦法。

柳玉茹怦然心動，她感覺這個人清晰地落在自己的眼裡，他完美又溫柔，她幾乎就要將那句「喜歡」脫口而出，然而話到跟前，終究還是咽了下去。

她不是衝動的人，過去不是，現在不是，未來也不會是。她不能因為一時感動就將那些不過腦的話脫口而出。於是她抬眼看他，他注視著她，容不得半分逃避，過了許久，柳玉茹輕嘆出聲：「當真要將話說得這麼透嗎？」

「當真。」

「好吧。」柳玉茹溫和笑起來：「我喜歡你。」

顧九思沒動，他知道她有後話。他看她坐下來，倒了茶，輕抿了一口，思索許久，才道：「可我想，我這份喜歡，並不是你要的。九思，其實我一直知道你要什麼樣的感情，你要那個人全心全意毫無保留託付給你，可這是我一生都做不到的。」

「我看過我母親，也看過太多女子之可悲，我可以口頭上答應你，全心全意，可我不能騙你。我只能許諾我能做到的事，」柳玉茹抬眼看他，神色清明，「我可以一輩子陪伴你，對你好，你若喜歡我，我願意將心給你。你若不喜歡我，我也會好好當你的大夫人，絕無背叛之日。」

顧九思沒說話，不知道該是歡喜還是悲傷。

他突然明白自己對於葉世安的不安的根源，他不是不安於葉世安，而是清楚知道自己對柳玉茹的感情，其實並無根基。

他對柳玉茹忐忑不安，因而患得患失。

他想笑，又覺得勉強，柳玉茹低著頭，她覺得有些難受，過了片刻後，她沙啞道：「但是九思，我是當真喜歡你的。」

會為這個人心動，因這個人而歡喜，願為他千里相赴，又生死相隨。

可是他要得太多，她真的給不了，她想給，可是心這事卻從不是她能決定。她這輩子沒這麼喜歡過一個人，可是再喜歡這個人，卻改不了自己。

她只在這人面前任性過，也只在這人身邊感受過安穩。

這是她的獨一無二，可他要的不僅僅是獨一無二。

顧九思沒說話，好久後，他突然道：「那妳對葉世安，又是什麼感情呢？」

「他曾經是我的願望。」柳玉茹坦誠回答，「小時候總希望人生能過得好一點，就會想該怎樣過得好一點。我從葉韻口裡認識他，與他偶爾說過幾句話，總幻想他是怎樣一個人，幻想著他會給我怎樣的生活。我曾經以為自己很喜歡他。」

柳玉茹無奈笑笑：「後來才知道，喜歡一個人，不是這樣的。」

「那當是怎樣的？」

柳玉茹沉默，過了片刻後，她抬眼看他，平靜道：「你這樣的。」

顧九思沒有說話，他聽著這話便愣了。

柳玉茹低下頭，心裡有些難受，也有些害怕，但她不能表現出來。她勉強笑了笑，克制著情緒道：「我知道，你覺得我說這些話是戲弄你，一面又說應不了你的要求，一面又說喜歡你，我這份喜歡沒什麼誠意。你不知道，其實以前我就是忐忑的。」

「忐忑什麼？」

「就是忐忑地想，」柳玉茹頓了頓，咽下了語氣中的哽咽，讓自己儘量平靜，才道，「想自己配不上你。我貪圖著你的感情，又給不了一份配得上你的感情，所以我總不願深想這些，就想著咱們是夫妻，渾渾噩噩的過。可是你這人吧，」柳玉茹有些支撐不住，紅了眼，她吸了吸鼻子，扭過頭沙啞道：「太討厭了。」

一定要把話說得清清楚楚，一定要把事鬧得明明白白。

讓她得清楚地知道，哦，他們這份感情不對等，哦，她配不上。配不上怎麼辦呢，她捨不得，又怕他知道了就這麼捨棄她離開了。她垂著眼眸，心裡害怕又難受。

她不忍騙他，又知這些話說出來便傷了感情。顧九思的感情炙熱又坦誠，可是太過燦爛的東西往往都是來得快，去得也快。

顧九思不說話，她有些控制不住情緒。其實她壓抑很久了，從揚州到這裡，柳宣舉家流亡，故友家破人亡，故土不復，舊人不故，再一路追殺流離，來到這人面前，本是最後的港灣，誰又想，港灣也有風雨的一天呢。

她覺得疲憊和酸楚湧進了骨子裡，又不能言說，這一切只是在沉默裡無聲積累，最後化作眼淚撲簌而下。那一刻她甚至都想好了，若是顧九思因此疏遠她，她又當如何做。

顧九思看著她單薄的身子微微顫抖，咬著牙關落著淚，他靜默了許久，突然吐出一口濁氣，走上前將這人抱進懷裡，柳玉茹聽到他的笑，沙啞道：「你笑些什麼？」

「我想明白了，不同妳吵了。」

「你想明白什麼了？」柳玉茹紅著眼看他。顧九思笑了笑，抱著她道，「妳能為我哭，我便高興了。」

「你便是誠心想讓我不高興是不是？」

「妳願為我哭，那便是心裡有我。」顧九思的頭枕在她肩上，溫和道，「喜歡這事，哪有絕對公平的？其實只要妳喜歡我，別喜歡別人，那便足夠了，我是男人，沒妳這麼計較，也沒妳這麼矯情，我多喜歡妳一點，不覺得怎樣，反而高興得很。這樣吃虧的便是我，不是我的心肝寶貝。」

說著，他抬眼瞧她，滿眼認真：「妳別覺得什麼配得上配不上，只要妳只喜歡我一個人，沒喜歡上其他人，那我便放心了，咱們倆有一輩子的時間，我要的感情，自己會掙，若是掙不到，那是我不夠好，我不委屈。」

「這是你對我好，」柳玉茹沙啞開口，「我心裡明白的。」

「妳心裡明白，那就記下，妳天天記，我郎君對我有多好，記啊記的，妳就不記得妳爹那些糟心事，也不記得其他人的糟心事，只記得我好了。玉茹，妳不是不夠喜歡我，」顧九思嘆了口氣，「只是人的感情，就像有錢沒錢，不是每個人都富有。我有一百文，我給妳九十，妳有五十文，妳給我五十，這並非就代表我給得比妳多了。玉茹，妳給我的夠多了。」

他抱緊她，低喃道：「我知足。」

「我不求多的，妳只答應我兩件事。」

「哪兩件？」

「這輩子，妳獨獨喜歡我一個。」

「還有，」顧九思放開她，注視著她的眼睛，朗笑開來，他的笑容明亮又溫柔，似如撥雲見日，讓眾生得見天光。

他說：「每天都多喜歡我一點。」

獨獨喜歡我一個，每天多喜歡我一點，這就足夠了。

柳玉茹聽著這樣的話，伸出手摟著他的脖子，靠在他的肩窩裡，沙啞出聲：「我會對你好的。」

「真的，我會對你特別，特別好的。」

「我這輩子都會陪著你，你對我好，我把心給你，也把命給你。你對我不好了，我也陪著你。」

她說得認認真真。

她許諾不了自己給不了的事。

喜不喜歡，這對於她來說有些太矯情，她只能許諾能做到的，顧九思要的全心全意毫無保留她不一定能給，但她的錢、她的命、她的體貼、她的時光，她能有的，都願意掏給他。

顧九思聽到這話便笑了，他深吸一口氣，突然有那麼幾分難受，這難受不是為自己的，是心疼面前的人。

他抱著她，無奈道：「傻姑娘啊。」

她總覺得自己做得不夠好不夠多，別人給她五分，她要還十分。生怕別人吃虧半分、損失半點，卻從沒計較過自己付出了多少。

他看過多少千嬌萬寵長大的姑娘，口口聲聲喊著愛、喊著對你好，卻總惦記著自己今日做了頓飯給你，明日熬了碗湯給你。

她從來記不得自己做了什麼，永遠只想著自己做得不夠好不夠多。

他抱緊她，突然有那麼幾分自厭，他心疼又酸楚，低啞著聲：「是我不好，是我想太少，沒體諒妳的難處。我太輕狂，也不夠沉穩，沒給夠妳要的安穩，妳累著，我還要同妳吵架。妳害怕，我還逼著妳去回應。」

說著，他放開她，仰頭看著她，苦笑著道：「我這個丈夫，實在太不像話了。」

「你已經很好了。」柳玉茹低頭握著他的手，柔聲道，「是我不對，我太放心你，太依賴你，反而忽視了你。是我的錯。」

顧九思聽著這話，也不同她爭，柔聲道：「無妨的，以後咱們倆都改就好了。夫妻哪有一直和睦的，咱們還年輕，以後我不高興，我同妳說，妳有什麼害怕，同我說。知道嗎，玉茹，」顧九思抬眼看著她，笑出聲道，「我也不知道怎麼的，其實起初心裡還難過傷心，可此刻不知道為什麼高興得很，喜歡的很。我瞧著妳為我哭，妳說妳的心裡話，我心裡才真真切切覺得，咱們這日子，算是過下來了。」

「我以往總覺得妳飄在天上，我碰不著，想對妳好，又總覺得不夠。如今我終於知道我能怎麼對妳好了，」顧九思握著她的手，神色裡滿是高興，「我終於知道，我家玉茹會哭會累會軟弱會悲傷，這時候我就可以給妳支撐，給妳依靠。妳想往天上飛，我就看著。妳若要落地，我便接著。我終於可以為妳做點什麼，我心裡也算妥帖了。」

「你一直對我很好。」柳玉茹慢慢緩下情緒來，她低下頭，柔聲道：「很好很好。」

顧九思笑出聲來：「妳對我誇來誇去，也就好，很好，非常好幾句了。」

柳玉茹聽他打趣，有些紅臉，顧九思站起身拉著她道：「好了，咱們都沒吃飯呢，洗把臉，吃了飯，咱們聊聊正事吧。」

說著，顧九思笑起來：「忍了好久沒問，想著妳會挑合適時機說，我爹到底如何了？」

「對了，這事當趕緊同你說的，」柳玉茹立刻開口，急著就要出聲，顧九思看她著急的樣子，忙道，「他沒事我便安心了，妳先吃點東西才是。」

說著，顧九思攔了柳玉茹的話頭，然後同柳玉茹去洗了臉，讓人上了菜飯。

柳玉茹從昨夜到如今正午都沒吃東西，廚房的人上了小菜和米粥。兩人將飯吃完，便坐在桌邊，喝著茶休息。

顧九思替她倒茶，然後看著她道：「妳說吧，不過我得先問妳幾件事。」

「你說。」柳玉茹點頭。

顧九思忍了忍，終於到：「他身體可有殘缺？」

柳玉茹一愣，隨後笑了：「腿上受了一些小傷，其他沒什麼大事，回幽州養一養就好了。」

「可受了屈辱？」

「沒有。」

「人在何處？」

「我已將人帶回來了。」

顧九思聽到這話，手中茶碗一翻，不敢置信抬頭看著柳玉茹，說話都結巴了：「帶……帶回來了？」

「對，」柳玉茹笑意盈盈道，「我是在揚州找到公公，由葉公子庇護著，我也是為著這個沒有及時回來。公公如今平安無事，我讓人護著他從水路直抵幽州，我和葉公子當洛子商的靶子吸引注意，大家都只關注著我和葉公子，幾乎沒人知道公公的存在，所以他走得順利，等你回去，他應當已在望都了。」

「洛子商？」顧九思皺了皺眉頭，「這又是何人？」

柳玉茹無奈地笑了笑，嘆了口氣，柔聲道：「你先坐下吧，此事說來話長，且莫著急。」

柳玉茹拉著他坐下來，從她入揚州城開始說起，洛子商是何人，她在揚州如何炒糧，如何被洛子商察覺周旋，最後遇見葉世安，然後知道顧朗華活著的消息，如何虎口逃生，一直到遇見他。

顧九思靜靜聽著，一直沒說話，柳玉茹說完抿了口茶，抬眼看他：「怎的不說話了呢？

沒什麼要問的嗎？」

「他……」顧九思低聲道，「他真的無事吧？」

柳玉茹伸手拉住他，柔聲道：「九思，他真的沒事。」

顧九思點點頭，沒有多說什麼。柳玉茹見他神色有異，小心翼翼道：「九思？」

「沒事，」顧九思深吸一口氣，搖頭道，「我只是有點難受。」

「公公回來了，」柳玉茹認真道，「你當開心才是，怎麼難受了呢？」

「玉茹，」顧九思抬眼看她，「我真的做得不夠好。為人子女，我沒有好好保護我父親，以前不懂事，總同他吵架氣他，我那時候覺得他對我特別不好，可仔細想來，他對我的好，又哪裡是言語得明白說的？縱然有些方式不對，可人活一世，哪能事事都猜到別人的喜好？我當多瞭解他，多同他說說話，交流我心裡的話，這才是孝。還好他活著，」顧九思有些哽咽，「不然我都不知道，這輩子，要如何才彌補得了。」

柳玉茹聽著他的話，輕笑著道：「那他活著回來，你好好彌補，我同你一起孝敬他老人家，這不就是了嗎？」

顧九思沒說話，靜靜看著她，他想說什麼，最後也沒說出口。

他只是伸出手，握住她的手。

她去時手還細膩光滑，如今卻生了繭子，磨破了皮，全是傷口。

顧九思拉著她的手掌，靜靜看著，好久後，他才道：「還有妳。」

柳玉茹愣了愣，顧九思沙啞道：「妳受苦了。」

受了這麼多苦，他卻未曾體諒，未曾及時給她最大的安慰和陪伴，她而毫無所知，這或許，才是她最大的苦。

柳玉茹聽著顧九思的話，有些不明白，但瞧著他的那雙帶著愧疚的眼，心裡有些發悶，她是見不得顧九思不高興的，於是笑著往前，逗著他道：「是呀，我受苦了，」她靠近他，撐著下巴，笑意盈盈道，「那你當如何補償我？」

顧九思聽到這話，知曉她是怕他難過轉移話題，他沒有拂她的好意，只是默默將這份好記在心裡，抿唇笑起來：「妳要怎麼補償？」

這話把柳玉茹問愣了，她皺著眉，認認真真地想，顧九思看著她的模樣，忍不住探過身子，親了她一口，詢問道：「夠不夠？」

柳玉茹被他親笑了，哭笑不得道：「這是補償你還是補償我？」

「補償我，」顧九思趕緊道，「補償我這朝思暮想寤寐思服的拳拳相思。」

「顧九思，」柳玉茹抬手推他，「你怎的這樣不要臉？」

「因為妳喜歡我呀，」顧九思蹭過來，靠在她肩頭，耍著賴道，「而且我也喜歡妳呀。要是換做別人，我不僅不會不要臉，我還不給他們臉呢。」

「別耍賴，」柳玉茹努力壓著笑意，直到這人這麼嬉皮笑臉地在她旁邊耍無賴時，那顆懸著的心終於放下來，努力扶起整個人依靠在她身上的男人，力圖嚴肅道：「說正事呢，正經一些。」

「正經不了了，」顧九思彷彿沒了骨頭一樣，一個勁往柳玉茹身上靠著道，「我得靠在夫人身上才能說正事，夫人不給我靠，我說不了。」

「顧九思，」柳玉茹無奈，「你是軟骨頭嗎？」

「是啊，」顧九思一臉坦然道，「夫人怎麼知道，我吃軟飯的，骨頭自然軟。」

「你起來，」柳玉茹聽他胡說八道，趕緊道，「別給我扯這些。」

「不起來，起不來。」顧九思靠著她，伸手抱著她，認真道，「要夫人親了才好。」

「顧……」

「公子、夫人……」

木南的聲音從外面傳進來，柳玉茹嚇得猛地起身，顧九思一個踉蹌，好在他反應夠快，及時撐住自己，並且在瞬息之間將這個姿勢變成了貴妃醉酒的姿勢。

於是木南進屋的時候，就看著柳玉茹有些不知所措站在一旁，顧九思保持著貴妃醉酒的姿勢，氣氛有些尷尬。

木南愣了愣，小心翼翼道：「公子，你這是？」

「咳，」顧九思手握成拳，在唇邊輕咳了一聲，隨後道，「我歇息一下。」

「何不上榻上歇息？」木南有些迷惑。

顧九思皺眉道：「有什麼事快說，問這麼多做什麼？」

「哦，」木南聽這話，趕忙道，「葉公子和葉小姐在門外，想要親自向公子和夫人致謝。」

「他們都還傷著，」柳玉茹聽到這話，立刻道，「當我們過去才是。」

「傷著過來，才表真情實意。」顧九思分析葉世安的心思給柳玉茹聽，隨後道，「來都來了，傳吧。」

木南應了聲，柳玉茹趕緊去扶顧九思，小聲道：「淨瞎胡鬧。」

顧九思正準備答話，木南便領著葉家兄妹走了進來。

葉韻扶著葉世安，葉韻看上去好了許多，葉世安還帶著傷，臉色不太好。葉世安帶著葉韻見了顧九思，葉世安先對著顧九思和柳玉茹跪下去。

顧九思趕在葉世安跪下之前上前扶住，著急道：「葉兄不必如此，葉兄三番兩次救我顧家，若這樣客氣，九思怕是不知要磕多少頭了。」

葉世安頓了頓，隨後嘆了口氣：「在下如今一無所有，顧兄與夫人救我，在下無以為報。」

「葉兄客氣了，」顧九思親自扶著葉世安走進去，垂眸道，「你們一路上的事情，夫人已與我說了。您冒險收留我父親，對顧家是天大的恩情，顧家感激還來不及，救您也是理所應當，您這樣做，我反而不知道該怎麼辦了。」

顧九思將葉世安扶到位子上坐下，替葉世安斟茶，柳玉茹上前去拉葉韻，葉韻客客氣氣行了個禮，柳玉茹的動作僵了僵，卻明白葉韻這份疏離，她抿了抿唇，沒強逼著葉韻親近，領著葉韻坐了下來。

顧九思抬手撩了袖子，替葉韻也倒了茶，隨後抬眼同葉世安笑道：「方才我還在同玉茹說話，本打算說完話就去向葉兄道謝，無論是當初你救我與玉茹，還是如今你救我父親，這份道謝都來得太晚了。」

「這本是應該做的，」葉世安笑起來，「大家也是自幼相識，雖算不上朋友，也是同窗。玉茹又與我乃世交，你們二位蒙難，我怎能袖手旁觀？」

「所以啊，」顧九思接道，「葉兄若有難處，幫扶也是我與玉茹分內之事。過往我們雖然並不算投機，可如今世事浮沉，」顧九思端著茶杯，苦笑了一下，隨後抬眼看葉世安道，「我們也算是同患難，經生死，日後便當做自家兄弟，不必算得太清。」

「來，」顧九思舉杯，「以茶代酒，乾了這杯吧。」

葉世安聽著這話，眼睛有些泛紅，他慣來內斂，卻還是舉杯同顧九思對飲了這杯。

顧九思喝了茶，轉頭瞧了一眼，隨後不由得笑起來：「怪不得你們葉柳兩家是世交，你們這一個個的，都是悶葫蘆的性子，你們三個往我邊上一坐，我就覺得彷彿被包圍了似的，孤軍無援，當真怕得很。」

聽到這話，柳玉茹被他逗笑，輕輕拍了他一下，笑嗔了他一眼：「淨張口胡說。」說著，她轉頭看向葉世安，溫和道：「葉哥哥不必介意，九思慣來是這樣的性子。」

「我知曉的，」葉世安抿唇笑道，「以往他在學堂，就是因著這樣，常被夫子打出來。」

這倒是柳玉茹不知曉的，她轉頭看向顧九思，顧九思輕咳了一聲，似是有些尷尬：「過往的事就不說了吧，哦，葉兄既然來了，我便順道問問，」顧九思皺起眉頭，「你可知那洛子商是什麼來路。」

「洛子商，」提到這個名字，葉世安端起杯子，抿了一口，冷淡道，「我自是打聽過。當初我還特地讓人放過消息給玉茹，玉茹可還記得。」

一聽這話，柳玉茹便反應過來：「當時那個乞丐，是你放來給沈明查的？」

「正是。」葉世安點點頭。

「妳入城不久，我發現糧價不對勁，便知是有人在幕後操控。我暗中查過，發現那位沈公子的蹤跡，後來龍爺找了我，將妳入城的消息告訴我。只是當時我並不知道是妳，只知妳與顧兄千絲萬縷，我以為是顧兄派來的手下。」

「你和楊龍思又怎麼相識的？」柳玉茹有些不解，她記憶中，葉世安這樣的人，是決計不會和楊龍思這樣的黑道人物有什麼關係的。

葉世安有些無奈：「龍爺是個好人，揚州城被王家把控後，龍爺就一直周旋在王家和我這樣的人中間，能幫的他都會幫一把。」

柳玉茹點點頭，楊龍思有這樣的俠義心腸，倒也不奇怪。

「話說回來，當初顧家倒臺後不久，梁王謀反，王善泉掌權，這個洛子商就被推到前臺，成為王善泉手中一把刀，人稱洛公子，他的話王善泉簡直是言聽計從。那時候所有人都在查洛子商是什麼人物，我本也在查，但沒有頭緒，之後有一日，我聽聞城外城隍廟一夜間死了十幾個乞丐，我便讓人去看，結果就遇到了我派給沈明的那個乞丐。我讓人將他帶回來，這才知道那個城隍廟叫來福的孩子的消息。」

「按著這個乞丐的說法，這個孩子在十二歲那年，其實不是失蹤，而是死了。」

葉世安說著，突然道：「顧兄可記得，七年前的揚州郊外，曾經發生過一樁命案？」

「洛家滅門那個案子？」顧九思認真一想，就想了起來。

這世道雖然在科舉制度的衝擊下，家族傳承已經不算重要，可是對於有著幾百年禮樂傳承的洛家顯然是不適用的。洛家自前朝至今，代代都是風流人物，只是人丁寥落，上一代洛家家主乃洛家獨子，官至丞相後辭官歸隱，棲於揚州郊外，誰曾想一夜之間，洛家居然會被山賊入宅，滿門雞犬不留。

這一案算是震驚揚州，當時聖上大怒，親派大將軍孟傲南下剿匪，一舉掃平了揚州城外十三寨，揚州城無人不知，無人不曉。顧九思皺了皺眉頭：「這和洛子商有什麼關係？」

「關係就在於，那個乞丐說，當年洛家滅門時，這個叫來福的小乞丐在洛府。」

顧九思愣了愣：「什麼意思？」

「那乞丐同我說，當年來福與他養父在街上乞討，洛家家僕縱馬行過，踢傷他養父，養父受了重疾，無錢治療，為了救養父，於是來福上了洛家大門要錢，洛家人將他打了一頓就扔了出來。他回到廟中時，養父已重病不愈，氣絕身亡。」

「那洛家不是殺人嗎！」顧九思憤怒出聲，柳玉茹抬手握住他的手，溫和道，「都是過去的事，氣也沒用，聽葉哥哥說下去吧。」

「這個乞丐和來福關係好，本是打算收養來福的，結果當天夜裡，來福拿了老乞丐攢下的所有銀子買了一把刀，隨後就跑了。很明顯，來福是去找洛家報仇了。但他並沒有成功，就被洛家人抓了起來，關在洛家。」

「關在洛家？」柳玉茹有些奇怪，「這孩子打算殺人，為何不報官？」

「因為當時，有一個很重要的人來揚州。」顧九思開口。

葉世安抬頭看了顧九思，點點頭道：「不錯，當時洛丞相的好友，明滿天下的名士章懷禮正打算來揚州看望故友，洛家應當是不願意在這時候鬧笑話生事。誰曾想，就是來福被抓起來那晚，洛家就被滅了門，而主辦這樁案子的人，恰好與我家認識，我聽說，當年洛家其實留了一個孩子，章懷禮念故友情誼，又怕滅門一事背後有隱情，因此悄悄收留了那個孩子，作為徒弟養大，讓揚州官府對外宣稱，洛家滿門盡滅。」

聽到這裡，柳玉茹明白了：「而這個洛子商，傳聞就是洛家遺孤，章懷禮的徒弟！」

「可他卻和當年那個來福長得相像。」

顧九思敲著桌子，他抬眼看向葉世安，明白葉世安的意思了，他斟酌著道：「洛家一貫深居簡出，不屑與顧家這樣的商賈之家為伍，到不知葉兄過去，是否見過洛小公子？」

「這就是問題了。」葉世安笑起來：「當年我曾在洛府學棋數月，與洛小公子還算有些交情，而我記憶之中，洛小公子與如今這位洛子商的長相——」

「相差甚遠。」

這話出來，在場所有人都明瞭了。

如今這位洛子商，應當就是當年的乞兒來福。

然而當年到底經歷了什麼洛家為什麼被滅，洛子商為什麼會從一個乞兒變成洛家小公子被章懷禮收為徒弟，他又是為什麼上來就要拿顧家開刀，對顧家葉家這些老牌揚州貴族如此憎厭？

這一切都是未知。

柳玉茹稍作考量，隨後便道：「那章大師可知他收錯了徒弟？」

「他生前知不知，我不知道。」葉世安搖搖頭，「可如今，他必然是不知道的。」

柳玉茹有茫然，葉韻即時提醒：「顧家出事前半月，章大師便被人毒殺了。」

聽到這話，顧九思猛地抬頭。

——《長風渡【第一部】長風起》未完待續——

高寶書版集團
gobooks.com.tw

YE 035
長風渡【第一部】長風起（中卷）
作　　者　墨書白
責任編輯　吳培禎
封面設計　茵來登曼特
內頁排版　賴姵均
企　　劃　何嘉雯

發 行 人　朱凱蕾
出　　版　英屬維京群島商高寶國際有限公司台灣分公司
　　　　　Global Group Holdings, Ltd.
地　　址　台北市內湖區洲子街88號3樓
網　　址　gobooks.com.tw
電　　話　(02) 27992788
電　　郵　readers@gobooks.com.tw（讀者服務部）
傳　　真　出版部(02) 27990909　行銷部 (02) 27993088
郵政劃撥　19394552
戶　　名　英屬維京群島商高寶國際有限公司台灣分公司
發　　行　英屬維京群島商高寶國際有限公司台灣分公司
初　　版　2023年4月

本著作物《長風渡》，作者：墨書白，由北京晉江原創網絡科技有限公司授權出版。

國家圖書館出版品預行編目(CIP)資料

長風渡. 第一部, 長風起/墨書白著. -- 初版. -- 臺北市：英屬維京群島商高寶國際有限公司臺灣分公司, 2023.04
　冊；　公分. --

ISBN 978-986-506-711-3 (上卷：平裝). --
ISBN 978-986-506-712-0 (中卷：平裝). --
ISBN 978-986-506-713-7 (下卷：平裝). --
ISBN 978-986-506-714-4 (全套：平裝)

857.7　　112005354